Michael Schönberg

Wenn die

Seele

sich verdunkelt

Wenn die Seele sich verdunkelt
2.Auflage 07.2021
Alle Rechte vorbehalten
© 2021, Michael Schönberg
Autor: Michael Schönberg
Covergestaltung: Wine van Velzen
ISBN: 978-3754-3137-87

E-Mail: mschg55@gmail.com

Herstellung und Verlag: BoD – Books on Demand, Norderstedt

**Dieses Buch ist ein Roman.
Alle Personen und Handlungen sind frei erfunden.
Ähnlichkeiten mit Personen, Ereignissen, Ortschaften usw., sind nicht beabsichtigt
oder gewollt.
Michael Schönberg**

Wenn die Seele sich verdunkelt

Wann hatte es begonnen, dass die freundliche und helle Seele von Hubertus Meister sich verdunkelte? War es, als ihm bewusst wurde, dass seine Ehefrau Sigrid ihm ständig erklärte, wer das Sagen in ihrer Beziehung hatte? Oder weil sie das Geld in die Ehe gebracht hatte, dass sie ihm nur häppchenweise auf das Haushaltskonto überwies, damit er einkaufen gehen und für sie schmackhaftes Essen kochen konnte? Am wahrscheinlichsten war, dass seine Seele sich dunkel färbte, als Hubertus erfuhr, dass sein begehrenswertes Eheweib sich nicht mehr an ihre gemeinsamen Abmachungen und Regeln hielt und ihm Hörner aufgesetzt hatte. Ausgerechnet mit seinen Schützenkameraden! *Diese Taktlosigkeit ihrerseits konnte und wollte er sich nicht bieten lassen.*

Anfangs war Hubbi, wie er von Freunden und Ehefrau genannt wurde, selbst schockiert über diese Gedanken, die seine Seele verdunkelte. Seine Siggi, wie er sie liebevoll nannte, hatte ihn schamlos betrogen, ihn zum Gespött der Leute gemacht. Und die Seele in ihm bestärkte ihn in seinem Denken, indem sie ihre Stacheln ausfuhr und zustach. Auch die Eifersucht hatte sich schnell in Hubertus Seele eingenistet und zusammen begannen sie, Hubertus zu quälen, bis er sich auf sie einließ. Bald reifte ein Plan in dem Mann.

Siggi musste weg von ihm, oder er musste weg von ihr. Seine Gedanken spielten ihm verschiedene Szenarien vor, bis er sich für eine Variante entschieden hatte, die er dann auch umsetzte.

Doch es war ein langer Weg dorthin, denn Hubbis Plan musste hieb- und stichfest sein. Niemand durfte ihn verdächtigen, denn würde die Polizei ihn der Tat überführen, würde er all das schöne Geld von Siggi nicht erben.

Um Hubertus Tat zu verstehen, muss man zurück zum Anfang ihrer Beziehung. Nur so kann man nachvollziehen, weshalb seine Seele rebellierte und von Tag zu Tag dunkler wurde. Nur dann versteht man, wie es soweit kommen konnte. Auch so mancher Zufall und Begegnungen halfen Hubertus, seinen Plan so lückenlos wie möglich auszuführen.

Liebe zwischen Sigrid und Hubertus hat es nie gegeben. Eine Zweckgemeinschaft ja, aber wahre Liebe? Nein, die suchte man bei den beiden vergebens. Sigrid hatte Hubertus ausgesucht. Ihn, den einfachen Handwerker, den Elektriker am Bau, der nur ein normaler Mann, mit gewissen Vorzügen war. Denn Hubertus war, sie wissen schon wo, mehr als nur gut gebaut. Da spielte es keine wirkliche Rolle, dass er übergewichtig und auch keine Schönheit war. Sigrid reduzierte die Männer einzig und allein auf deren Libido. Das war dann auch schon alles, was sie an ihnen und an Hubertus interessant fand. Stop, da waren ja noch die Hausarbeit und die wunderbaren Kochkünste von Hubertus. Vorzüge, die sie bei ihm schnell erkannte und auch schon bald nicht mehr missen wollte. Hausmann, Koch, Handwerker und einer, der mit seinem Bohrer in zweierlei Hinsicht gut umgehen konnte. Was will man als Frau mehr?

Sigrid hatte Hubertus in einem Swingerklub kennengelernt. Ja, in einem Swingerklub und nicht auf einer Dating-Plattform im Internet, was ja immer öfter geschieht. Damals hatte Sigrid gerade ihren ersten Ehemann Ferdi verloren. Auf eine Weise und in einer Situation, die sich keine Frau wünscht. Doch davon später, nur so viel:
Sigrid erbte Ferdinands gesamtes Vermögen und stand mit knapp 40 Jahren nun als „die arme Witwe" da. *Witwe ja, aber arm, arm war sie nicht.*
Wie Siggi lebte und wie reich sie war, erfuhr Hubertus erst viel später.

Siggi machte sich nach der Beerdigung ein schönes Leben. Ihren Beruf als Verkäuferin in der Bäckerei gab sie auf. Von nun hatte sie es nicht mehr nötig, alte, nicht verkaufte Brötchen oder Brote mit nach Hause zu nehmen. Nicht, weil sie damals nicht genug Haushaltsgeld bekam, nein, sie schlug damit zwei Fliegen mit einer Klappe.

Die Teigwaren landeten nicht in der Abfalltonne und sie sparte Haushaltsgeld. Das dadurch Gesparte, wurde zu ihrem „Schwarzgeld", was jede Hausfrau benötigt, für Dinge, die ein Mann nicht unbedingt wissen musste. Wahrscheinlich hätte Ferdinand ihr das Geld auch gegeben, wenn er gefragt worden wäre.

Sigrid ging nach Ferdis Ableben abends aus, wann immer sie konnte und Lust dazu hatte. Hausarbeit war ihr schon immer zuwider. Wie oft hatte ihr seliger Ferdi sie ermahnt, sie solle doch Boden, Fenster oder das Bad reinigen. Immer wenn sie etwas *Schwarzgeld* beiseite geschafft hatte, ließ sie eine Putzfrau kommen. Natürlich ohne ihr „Reinheitsmännchen" darüber zu informieren.

Im Gegenteil kam ihr Mann an dem „Reinigungstag" nach Hause, machte sie einen auf erschöpfte

Hausfrau und wie sehr sie sich abgemüht hatte, um es ihm recht zu machen. Am Abend verlangte sie von ihm, es ihr „recht" zu machen.

Jetzt hatte sie die gute Seele einmal im Monat bei sich beschäftigt. Terese benötigte keine Hinweise, was gemacht werden müsste. Das entschied sie selbst, wenn sie kam und von da an, war der Haushalt immer Tip top.

Im Swingerklub Tabularasa sind sich Sigrid und Hubertus das erste Mal begegnet. Denn Ferdi war Geschichte und Siggi suchte Vergnügen.

Es war an einem kalten Novembertag, als sie sich aufmachte, den Klub zu besuchen, der neu eröffnet hatte. Die Annonce, in dem kostenlosen wöchentlichen Anzeiger, *Swingerklub Tabularasa öffnet seine Pforte*, las sich sehr interessant. In der Anzeige hatte sie keinen Eintrittspreis gelesen. Erst durch einen Anruf erfuhr sie, was es kostet, wollte man den Klub besuchen: Männer ohne Begleitung – 100 €, Paare – 50 €. Damen ohne Begleiter-freien Eintritt.

Sigrid freute sich, dass sie nichts ausgeben musste und sich auch noch am angebotenen kostenlosen Buffet bedienen durfte. Dass sie ihren zweiten Ehemann an dem Abend finden würde, ahnte Sigrid nicht.

Sigrid hatte eine gute Figur. Wenn auch der ein oder Andere ihren Hintern ein wenig zu ausladend fand. Sie nicht! Sie wusste nur zu gut, dass viele, sehr viele Männer nur darauf warteten das Prachtstück anfassen zu dürfen. Ja, vielen lief das Wasser im Munde zusammen, wenn sie ihren Allerwertesten präsentierte. Ihre passgenauen Slips formten ihn einladend rund, war ihr Vorbild doch eine argentinische Sängerin. Sigrid dachte auch schon an eine Operation, damit er noch praller wäre. Am Geld lag es ja nun nicht mehr. Dass sie es dann doch nicht machen ließ, lag an der Angst, das, was schieflaufen könnte und die Gewissheit, mehr als drei Wochen Ruhe zu bewahren. Und das wäre, wie bei einem Drogenabhängigen – den man auf Entzug setzte.

Die Witwe rief sich ein Taxi. Das bestellte sie sich aber an die große Kreuzung in Oberrath, circa 100 Meter von ihrem Haus auf der Waldstraße entfernt. Sie wollte nicht, dass der Taxifahrer später wüsste, wo sie wohnte. Sie, die Klubbesucherin. Nein, ihre Adresse war privat und so sollte es auch bleiben. Als das Taxi an der Kreuzung, kurz vor der Franziskusbrücke hielt, stieg sie ein und nannte dem Fahrer die Adresse. Ein Schmunzeln wanderte über dessen Lippen.

»Sehr gerne. Soll ein richtig guter Laden sein, der da eröffnet wurde. Der Besitzer hat in Neuss schon einen Laden, die „Neusser Oase" und der ist echt gut, wie mir Kunden berichten. «

Dabei sah er sie im Rückspiegel an und wartete auf eine Reaktion. Doch die blieb aus. Sie wollte auf keinen Fall ein Gespräch und sie wollte auch nicht, dass sie etwas von sich preisgab, was in einem Plausch immer schnell passieren kann.

Schweigend brachte der Fahrer sie auf die Dreherstraße in Gerresheim. Als sie bezahlte, sagte er dann doch noch: »Viel Spaß und wenn sie möchten, rufen sie nach Taxi 144 und ich hole sie hier wieder ab. Ich habe heute Nachtdienst und stehe ihnen gerne kostenlos zu Verfügung«, sein Lächeln sprach Bände. Sie sah ihn an und forderte: »Zeige ihn mir« und als der Fahrer sie fragend ansah: »Zeig deinen Penis und ich sage dir, ob ich auf dein Angebot eingehe!« Fassungslos und geschockt, gab er ihr das Wechselgeld und sagte nichts mehr. Sigrid zeigte ihm den Mittelfinger und stieg lächelnd aus, mit der Gewissheit, dass der Fahrer so schnell keine Liebesdienste mehr aussprechen wird.

Das Haus der freien und ungezwungenen Liebe war von außen eher unscheinbar. Lediglich im Türbereich hing ein Messingschild mit der Aufschrift: *Tabularasa.* Mehr deutete nicht darauf hin, dass hier der Lust freien Lauf gelassen würde, außer vielleicht, dass die Fenster abgeklebt oder mit dicken Vorhängen zugezogen waren.

Leicht aufgeregt klingelte Sigrid und schon nach kurzer Zeit wurde ihr geöffnet. Eine aufreizend gekleidete Dame bat sie herein. An der Rezeption erfuhr sie alles, was man wissen musste, um sich im Klub wohlzufühlen. Da gab es zum Beispiel drei farbliche Armbänder: Das Armband mit der Farbe Grün stand für: *Ich bin für alles offen.* Rot: *Ich möchte nur Gleichgeschlechtliches.* Blau stand für: *Ich bin neu.* Die Gäste wurden aufgefordert, die Bänder und damit die Wünsche des anderen zu respektieren. Ganz wichtig war auch, wie die Dame erklärte: *Alles kann – nichts muss.* Und weiter: *Ein NEIN, war ein unumstößliches Nein.* Sollte sich einer der Gäste nicht an die Regeln halten, würde er das Tabularasa sofort verlassen müssen und bekäme Hausverbot. Sigrid entschied sich für Blau und ihr Eintritt war frei. Damen waren stets Mangelware bzw. erhöhten das Serviceangebot für die Männer, die Haupteinnahmequelle. Lediglich die Damen, die ein rotes Band wollten, zahlten einen Betrag von 50,00 €.

Nachdem die *Formalitäten* abgeschlossen waren, ging Sigrid in die Umkleide. Dort gab es abschließbare Spinde, ähnlich wie in einem Hallenbad und sie zog sich um. Denn mit Straßenkleidung- und Schuhen durfte man die Räume nicht betreten. Unter einem Hauch von Negligé trug sie nun einen schwarzen BH mit Spitzen und Minislip.

Wie in jedem Swingerklub gab es auch hier einen Männerüberschuss.
Herrlich, genau das Richtige, um heute Nacht befriedigt nach Hause zu fahren, waren Sigrids Gedanken, als sie die Männer an der Bar und in den Nischen sitzen sah. Sie schlenderte durch die anderen Räumlichkeiten und sah sich neugierig um. Der Betreiber hatte sich wirklich was einfallen lassen, um es seinen Gästen so angenehm und abenteuerlich wie möglich zu machen. Es gab vier verschiedene Räume. Ein Dschungelzimmer, ein weiteres, das orientalisch eingerichtet war, dann der Raum, in dem mehrere Gäste sich auf den Matratzen lustvoll hingeben konnten und einen Darkroom, in dem die Sado-Maso-Anhänger und solche, die noch nicht viel Erfahrung damit hatten, ihre schmerzvollen Gelüste austoben konnten.

In den Räumen war noch nichts los. Nur verein-

11

zelnd gab es einige wenige Paare, die sich im Barbereich beschnupperten und schon mal ihre Hände wandern ließen. Es war ja auch noch sehr früh am Abend. Gerade mal 19.00 Uhr. Doch für Sigrid waren die Tage ohne Sex schon viel zu lange her. Immerhin war ihr Ferdi schon eine Weile unter der Erde und sie benötigte dringend Abwechslung. Sie hatte seitdem keinen Mann mehr über, unter oder hinter sich gehabt. Frust hatte sich breitgemacht. Beerdigung, Notar und Erledigungen haben einfach zu viel Zeit in Anspruch genommen. Lediglich ihr „Hausfreund" hatte den Weg aus der Schublade auf den Nachttisch und später zu ihrem Inneren gefunden.

Nach und nach schaute sich Sigrid die Männer an. Ohne Skrupel ging sie zu einem, der an der Bar saß und schaute unverhohlen auf seinen Slip. Ihr erster Eindruck war nicht so berauschend. Durchschnittsgröße, maximal. Entsprechend kurz fiel dann auch ihre Unterhaltung mit der „Hose" ihrer anfänglichen Begierde aus.
Sollte sie wirklich heute nur Magerkost bekommen und ihre feuchte Grotte unausgefüllt bleiben, überlegte sie enttäuscht.

Mit der Zeit füllte sich der Laden und es kamen

auch für Sigrid attraktive Gäste herein. Einige der erotisch ausgestatteten Räume, die alle keine Türen, sondern Durchgänge hatten, wurden genutzt. Doch ein Hinsehen lohnte sich in ihren Augen nicht, nachdem sie einem Paar folgte, sich an die Wand lehnte und zusah. Ein kurzes Vorspiel, 3 Minuten Akt und fertig.

Nein, dafür legte sie sich nicht hin. Wenn sie Interesse an einem Swinger hatte, ging sie zu ihm hin und wenn der einverstanden war, ging es zur Sache. Nachdem er fertig war, sie hätte gut und gerne noch lange weitergemacht, ging sie in den Duschraum, um dann zurück zu den Spielwiesen zu kehren.

Sie merkte sich nicht die Gesichter, mit denen sie zusammenkam, nur deren Unterleibe war ihr wichtig. Gesichter oder Namen waren unwichtig. Sie wollte Spaß und nicht anbändeln. Jedenfalls dachte sie das. Gerade als sie mal wieder den Genuss eines Mannes spürte, kam er herein. Er, auf den sie die ganze Zeit gehofft und gewartet hatte.

Groß, stark und gut gebaut. Eine Erscheinung von einem Mann. Missmutig musste sie feststellen, dass auch andere anwesende Damen ihn bemerkt hatten und ihn sofort umgarnten. Wäre ja auch ein Wunder, wenn nicht, denn was der Neuankömmling in der Boxershorts hatte, war mehr, als nur beachtlich. Aber der Abend war ja noch jung und Sigrid wäre nicht Sigrid, wenn sie diesen Mann nicht irgendwann ihr Eigen nennen dürfte. Wenn auch nur zeitweise. Eine lange „Zeitweise" wie sie hoffte.

Es dauerte dann doch zwei Stunden, bis sie sich näher kamen. Der Gast hatte sich bis dahin nur unterhalten.

»Wie heißt du, mein starker Held?«, begann Siggi das Gespräch.

»Hubertus, schöne Frau und wen darf ich hier im Haus der Lust und Begierde begrüßen?«

»Hubertus, was für ein ausgefallener Name. Ich heiße Sigrid. *„Si grid ihn"*, du verstehst? Sie lachte dabei und legte die Hand auf seinen Slip, in dem der große und starke Phallus steckte, der sich zuckend bewegte und den Sigrid nicht aus den Augen ließ.

»Sie sind ja prachtvoll ausgestattet«, und ohne eine Reaktion zu erwarten: »Da wird ihre Frau ja mehr als glücklich sein.«

»Es gibt keine Frau«, klärte Hubertus sie auf und ließ seinen Blick an ihrem wohlgeformten Brustansatz verweilen.

»Oh, da wird es aber Zeit, dass wir uns näherkommen.«

Einige Zeit lobte und beglückte sie ihn mit Worten, um ihm dann auch ihre Attribute näher zu bringen. Natürlich gefiel auch ihm ihr ausgeprägtes Hinterteil.

Hubertus fand die Frau sehr attraktiv und es war unverkennbar, dass sie ihn wollte. Dies imponierte ihn, da er so eine schöne Frau im Alltag nicht kennenlernen würde, egal, wie gut gebaut er untenrum war, denn dies fiel in seiner Arbeitskluft nicht auf. Nach einigem Geplänkel und anzüglichen Worten, die recht verheißungsvoll waren, ging es endlich zur Sache. Da nur das Dschungelzimmer frei war, gingen sie hinein und machten es sich auf dem Bambusbett bequem.

Es dauerte lange, bis Sigrid erschöpft zur Seite fiel. Hubbi hatte mehr als nur Standfestigkeit gezeigt. Für Sigrid war klar, wer sie schafft, ist auch der richtige Partner im wahren Leben für sie. Vorbei die Grenzlinien von: keinen Nachnamen, keine Adresse oder gar Handynummer. Hubertus sollte da sein, wann immer sie *ES* brauchte. Er sollte da sein, wenn sie in die Unendlichkeit der Lüste reisen wollte.

So kam es, dass die beiden sich auch privat trafen. Dabei stellen sie fest, dass sie schon jahrelang in der gleichen Gegend wohnten. Begegnet sind sie sich aber in dem nördlichen Stadtteil von Düsseldorf nie.

Wenn Hubertus zurückdachte, begann von da ab, die schönste Zeit seines Lebens, nur leider hielt sie nicht so lange an, wie er es sich gewünscht hätte.

Die beiden trafen sich bei ihm. Seine Mietwohnung auf der Oberratherstraße, war nicht klein, aber eben nur eine Single-Bude. Wohnzimmer mit integriertem Küchenbereich. Abgeteilt durch eine Anrichte. Von der Küchenseite her Unterschränke und von der Wohnzimmerseite aus, eine Theke, an der man auch Essen konnte. Hubbi kochte sehr oft für sich selbst. Dosensuppen oder Fertiggerichte waren für ihn ein Graus.

Zu teuer, geschmacklos und mit Schadstoffen und Chemie nur so bestückt, und gut bestückt war er selbst.
Er hatte schon immer ein Faible für die Küche. Wenn er nicht die Lehre eines Elektrikers gemacht hätte, wäre er wohl Koch geworden.

Und weil er eben so gerne kochte, lud er Sigrid an

einem lauen Frühlingstag zu einem Abendessen ein. Nicht in einem Restaurant, wohin sie ihn öfters einlud, nein, er wollte sie bekochen. Mit ein wenig Widerwillen nahm sie seine Einladung an.

Für ihre Verhältnisse lebte ihr Hubbi zu einfach und sie fühlte sich auch nicht richtig wohl in der beengten Wohnung. Da war es in ihrem Haus doch ganz anders. In ihrem Schlafzimmer gab es eine große Spielwiese mit einem Wasserbett und Spiegel an der Decke und Spielzeug für erotische Spielchen, die vor allem die Lust erhöhten. Kurz um: alles, um das körperliche Liebesglück noch erotischer und sinnlicher zu gestalten.

Hubertus dagegen hatte ein Schlafzimmer. Bett, Nachttisch, Schrank - fertig. Nicht mehr und nicht weniger. Deshalb fand immer, wenn sie bei ihm waren, das Liebesspiel im Wohnzimmer statt.

Sigrid war aufgefallen, dass seine Wohnung für ihre Verhältnisse zwar klein aber sehr sauber und aufgeräumt war. Ein Pluspunkt für Hubbi, der nicht zu verachten war. Sie hatte ja längst Terese, ihre Hausperle, und somit sämtliche Hausarbeiten aus ihren Tätigkeiten gestrichen. *Doch so einen Hausmann zu haben, kann nur von Vorteil sein.*

Bei den Vorbereitungen des Essens, zu dem er sie eingeladen hatte, sah sie ihm zu.

»Das ist ja eine tolle Küche. Alles so praktisch«, sagte Siggi, nun doch leicht beeindruckt.

»Wenn man keinen Platz hat, dann muss man sich was einfallen lassen.«

»Das war bestimmt teuer. Sonderanfertigungen kosten immer einen Haufen Geld. Ich muss unbedingt meine Küche mal umbauen. Es macht mir überhaupt keinen Spaß zu kochen. Das liegt bestimmt auch an der Küche selbst.«

Hubertus war schon im Haus von Siggi gewesen und hatte die Küche gesehen und festgestellt, ja, da könnte man einiges verbessern. Da er bei ihr noch nie gekocht hatte und das auch noch nicht vorgesehen war, machte er sich darüber keine weiteren Gedanken.

»Die Küche hier, die habe ich selbst geplant, zusammengebaut und nach meinen Wünschen ausgestattet«, erklärte er stolz.

»Du kannst Küchen bauen?«

»Ich kann einiges, aber keinen Handwerker bezahlen. Deshalb habe ich mir vieles selbst angeeignet. Mein Vater hat mir auch vieles beigebracht. Er war, Gott hab ihn selig, ein Allrounder ohne gleichen.«

»Dass du mit deinem Bohrer umgehen kannst, das weiß ich ja und ich genieße es. Aber es ist gut, zu wissen, dass du auch mit dem Bohrer einer Bohrmaschine keine Probleme hast. Ach Hubert«, seufzte Siggi, »warum habe ich dich nicht schon in jungen Jahren kennengelernt? Das hätte mir viele Sexuelle Enttäuschungen erspart und ich hätte einen Mann für alle Fälle gehabt.«

Sie verdrängte in diesem Moment, das sie früher an seiner Seite ein bescheidenes Leben hätte führen und ihren freigewählten Job als Verkäuferin nicht als Teilzeit, sondern in Vollzeit hätte ausüben müssen. Nein, da war ihr erster Mann schon der Richtige gewesen.

Hubbi hatte sich in die Ecke der Küche begeben und fing derweil an, das Vorbereitete zu kochen, zu garen und zu dünsten.
Seine Vorspeise: frischer, gemischter Salat mit Shrimps. Seine selbst gemachte Vinaigrette war alleine schon eine Sünde wert, befand Siggi, als sie die erste Gabel in den Mund führte.

Olivenöl, Essig, Balsamico, ein wenig Gemüsebrühe, Senf, Honig, Pfeffer, Salz und ein paar frische Kräuter von scinem „Salatgarten" vom Fensterbrett, machten den Salat zu einem Geschmackserlebnis. Dazu sein selbst gebackenes Brot, das er einen Tag zuvor gebacken hatte. Der temperierte Rotwein dazu rundete den ersten Gang ab.

Sigrid wollte mehr von dieser Vorspeise, doch Hubbi hielt sie davon ab. Schließlich gab es ja noch zwei weitere Gänge, die sie unbedingt versuchen sollte. Er servierte ihr Schweinefilet im Speckmantel, selbst gemachte Sauce Hollandaise, Kartoffelecken und verschiedenes Gemüse. Sigrid aß, als wenn es keine Vorspeise gegeben hätte. Den leeren Teller hätte sie am liebsten abgelegt. Eine Untugend, die sie aus ihrer Kindheit kannte. Vier Geschwister, eine kränkliche Mutter und einen einfachen Arbeiter als Vater, brachten diese Umstände mit sich. Alles, was auf den Tisch kam, war gut, aber immer zu wenig.
Hubbi stellte ihr dann den Abschluss des Menüs auf den nur dürftig dekorierten Tisch. Dekoration oder Verzierungen, das konnte Hubertus nur bei seinen liebevoll zubereiteten Gerichten. Räume oder gar Tische blieben Waisenkinder.

Diesmal hatte er sich bei der Nachspeise besondere Mühe gegeben. Die kalte Quark-, Beeren- und Eisschale mit einem Schuss Eierlikör beendete sein Menü. Mit einem letzten Prost stand Sigrid auf und verließ den Tisch der Köstlichkeiten.

Gut das sie vor dem Essen Sex hatten. Sigrid war nach dem üppigen Mahl zu nichts mehr zu bewegen. Sie legte sich auf das Sofa und überlegte, was sie mit Hubertus machen sollte und ob sie sich eine Zukunft mit ihm vorstellen konnte.

Ein Hobbykoch mit dem Hang zur Küche, dem aussuchen von regionalen Produkten, um mehr als nur günstig, sondern auch gesund kochen wollte und es in die Tat umsetzte. Die sicherlich noch anderen Vorzüge hatte, als das, was sie bei ihm schon kennengelernt hatte.
Sollte sie diesen Mann wieder loslassen? Einen Mann der weiß was er will? Der seinen Weg geht, auch wenn er dafür manchmal etwas länger benötigte.

Dass er die Lehre als Elektriker nicht fertiggemacht hatte, lag an seinem Vater. Der Lehrherr, ein Schützenbruder seines Vaters, hatte ihm erklärt, dass sein Sohn keinen Abschluss brauche, um gutes Geld zu verdienen. Auf den Baustellen, wo er viele Aufträge hätte, würde er dringender gebraucht als in der Berufsschule. Von jetzt auf gleich würde er ihm fast einen Gesellenlohn zahlen, und dadurch sofort 800 Mark im Monat verdienen. Klar, dass sein Vater dem zustimmte. Damals war auch Hubertus damit einverstanden. Erst später stellte er den Unterschied zwischen einem Gesellen und einem Gehilfen fest. Auf dem zweiten Bildungsweg holte er seinen Abschluss nach.

Während Siggi auf dem Sofa lag, überlegte sie:
Er ist ein exzellenter Liebhaber, dem immer was einfällt, um das Liebesspiel nicht eintönig werden zu lassen. Seine Ausdauer ist ohne gleichen, jedenfalls gegenüber den Männern, die ich bisher kannte und das waren einige. Sie schaute sich um und sah die Struktur in dem Raum. *Ein Zimmer mit Funktion. Keinen unnötigen Firlefanz oder Schnickschnack.* Alles, was sie sah, hatte einen Sinn. *Hubbi hatte bestimmt die Wohnung selbst renoviert, Regale und Schränke zusammengebaut, Lampen und Rollos angebracht und nun auch noch dieses Geschmackserlebnis.*

Siggi erkannte, Hubertus, also ihr Hubbi, müsste an ihrer Seite bleiben. Ihn anbinden ging nicht, aber ihn binden auf eine andere Weise schon. Heiraten, ihn ehelichen. Somit konnte sie sich für immer seine außerordentlichen Fähigkeiten sichern. Sie wusste mittlerweile, dass er mehr als zuverlässig sein würde. Treu sowieso. Fremd gehen mit einem leeren Sack, war noch nie gut. Und dass der immer leer sein würde, dafür würde sie schon sorgen.

Noch am gleichen Abend machte sie Hubertus einen Heiratsantrag. Der war hin und weg und nahm den Antrag an. Er hätte wissen müssen, dass er doch nur Mittel zum Zweck war.

Eine wirkliche Schönheit war er nicht, das wusste Hubertus. Knapp 1,90 groß und stark wie ein Bulle, ja, aber ein zu rundes Gesicht und seine schon lichten Haare gaben ihm ein eher solides, konservatives Aussehen. Die Brille, ein Kassenmodell, könnte man ändern. Seinen behäbigen Gang wohl nicht. Er hatte die Ruhe weg, was nicht immer zu ertragen war. Ein wenig mehr Dynamik wäre sicherlich von Vorteil. Doch das würde vielleicht seine Ausdauer und Beständigkeit im Bett schmälern und das wollte Siggi auf keinen Fall.

Doch so war er nun mal, ihr Hubbi. Er fing eine Sache an und arbeitete durch, bis Pause oder Feierabend war. Immer im gleichen Tempo, immer in gleicher Qualität. Wie eine Duracell Batterie in der Werbung. Sigrid hatte sich entschieden und dabei blieb es. So wie er war, nahm sie ihn hin.

Hubertus dachte, er hatte eine wunderschöne Frau erobert, die er mit Stolz in der Brust jedem zeigen konnte. Eine Frau, die nicht dumm war, sein Essen liebte und auch seine gewissen Vorzüge sehr zu schätzen wusste. Was wollte er mehr?

Kurze Zeit später ging es zum Standesamt und sie gaben sich das Jawort. Hubertus konnte Siggi überzeugen, dass sie seinen Nachnamen annahm. Von nun an hieß sie Frau Sigrid Meister. Keine wirkliche Verbesserung zum vorherigen Namen Müller. Da hätte doch ein Doppelname gut gepasst: Müller-Meister oder Meister-Müller, aber Siggi ließ ihrem Hubbi seinen Willen, wenigstens dies eine Mal.

Die beiden Trauzeugen, jeweils einer aus der Familie, waren schnell gefunden. Siggis Bruder Ralf und Hubbi's Schwester Hannelore. Beide brachten ihre Partner mit und so wurde es ein schöner Abend in einem griechischen Lokal. Schlicht und doch fühlten sich alle wohl.

Bis Ralf, Siggis Bruder, immer wieder stichelte, dass sie ja nun einen Elektriker geheiratet hatte, mit einem Kurzen in der Hose. Irgendwann reichte es ihr. In einem günstigen Moment, ihr Bruder ging auf die Toilette, flüsterte sie zu ihrem frisch gebackenen Ehemann: »Sag mal, geht dir mein Bruder nicht auch auf den Geist? Ständig diese Sprüche und mit seiner Angeberei, was für ein Sexprotz er wäre?«

»Ja, aber ist doch egal. Wir wissen, was bei uns im Bett los ist und mehr bedarf es nicht.«

Mit dieser Antwort gab sich Siggi nicht zufrieden.

»Bitte, mir zuliebe. Er ist gerade auf dem Klo. Gehe ihm nach und auf der Toilette zeigst du ihm dein wundervolles Stück. Fordere ihn auf, auch er solle zeigen, was er hat. Glaube mir, dann ist hier Ruhe mit seinen Sticheleien.«

Als Ralfs Schwester wusste sie ungefähr, wie er gewachsen war, bei Weitem nicht wie ihr Hubbi.

Hubertus war erstaunt, konnte sie aber verstehen. Was tut ein liebender, frisch verheirateter Ehemann nicht alles für seine Frau. Er ging auf die Toilette, obwohl er nicht wirklich musste. Ralf war gerade fertig und wollte seinen Reißverschluss schließen, als Hubertus zu ihm trat. Er machte seinen Hosenstall auf und holte sein Glied heraus.

»Pass mal auf mein Lieber. Du gehst deiner Schwester tierisch auf den Sack mit deiner Laberei über das Können oder die Größe von meinem guten Stück.«

Er wartete, bis Ralf hinuntersah und Hubbi bemerkte, dass er leicht an Farbe im Gesicht verlor.

»So sieht der Kurze eines Elektrikers, wie du ihn nennst aus.«

Um dem ein Ende zu machen, forderte er Ralf auf: »Und nun mal deine Hand in die Hose und zeige,

was du zu bieten hast. Du angeblicher Sexprotz?«
Ralf wusste nicht, wie er reagieren sollte. Angesichts der Penisgröße von Hubertus war er sprachlos. Solch eine Mächtigkeit hatte er schon mal bei einem Pony gesehen, aber noch nie bei einem Mann.

»Ist schon gut, ist schon gut«, wiegelte Ralf ab, dass er sich mit Hubbi's bestem Stück nicht messen konnte, war beiden klar.

»Nichts ist gut. Raus damit oder ich helfe dir!«, hallte Hubbi's Stimme in dem Toilettenraum von den Wänden.

Er baute sich vor Ralf auf und wirkte dadurch doch sehr bedrohlich. Körperlich war Hubertus dem Bruder von Siggi mehr als nur überlegen. Mit seinen Einsneunzig dem breiten Kreuz und Oberarme, wie man sie nur auf dem Bau bekommt, machte er was her, auch diesbezüglich konnte ihm der Hänfling nicht das Wasser reichen.

Ralf tat, wie Hubert es von ihm verlangte. Zum Vorschein kam ein durchschnittlicher Penis, mit dem die meisten Frauen sich wohl auch zufrieden geben würden. Hubert schaute hin und sagte: »Ist alles klar, oder? Und nun kein Wort mehr. Die Sache hier bleibt unter uns, oder ich fange mal an zu plaudern«, dabei zeigte er ihm seinen kleinen Finger.

»Ja, alles klar und nichts für ungut, ich habe nur Spaß gemacht«, war Ralfs gemurmelte Antwort.

Er wusch sich die Hände und ging zurück an den Tisch.

Wenn ich schon mal da bin, dachte sich Hubbi und leerte die Blase.

Zurück im Lokal setzte er sich an den Tisch und grinste Sigrid an. Dazu ein kleines Nicken.

Siggi wusste sofort, was ihr Mann meinte und schaute zu ihrem Bruder rüber, der senkte den Kopf. Ihr Bruder hat nie wieder bei einem Treffen von Hubertus Hoseninhalt gesprochen. Hubertus ebenfalls nicht.

Hubbi gab schweren Herzens seine geliebte Wohnung auf. Ein erster Schritt in seine Unselbstständigkeit. Ein erster Schritt in die Dunkelheit. Doch das war ihm zu diesem Zeitpunkt noch nicht bewusst. Geld sparen, waren seine Gedanken. Doch das hätte es ja gar nicht bedurft. Die wirklichen Einkommensverhältnisse von Sigrid waren ihm in diesem Moment aber nicht bekannt. Wenn er da schon gewusst hätte, wie reich seine Frau war, hätte er die kleine Wohnung nie aufgegeben.

Bevor Sigrid mit Hubbi zum Standesamt ging, hatte sie ihm einige Papiere vorgelegt, die er Unterschreiben musste. Auf seine Fragen bekam er nur oberflächliche Antworten: »Unterschreibe das, ist wegen der Versicherung vom Haus, weil du doch nun auch hier wohnst.« Oder: »Hier ist ein Schreiben von der Bank mein Schatz. Ich habe für dich eine Bankkarte beantragt, damit du auch an mein Bankkonto kannst, wenn mal was ist.« Natürlich war das gelogen, er konnte mit dieser Karte lediglich von seinem neuen Konto Geld abheben, ein Konto, was Siggi ihm eingerichtet hatte.

Am Ende hatte Hubbi ihr alle Unterlagen unterschrieben, um Gütertrennung zu gewährleisten. Doch sie ging noch einen Schritt weiter. Schnell hatte sie ihn davon überzeugt, die Hälfte der anfallenden Hausnebenkosten ihr per Dauerauftrag zu überweisen.

»Dadurch sicherst du dir dein Wohnrecht und musst nicht ständig fragen, ob du das Licht anschalten darfst. Ja, jetzt kannst du, wann immer du willst, alles im Haus nutzen, bezahlst ja nun auch dafür. Brauchst kein schlechtes Gewissen mehr haben, wenn du die Sauna nutzt oder was weiß ich. Ich habe sehr wohl gemerkt, dass du gewisse Hemmungen hast. Die sind damit hoffentlich weg, mein Schatz.«

Hubertus fing an zu rechnen:

Nach Abzug aller Kosten blieben ihm gerade mal 400.- €. Ihm wurde klar, dass er zum Harz IV Empfänger geworden war. Nach einer kurzen, aber recht heftiger Rücksprache mit seiner Angetrauten überwies Sigrid ihm die gesamten Kosten auf sein Konto zurück.

Persönliche Zuwendung, nannte sie die Zahlung.

Am Anfang störte es ihn. Doch mit der Zeit war er froh, sein gesamtes Nettoeinkommen für sich zu haben, denn Siggi legte noch einen weiteren Betrag dazu, mit dem er einkaufen sollte, damit sie seine Kochkünste genießen konnte.

Die ersten zwei Jahre lebten die beiden in sexueller und häuslicher Zufriedenheit. Wenn auch Hubbi sich hier und da einen ruhigen Morgen wünschte, wenn Siggi ihn forderte. Schließlich hatte er noch einen Beruf, dem er nachgehen musste. Hubbi wurde ja auch nicht jünger, aber der Job immer schwerer und auch anspruchsvoller. Seiner morgendlichen „Ausstattung" konnte und wollte Siggi nicht missen. Hubbi gelang es nur selten die Toilette aufzusuchen, bevor Siggi wach wurde.

Um 8.00 Uhr musste er auf der Baustelle erscheinen. Die war nicht nur eben um die Ecke, nicht im gleichen Stadtviertel und manchmal sogar in einer anderen Stadt. Da wurde das Liebesspiel schon mal auf den späten Abend oder als Mitternachts-Snack ausgelebt. Was ihn nicht gerade munterer am nächsten Morgen machte. Die Kollegen machten sich zum Teil lustig über ihn oder boten Unterstützung an, wenn sie seine hängenden Lider sahen. Das eine ließ Hubertus kalt, weil er Neid dahinter sah. Zum anderen machte er den Jungs klar, dass sie mit der Leistung, die sie hier auf der Baustelle zeigten, bei Siggi mehr als nur von der Bettkante geworfen würden.

Außer, dass er Siggi im Bett verwöhnte, beschäftigte er sich mit dem Haus und hatte einige Veränderungen vorgenommen. Die Küche hatte er nach seinen Wünschen geändert. Praktischer und moderner. Küchengeräte für den Zweck und nicht fürs gute Aussehen angeschafft. Einen ungenutzten Kellerraum zum kleinen Wellnessbereich umgebaut. Neben der Sauna gab es nun auch einen Whirlpool, ein Solarium und eine kleine Bar mit kalten Getränken. Der Raum wurde dadurch zu einer Oase der Sinne. Dort wurde am Wochenende die Zeit verbracht, um sich vom Stress der Woche zu erholen. Hubertus erholte sich hier von der Arbeit oder dem Liebesstress. Sigrid entspannte sich vom Schoppen und vom Nichtstun, wenn man Lesen, Fernsehen, Friseurbesuche, Nagelstudio und ein bisschen Sport im Fitnesscenter dazu zählte. Für beide eine Insel der Ruhe und des Wohlbefindens.

Doch es bildeten sich erste kleine Wolken am Liebeshimmel und dunkle Flecken auf seiner Seele.
Sigrid gefiel es nicht, dass Hubbi zwei Abende im Monat für sich beanspruchte. Knobeln in seiner nahen gelegenen Stammkneipe, bei der er auch schon mal einen über den Durst trank.

Das hatte Auswirkungen, nicht nur auf seine Libido. Dadurch fühlte sich Sigrid vernachlässigt. So langsam aber stetig kam Frust bei ihr auf. Nicht, dass ihr Hubertus schwächelte, nein, das war es nicht. Es war mehr ein zusätzliches Verlangen ihrerseits. Ein Nimmersatt, ein nymphomanisches Verhalten machte sich bei ihr breit. Man stelle sich vor, der Ehemann kocht gut. Aber da bleibt ein kleines Verlangen nach etwas Süßem, oder nach etwas Herzhaftem. Nach etwas, was es eben nicht gegeben hat. Kaum beschreibbar, aber es ist da. Diese Sehnsucht nach dem Fragezeichen, was man braucht, aber nicht weiß, was es ist. Ein Verlangen, das wächst, ohne zu wissen, warum.

Die gemeinsamen Besuche in den Swingerklubs waren Routine geworden. Hubbi war froh, dass er hier Entlastung bekam. Sigrid achtete bei den Klubbesuchen genau darauf, dass ihr Gatte sich dort nicht verausgabte. Denn das hätte fatale Folgen für ihr eigenes Liebesspiel. Nicht auszudenken, wenn sie zu Hause feststellen würde, dass sein Sack leer wie ein lederner Trinkbeutel der Wüstenreiter herunterhing.

An einem Freitag, mitten im Monat, war es dann soweit.

»Sigrid, mein Schatz. Bitte sei so gut und fahre heute alleine zum Klub. Ich habe doch diesen Auftrag in Oberhausen. Der muss am Wochenende fertig werden. Mehr als nur mal eben ein paar Strippen ziehen. Da werde ich morgen den ganzen Tag beschäftigt sein. Wenn ich nicht schon um 6.00 Uhr auf der Baustelle bin, dann schaffe ich es nicht, dir am Abend noch rechtzeitig was zu kochen. Ich bin mir sicher, du willst keine Dosensuppe haben wollen, oder?«

Nein, das wollte sie nicht. Verzichten auf ihren Besuch in der Luststätte wollte sie aber auch nicht. Schweren Herzens fuhr sie alleine dort hin, während Hubbi früh zu Bett ging.

Eine Entscheidung, die noch Folgen haben würde.

Im Tabularasa wurde Sigrid natürlich sofort gefragt, wo denn ihr gutbestückter Gatte sei.

Besonders einige Damen fanden dies alles andere als toll, dass er nicht mitgekommen war. Sigrid machte das einzig Richtige und erzählte ihren Sexfreunden die Wahrheit. Das änderte komischerweise das Verhalten einiger ihrer sonstigen, zurückhaltenden „Begatter".

Sie gaben sich doppelte Mühe, es ihr gutzutun, und erinnerten sich an „Rückhaltmethoden".

Mit der Zeit wurden die alleinigen Singlebesuche immer häufiger und Hubertus saß alleine Zuhause, auch wenn kein wichtiger Auftrag am Samstag anstand.

»Ruh dich ruhig aus, mein Liebster. Ich bleibe auch nicht lange weg, und wenn ich dann nach Hause komme, möchte ich auch kommen, obwohl ich ja schon da bin.«

Nur beim ersten Mal musste Hubbi kurz überlegen, wie sie das meinte.

Seine Lust zu kochen flaute ab, da er auf Dauer ihr Verhalten nicht mehr tolerieren wollte und deshalb seine Motivation nachließ, ihr kulinarische Höhepunkte zu verschaffen. Das führte dazu, dass er immer öfters Schnellgerichte servierte.

Für ihn gab es in letzter Zeit wichtigere Dinge als Sex. Er besann sich auf alte Tugenden. Da waren der Kegelklub und sein Schützenverein, die er lange vernachlässigt hatte. Ausgetreten aus diesen beiden Vereinen war er nie. Das zahlte sich jetzt aus.

Soll sie doch zusehen, wo sie ihr Abendessen herbekommt, wenn ich nicht da bin. Dann kann sie mit sich selber meckern. Zu scharf, zu lasch oder, ich hätte gerne was anderes.

Hubertus ärgerte sich zunehmend über den Egoismus seiner Frau.

Hubbi war unglücklich und erste Wolken zogen auf, die seine Gedanken dunkler werden ließen. Noch rumorte es nur in ihm, erschütterten Hubbi mit kleinen Erdbeben in seinem Kopf. Kaum wahrnehmbar. Er konnte nicht begreifen, warum Siggi jeden Samstag in den Swingerklub ging. *Was hat sie davon*, hämmerte es in seinem Kopf. *Keiner der Männer dort, hat meine Ausdauer und Kraft, warum lässt sie sich dennoch mit anderen Männern ein?* Hubertus hatte diese Gedanken im Kopf und beunruhigten ihn.

»Befriedigt kommt sie auch nicht nach Hause, weil sie mich auch noch hernimmt. Holt sie sich im Klub nur Appetit oder gibt es einen anderen Grund, dass sie immer wieder dorthin geht?«, antwortete Hubertus seinen Gedanken, die er nur zugut verstand.

Eifersucht begann aufzuflackern und die Seele bekam weitere dunkle Schatten.

Da Siggi den Swingerklub nicht aufgeben wollte, ging Hubbi von nun an, am ersten Freitagabend im Monat, zum Stammtisch seines Schützenvereins. Die Mitglieder nahmen den *heimkehrenden Sohn* mit Freude wieder in ihren Reihen auf.

Sigrid selbst gönnte sich deshalb immer mehr Freiheiten. Sie nahm es nicht so einfach hin, dass der erste Freitag im Monat, ihr Besuch im Saunaklub, nun ausfiel oder sie alleine dort hingehen müsste.
Es gefiel ihr überhaupt nicht, dass er anfing, sich zu verselbständigen. *Soll ich ihm das Geld kürzen, damit er sich diese Vereins- und Stammtischbesuche nicht mehr leisten kann?*
Sie verwarf den Gedanken und würde stattdessen, nun in der Sauna ein wenig freizügiger und kokettierender sein. Doch schon beim ersten Solo-Besuch bemerkte sie, dass eine Sauna, auch wenn man als Frau alleine in die *„Gemischte"* ging, kein prickelndes Abenteuer versprach. Zumindest keines, die ihre nymphomanischen Begierden mildern würden.

Mit Widerwillen bezahlte Sigrid ihrem Hubbi eine neue, grüne Uniformjacke, da die alte ein wenig zu eng geworden war. Die schlimmen Kleiderstrolche hatten zugeschlagen und seine Uniformjacke, um zwei Größen verkleinert. Sein Kleinkaliber-Gewehr war noch völlig in Takt und schon nach kurzer Zeit war Hubbi wieder voll in seinem alten Verein intrigiert.

Hubertus kam sich klein und noch mehr abhängig, wie sonst vor, als er Siggi wegen dem Geld fragte. Diese Uniformjacke war nicht billig, ganz im Gegenteil und je besser die Qualität, umso höher der Preis. Mit einer günstigen Variante wollte sich Hubbi nicht zufriedengeben, aber sein Budget reichte da nicht aus. Mit knirschenden Zähnen musste er bei Siggi betteln gehen. Das kratzte an seinem Stolz und seiner Ehre. Und wieder bebte es in ihm.

Seine einst hellen und freundlichen Gedanken wurden zunehmend dunkler. Das bemerkte auch Hubertus, denn die Unzufriedenheit in ihm wuchs. Ebenso auch der Frust und der Unmut.
Was ist nur aus mir geworden? Ich bin ihr Schoßhündchen, das mit dem Schwanz wedelt, wenn sie es will. Wegen dem verdammten Geld krieche ich wie ein Almosenempfänger vor ihr auf dem Boden herum, damit sie wohlwollend die Hand ausstreckt und mich krault. Ekelhaft! Ja, das ist einfach nur ekelhaft und ich schäme

mich, vor mir selbst.

All diese Gedanken trugen dazu bei, dass es ihm vor Zorn heiß wurde. Seine Denkweise bekam dadurch schmerzhafte Brandblasen und schrie den Hass auf Sigrid gepeinigt heraus.

So kann es nicht weiter gehen, überlegte Hubertus, dem bewusst war, wie sehr er litt. Doch was sollte er tun? Eine Scheidung kam für ihn und sicherlich auch für Siggi nicht in frage. *Dennoch, eine Trennung wird über kurz oder lang unausweichlich sein,* sagte plötzlich eine Stimme, die nur er hörte. Das war dann auch der Auftakt zum ersten Mordgedanken, der sich in Hubbi einnistete.

Durch seine Schützenkameraden fand er auch den Weg in seinen alten Kegelklub zurück, da einige Schützen in beiden Vereinen waren. Der Kegelklub traf sich jeden dritten Freitag im Monat. Hierfür benötigte er nur ein Paar neue Turnschuhe. Die konnte er sich von seinem Geld leisten und er war froh darüber. Siggi noch einmal anzubetteln, hätte sein Ego dann doch nicht verkraftet. Da an diesen Freitagen nichts Gemeinsames anstand, gab Sigrid auch hier nach und willigte ein. Sie lud sich an diesen Abenden Freundinnen ein und es gab Tupper-Verkaufsaktionen, bei denen Siggi auch fündig wurde. Kleine und große Gefrierdosen für ihren

„privaten 3 Sterne Koch".

Schützen- und Kegelbrüder bedeuten oft Saufgelage. Saufen bedeutet oft Impotenz, wenn auch nur für den Moment oder den Abend. Auf lange Sicht jedoch ein Dauerproblem. Sigrid erkannte, dass sie Hubbi nach den Versammlungen nicht mehr benutzen konnte, wie sie es sich wünschte. Dies war jedoch die Sichtweise von Sigrid, denn Hubbi war immer noch sehr aktiv, im Vergleich zu vielen anderen Männern in seinem Alter. Aufgrund seiner Statur konnte er auch einen „Stiefel" vertragen. Und so gab er sein bestes, so gut er konnte, auch wenn Siggi nicht ganz zufrieden mit ihm war.

Da Hubertus sich wieder mit den Vereinskollegen traf, ging er auch an den Wochenenden, wenn er den Einkauf erledigt hatte in die eine und andere Kneipe. Das war, wie er feststellte, gar nicht so einfach.
Die ehemalige Glanzmeile, die Oberratherstraße hatte sich immer mehr zur Einöde entwickelt. Jedenfalls in Sachen Geschäfte und Lokale. Die Einwohner dieser Straße gehören der Mittelschicht an. In den umliegenden Straßen sind viele reiche Bürger oder Prominente zu finden. Die angegliederte Straße „Reichswald-Allee" könnte auch gut „Rei-

chen-Allee" heißen.

Hier wohnen Menschen die sich kein Schwimmbadbesuch leisten können und deshalb Zuhause im Garten baden müssen.

Nicht die Leute, doch das Umfeld veränderte sich zunehmend. Nach und nach schlossen die Läden und Lokale und damit auch das Treiben auf der Straße. Zum Leidwesen derer, die noch hier wohnen, so wie Hubertus, der lieber in der Nähe einkaufen wollte, als weite Wege mit dem Auto zurückzulegen.

Auf der Oberratherstraße gab es früher mehrere Geschäfte. Dazu die vielen Kneipen und Restaurants. Zwei davon direkt am Waldrand, wo es zur „Müllers Wiese" geht. Eine bekannte Spielwiese für die kleinen und großen Kinder.

Zur Freude von Hubertus existieren die beiden Lokale noch und erfreuen sich noch immer großer Beliebtheit. Herrlich gelegen, mit schönen Plätzen im Biergarten. Ein wenig stört hier die Straßenbahnlinie U72, die direkt daran vorbeifährt. Doch das nehmen die Gäste in Kauf, weil die Küche vorzüglich ist.

Von den anderen Kneipen und Geschäften ist so gut wie nichts mehr da. Wollte man zu Fuß von Oberrath in den anderen Stadtteil Rath, dann musste man durch einen Tunnel unter den Bahngleisen gehen. Deshalb fand Hubertus nur selten den Weg in die „andere Welt". Außer, er wollte die Rather Clique sehen, dann lief er sogar die gesamte Westfalenstraße hoch, bis zum „Rather Faß". Seine alte Stammkneipe, denn Hubertus war ein Ratherjung, in Rath geboren und aufgewachsen. Da hat man über die Jahre natürlich seine Freunde und seine Stammkneipe. Erst mit dem Auszug aus der Wohnung seiner Eltern mit 18 Jahren, war Hubertus nach Oberrath gezogen. In die bessere Gegend vom Düsseldorfer Norden.

Doch zurück zu Hubertus Drang einzukaufen.
Wenn er seine Liste nahm, fuhr er mit seinem alten Mercedes in einen anderen Stadtteil oder gar bis in die benachbarte Stadt Ratingen und kaufte dort seine aufgeschriebenen Lebensmittel ein.
Hier und da gönnte er sich einen Besuch in der Innenstadt von Ratingen, indem er das Auto abstellte und sich zu Fuß auf den Weg machte.
Es gab auf dem Ratinger Marktplatz jeden Dienstag, Donnerstag und Samstag einen großen Verkaufsmarkt. Fast alles regionale Produkte, die dort angeboten wurden und auch eine Suppenküche. Dort aß Hubbi einen Eintopf, den er aus dem großen Sup-

penkübel geschöpft bekam. Eine Suppe wie bei Mama. Ein Muss, wenn er in der Stadt war. »Mit Einlage« (Bockwurst), war sein Spruch, wenn er bestellte.

Wenn diese Verkaufsbuden abgebaut waren, wurde der Platz zum Biergarten. Sehen und gesehen werden. Vier umliegende Gaststätten sorgten dann für das Wohl der Besucher. Hier ließ es sich aushalten. Hubertus verweilte dort gerne nach seinen Einkäufen und auch schon mal, weil er einfach Lust dazu hatte. Die Straßenbahn U72 fuhr ihn dann von seinem nahen gelegenen Wohnort fast bis in die Innenstadt und auch wieder nach Hause. Nicht selten kam es vor, dass er noch einen Absacker in der Waldstube zu sich nahm. Manchmal zum Leidwesen von Sigrid, die es nicht mochte, wenn Hubbi trank.

Sigrid und er liebten Fleischgerichte. Am Anfang ihrer so harmonischen Ehe kochten sie die feinsten Gerichte zusammen. Zu seinem Leidwesen wollte seine Frau nach einiger Zeit überhaupt nicht mehr kochen. Sie genoss die Vorzüge, wenn der Ehemann dies erledigte. Es reichte ihr, wenn sie das Geld dafür bereitlegte. In der ersten Ehe war es umgekehrt. Hubbi kaufte die Sonderangebote, die es im Supermarkt gab, in höherem Maße ein und steckte sich das gesparte Geld in die Tasche. Viele der Verkäuferinnen, besonders an der Wurst- und Fleischtheke kannten ihn schon und machten ihn darauf aufmerksam, wenn es ein besonderes Angebot gab. Nach und nach füllte er den Gefrierschrank, um seiner Angetrauten jeden Tag ein köstliches Mahl vorsetzen zu können. Sie dankte es ihm und überwies ihm hier und da ein paar Euro extra. Das gesparte Haushaltsgeld versteckte er in seiner schwarzen Kasse. Von diesem Geld bezahlte er seinen Deckel im Lokal am Waldrand, oder auch im „Rather Faß", wenn er beim Würfeln mal wieder kein Glück hatte.

Mittlerweile ahnte Hubbi so ungefähr, wie reich seine Frau war. Trotz dem vielen Geld legte sie einen gewissen Geiz an den Tag, den ihr Ehemann deutlich zu spüren bekam. Alleine dafür und die überhebliche Art, wie sie ihm das Geld gab, wollte er ihr den Hals umdrehen. Ein spitzer Dorn, genannt *Abhängigkeit* hatte sich in ihm eingenistet. Dieser spitze Stachel wanderte nach und nach ebenfalls zu seinen schon recht düsteren Gedanken. Der Stachel war in guter Gesellschaft, denn Missgunst, Bitterkeit und Hassgefühl lebten bereits in ihm und hießen ihn willkommen. All diese Emotionen verhielten sich anfangs so, dass Hubertus sie nur leicht spürte.

Wie kam Siggi an das viele Geld? Nun, sie hatte es von ihrem ersten Ehemann Ferdinand geerbt.

Herzstillstand, stand auf dem Totenschein.

Und das passierte dem lieben Ferdi ausgerechnet beim morgendlichen Liebesspiel. Natürlich war es Sigrid unangenehm gewesen. Wer möchte schon, dass der Partner während dem Liebesakt stirbt, vor allem, wenn er auf einem liegt? Ferdinand war zudem kein Leichtgewicht. Hat er die Viagratablette dann doch nicht vertragen und sie ihn damit ins Jenseits befördert?

Sie wusste es nicht. Sie wusste in diesem Moment nur, dass sie ihren schweren und toten Mann auf sich liegen hatte und wenn sie nicht schnell handeln würde, wohl selbst das Leben verlieren würde, durch Atemnot. Ein Abstützen seinerseits war ja nicht mehr gegeben und wollte sie nicht ersticken, musste sie schnell handeln. Als der Fünfzigjährige sich beim letzten Mal gewogen hatte, zeigte die sehr strapazierte Waage fast 150 Kilo an. Weniger waren es auch am Todestag nicht.

Mit letzter Kraft schaffte Siggi es, ihn ein bisschen zur Seite zu rollen und sich unter ihm herauszuwinden. Den Notarzt rufen, ja, aber nicht sofort. Das wäre für sie mehr als nur peinlich gewesen. Wieder mit viel Kraft drehte sie ihn im Bett herum, sodass er am Ende auf dem Rücken lag. War ihr in der Vergangenheit das Bett zu groß, freute sie sich nun darüber, denn die Gefahr, dass er aus dem Bett fallen könnte, war nicht gegeben. Dann hieß es, die Situation zu retten, und zwar schnell.

Seine rechte Hand legte sie ihm an den Intimbereich. Sie entfernte die leere Tablettenhülle der „Nahrungsergänzungstablette" und zog sich an. Nicht, ohne vorher zu duschen. So viel Zeit musste sein.

Warum sie ihrem nackt daliegenden Mann die Socken anzog, weiß sie nicht mehr. Wollte sie ihn so noch einmal der Lächerlichkeit preisgeben? Oder war es die Gewohnheit, da Ferdinand angesichts seiner Körperstatur, nicht mehr in der Lage war, sich selbstständig die Socken anzuziehen, und Sigrid das immer verrichten musste?

Dann rief sie den Notarzt und erklärte dem eintreffenden Rettungsdienst, dass sie ihren Mann so, wie er daliegt, im Bett aufgefunden hatte. An einer Wiederbelebungsmaßnahme hätte sie überhaupt nicht gedacht.

Notarzt, ich musst den Notarzt rufen, waren ihre Gedanken, ihre einzigen, wie sie immer wieder versicherte. Die Sanitäter verwiesen auf die Situation und dass eine Wiederbelebungsmaßnahme nur in den ersten Minuten hilfreich sei. Der herbeigerufene Arzt stellte Herzversagen fest. Angesichts der Lage wohl eine Folge seiner Selbstbefriedigung.

Ohne großes Aufsehen erschien ein junger Beamter, der sich als Kommissar Biesenbach vorstellte. Nach Anhörung des Berichts vom Arzt und ein flüchtiger Blick auf den Toten, gab er die Leiche frei und unterschrieb ein Dokument, was der Arzt ihm vorgelegt hatte. Der Arzt wiederum unterschrieb den Totenschein und übergab den Durchschlag an die Witwe, die Siggi nun war.

»Machen sie sich keine Vorwürfe, gute Frau. Das erleben wir oft. Öfters als sie es sich vorstellen können. Die meisten Ehefrauen oder Partnerinnen haben nicht gewusst, dass ihr Mann sich selbst befriedigt. Keine Sorge, auf der Bescheinigung steht als Todesursache Herzversagen. Geht ja keinen was an.«

Dabei zwinkerte er ihr zu.

Sigrid wollte in diesem Moment am liebsten im Boden versinken. Denn in den Gesichtern vom Arzt, den Sanitätern und auch beim Kommissar sah sie ein Lachen. Lachen darüber, dass ein Mann sich befriedigte, obwohl er eine äußerst attraktive Frau im Haus hatte.

Was die wohl über mich denken, dachte sie.
Sollte sie ihnen erzählen, wie es wirklich war? Die
Wahrheit über sein Ableben wäre ihr jedoch genauso peinlich gewesen, deshalb sagte sie nichts, sondern schneuzte in ihr Taschentuch, um die Stille zu
unterbrechen.

Mit einem vielsagenden Händedruck verabschiede-
ten sich der Arzt und die Sanitäter. Auch der Kommissar sagte: »Auf Wiedersehen. Die Leiche, also
ihr Gatte, ist für die Beerdigung freigegeben, sie
können ihn abholen lassen.«
Dann ging er aus dem Schlafzimmer, nicht, ohne
einen erneuten Blick auf den Verstorbenen zu wer-
fen. Sollte er seinem fünfzehnjährigen Sohn erzählen, dass man vom Onanieren sterben kann? Seiner
Frau war aufgefallen, dass der Junge seit Kurzem
viele verräterische Flecken auf seinem Bettlaken hat.
Sigrid rief ein ihr bekanntes Beerdigungsinstitut an
und ließ ihren so geliebten Ferdinand abholen und
übertrug die Notwendigkeiten auf den Bestatter.
Die zwei Angestellten vom Beerdigungsinstitut
„Althaus" hatten ihre liebe Mühe, den schwer-
gewichtigen Ferdinand in den Zinksarg zu bekommen. Das Schlafzimmer lag im ersten Stock und

auch hier erwies sich Ferdinand als nicht kooperativ und überlies den beiden vollends seine Kilos.

Einen Augenblick überlegte Sigrid, ob sie den beiden ein Trinkgeld wegen ihrer so mühevollen Arbeit geben sollte. Doch dann legte sie die schon gezückte Geldbörse wieder zurück. Sie schneuzte erneut in ihr Taschentuch und nickte nur, als die beiden den Sarg aus der Wohnung trugen. Am Fenster stehend, sah sie, wie die Träger den Sarg in den schwarzen Leichenwagen schoben. Als er Abfuhr winkte Siggi ihrem Ferdi hinterher.
Seine Beerdigung verlief im normalen Rahmen und so schnell wie die Arbeitskollegen und Freunde auftauchten, so schnell waren sie auch wieder verschwunden. Auf einen Umtrunk nach der Bestattung hatte sie bewusst verzichtet.

Als frischgebackene Witwe, musste Siggi alles Mögliche erledigen, dabei half ihr der Bestatter, der an die Institutionen, bei denen Ferdi angemeldet war und Überweisungen tätigte, zum Beispiel der Strom- und Gasanbieter und die Telekom und natürlich auch diverse Versicherungen. Er schickte ihnen die Sterbeurkunde und schrieb dazu, dass man sich bei weiteren Fragen an die Witwe wenden sollte. Darunter standen Siggis voller Namen und die Adresse.

Erstaunt war Sigrid, als ein Notar sich bei ihr meldet und sie zu einer Testamentsveröffentlichung in seine Kanzlei einlud. Ihr war nicht bekannt, dass Ferdinand ein Testament hinterlegt hatte. Sie hatte Vollmacht über sein Konto. Das reichte fürs Erste. Das Haus würde sie zusammen mit einem Notar auf sie überschreiben lassen. Denn es gab keine Erben außer sie. Ehefrau und deshalb alleinig erbberechtigt. Klare Angelegenheit, dachte Siggi. Doch weit gefehlt. Deshalb war sie erstaunt über die Einladung des Notars.

Bei diesem Treffen waren sie, der Notar und dessen Sekretärin anwesend. Damit war dann auch schnell klar, dass sie wohl die Alleinerbin sein wird, wie es Ferdi in seinem Testament angeordnet hatte. Ferdinand hatte keine Verwandte und keine geschiedene Ehefrau, die eventuell Anspruch erheben könnte. Dass Siggi das Geld auf den Konten, das Haus, Auto und auch einige Aktien erben würde, war ihr schon bewusst. Schließlich hatte sie mitbekommen, wenn er sich über die steigenden Aktienkurse freute. Auch, dass er was mit Immobilien zu tun hatte. Doch dass er so eine hohe Erbschaft hinterlassen würde und eine leitende Position in der Firma hatte, in der er tätig war, das war ihr nicht bekannt gewesen. Hatte sie ihren Ferdinand wirklich so unterschätzt?

Im Nachhinein tat es ihr ein wenig leid, ihn immer unter Druck gesetzt zu haben, wenn es um ihre sexuellen Bedürfnisse ging. Allerdings hatte sie den Eindruck, dass ihm das gefiel. Die „Blaue Unterstützung" benötigte er erst in der letzten Zeit. Luftnot und Erschöpfungserscheinungen, dazu ein hochroter Kopf, nicht nur bei der Liebe, veranlassten ihn, den Arzt aufzusuchen. Auch weil er ein Ziehen und einen Druck in der Brust verspürte. Zu hoher Blutdruck stellte der Arzt fest und er bekam deshalb seine blutdrucksenkenden Tabletten. Dass diese Tabletten und die Potenztabletten sich nicht wirklich mochten, darüber hatte sie nicht nachgedacht. Ein Freund, also eine Bekanntschaft aus früheren Zeiten, erzählte ihr, dass mit den Jahren seine, von ihr immer geschätzte Liebeskraft, nachgelassen hätte und er sich beim Urologen kleine blaue Helferlein verschreiben ließ. Sigrid nahm die Gelegenheit wahr und kaufte ihm ein paar dieser Pillen ab. Dass sie das Vierfache vom Ursprungspreis dafür bezahlen musste, störte sie nicht wirklich.
Helfen müssen sie, was sie versprechen, dann ist der Preis auch ok, war ihr damaliges Argument.

Von da an war Ferdinand erstaunt, dass alles wieder so gut, ja sogar besser klappte. Ins Essen gemischt, merkte er nicht, wie er „gedopt" wurde und sie schwieg und genoss.

Schon kurz nach der Testamentseröffnung und den daraus folgenden Vollmachten, verkaufte sie Aktien, Anteile an Fonds und drei Appartements. Zwei weitere Wohnungen, eine in London und eine in Spanien behielt sie. Über einen Makler informierte sie die derzeitigen Mieter, dass ihnen wegen Eigenbedarf gekündigt würde. Sie freute sich schon auf einen Urlaub auf La Gomera, eine der sonnenverwöhnten Kanarischen Inseln und auf einen Einkaufsbummel im Land der Beatles.

Einziger Wermutstropfen in dieser Zeit war, der beauftragte Makler musste ihr mitteilen, dass die Mieter in Spanien und London Mietverträge auf Zeit hatten. An dem Tag, wenn ihr verstorbener Ferdinand 65 geworden wäre, würden auch diese Mietverträge enden. Ganze 15 Jahre müsste sie warten, bis sie die Wohnungen selbst nutzen könnte. Trotzdem wollte sie nicht verkaufen.
Dann eben später, ich bin ja noch jung, hatte sie gedacht und es dabei belassen.
Urlaub in der Gegend ist ja auch in einem Hotel

schön und sie müsste ja sowieso mal nach dem Rechten schauen.

All diese Umstände, hatten aus Sigrid eine reiche Frau gemacht und Hubertus bekam von dem gesamten Reichtum so gut wie nichts.

Da Hubertus einige Tage im Monat seinen Vereinen widmete, suchte Sigrid nach einem neuen Abenteuer oder prickelnde Kicks. Sie wollte nun den Swingerklub in Neuss besuchen, dessen Inhaber der Mann vom Tabularasa war.

Neue Männer, neues Glück. Die Kerle im Tabularasa kannte sie fast alle oder besser gesagt, an denen hatte sie sich bereits bedient, meistens war es enttäuschend. Da gab es auch kaum noch Abwechslung. Nein, da musste ein neues Gebiet her. Ein neues Jagdfeld mit Männern, die Siggi gerne erobern wollten und sich erobern ließen, wenn sie es denn wert waren.

Der Wechsel in den anderen Klub brachte allerdings nicht den erhofften Erfolg. Denn auch die ihr bereits bekannten Männer suchten nach was Neuem. So traf „Neues", was sich als altbekannt herausstellte. Bei der Lösung ihres Problems half ihr ein Gast in einem der Swingerklubs.

»Hast du nicht Lust auf eine *private Party*?«, das erwähnte er, während sie auf der Spaßmatte waren und er sich bemühte, sie zu befriedigen.

»Quatsch nicht, mach schneller«, war ihre erste Antwort.

Der junge Mann, der sich schon sichtlich bemühte, strengte sich nun noch etwas mehr an. Wohlwissend, dass er hier nicht zum Helden werden würde, sagte er:»Ich habe ein Wohnmobil. Damit fahre ich Samstagmittag nach Holland an die Nordsee. Geile Typen und geile Weiber werden dort sein, um sich zu treffen, und alles am schönen Nordseewasser. Wir bleiben bis Montagabend, denn am Montagmorgen ist man absolut alleine am Strand und hat ihn für sich alleine. Da ist die *freie Liebe* großartig, weil es keine unliebsamen Zuschauer gibt. Deshalb fahren wir auch erst am Abend wieder zurück.«

Sigrid hörte nun zu und fragte unter Gestöhne, wo und wann es losgehen würde. Noch beim Beantworten der Fragen ließ er von ihr ab. Er bekam nun ein wenig Aufmerksamkeit und stellte sich als Andy vor. Andy mit dem Wohnmobil. Nachdem er ihr die Tour noch ein wenig genauer erklärt hatte, stimmte Sigrid zu mitzukommen und freute sich auf ein neues Abenteuer. Man verabredete sich für den nächsten Samstag und klärte ab, wo sie zusteigen könnte, ohne Aufmerksamkeit zu erregen.

Oberrath war ein Nest. Wer heute pupste, wurde

schon gestern angekündigt und am selben Abend stand es im Anzeiger.

Andy und Siggi machten aus, dass er sie am alten Bahnhof in Rath aufnimmt. Eigentlich nicht weit von ihrem Haus entfernt, aber dadurch, dass man durch den Fußgängertunnel gehen musste, war man auf der anderen Seite in einer anderen Welt, wie ihr Hubbi immer berichtete.
Dort war Rath und nicht mehr Oberrath.

Endlich könnte Siggi den langersehnten Kick bekommen, wenn sie es bei ihrem Hubbi geschickt anstellte und er keinen Verdacht schöpfen würde. Sigrid war sich im Klaren, dass sie gegen die Abmachung verstoßen wird, wenn sie mit Andy nach Holland fährt. Sie und Hubertus hatten bereits am Anfang ihrer Ehe ausgemacht, was erlaubt war und was nicht. Vergnügen in Swingerklubs – ja, auch, wenn der Partner nicht dabei war. Keine tieferen Freundschaften eingehen, denn es ging nicht darum Anschluss zu finden, sondern um sich Appetit und wenn es gut lief, auch ein Hauptmenü zu holen. Privates blieb privat. Ein Treffen außerhalb der Klubs war tabu, erst recht, wenn einer von ihnen dies alleine vorhaben sollte. Und genau gegen diese Regel, die Siggi und Hubbi gemeinsam aufgestellt hatten, wollte sie verstoßen. Ganz kurz meldete sich ihr schlechtes Gewissen, denn sie würde ihren Mann auch noch belügen müssen. Siggi ignorierte beides. *Er wird es nie erfahren und somit ist auch nichts passiert*, wischte sie vollends jegliche moralische Bedenken weg.

»Guten Morgen mein Schatz. Hast du gut geschlafen?«, schnurrte Siggi und strich ihm sanft über den Arm.

»Nein, du kamst spät nach Hause und ich habe mir Sorgen gemacht. Hattest du deinen Spaß und gibt es was Besonderes zu erzählen?«

Dass Siggi so aufmerksam an diesem Morgen zu ihm war, kam selten vor. Eigentlich fing sie nach dem Aufwachen sofort an, ihre Hände unter die Decke zu schieben, um zwischen seinen Schenkeln das *gute Stück* zu bearbeiten. An diesem Morgen tat sie es nicht, sondern setzte sich auf und begann aufgeregt zu erzählen. Hubbi hatte den Eindruck, Siggi musste schon eine Weile wach sein und hat nur darauf gewartet, dass er die Augen aufschlug.

»Ja, stell dir vor! Eine Frau, die du auch vom Sehen aus dem Klub kennst, hat uns eingeladen, mit nach Holland zu kommen.«

»Wann denn?«

»Samstagfrüh und am Montagabend zurück. Sie hat

ein Wohnmobil und nimmt uns mit. Ist das nicht toll?«

»Nee ist es nicht, ich habe nämlich am Montag schon eine Verabredung. Wie du vielleicht weißt, gehe ich arbeiten und habe montags nicht frei.«

Da stimmt doch was nicht, dachte Hubertus. Siggi war viel zu aufgeregt und sah ihm auch nicht in die Augen. Ein Indiz, dass sie ihm etwas verheimlichen wollte, schließlich lebte er schon lange mit seiner Frau zusammen und kannte sie genau.

»Kannst du deinen Chef nicht an dem Montag anrufen und ihm sagen, du hast Durchfall oder sonst was? Mein Gott, sie werden doch auch mal einen Tag ohne dich auskommen können oder?«

Mit bangen wartete sie nun auf seine Antwort. Was ist, wenn er sich tatsächlich darauf einlässt? Dann wäre ihr schöner „Single-Urlaub" im Eimer. Nichts mehr mit zügellosem Sex an und in der Nordsee, da Hubbi dabei sein würde. Nicht, dass sie alles macht, auch wenn er zuschaut, doch so alleine war es eben was anderes. Außerdem wüsste sie nicht, wie sie aus einer Freundin einen Andy machen sollte.

Hubbi überlegte, dass er die Probe aufs Exempel machen sollte. Dann würde er ja sehen, wie sie reagiert.

»Da es dir anscheinend wichtig ist, dass ich mitkomme, könnte ich ja beim Chef anrufen und mir einen Tag Urlaub geben lassen«, sprach er nun aus, was Siggi nicht hören wollte.

Und wie er es erwartet hat, wurde sie um die Nasenspitze blass.

»Aber, ich denke, das ist keine gute Idee, denn wie du weißt, haben wir zurzeit eine Menge zu tun.«

Mit Erleichterung hörte sie die Worte und atmete hörbar auf. Hubbi legte nach: »Das kommt überhaupt nicht in frage. Ich verliere womöglich meinen Job, nur weil ich meine Frau bei einem „Sexbadeurlaub an der Nordsee" begleite. Nein, das kann ich nicht machen. Wenn du fahren willst, bitte dann tu das, aber ohne mich.«

Sigrid kuschelte sich an ihrem Hubbi und streichelte seinen leicht gewachsenen Bauch.

»Ach, mein Hubbi. Verzeih mir, an all das habe ich nicht gedacht. Stimmt ja, du hast einen Job und bist auch immer zuverlässig. Das liebe ich ja auch an dir. Ich hoffe, du langweilst dich nicht, wenn ich unterwegs bin. Aber danke, dass du mich fahren lässt. Gleich rufe ich Greta an und sage ihr zu. Sie wartet darauf. Natürlich habe ich mit der Zusage gewartet, bis du mir das ok gibst, mein Liebster.«

Hubertus hatte bemerkt, dass sie ein falsches Spiel mit ihm trieb. Irgendetwas stimmte nicht. Das Misstrauen in ihm kochte.

Miststück, dachte er und lächelte Siggi dabei an. *Du*

kleines, verlogenes Miststück! Was hast du wirklich vor? Wo und mit wem wirst du das Wochenende verbringen? Ich weiß, dass du soeben die Regeln gebrochen hast. Und dafür wirst du büßen. Ich werde hinter dein Geheimnis kommen, so wahr mir der Teufel helfe.

Während dem morgendlichen Liebesakt malte er sich einige Foltermethoden aus, mit denen er Siggi bestrafen wollte. Alle Arten endeten mit einem unguten Ende für Siggi. Diese Aussicht beflügelte Hubbi und trieb ihn zur Höchstleistung an, was Siggi nichts ahnend, sehr gut gefiel.

Wieder legte sich ein weiterer Schatten auf Hubertus gequälter Seele.

Am Samstag stand Sigrid im Flur. Wie immer ein wenig zu aufgedonnert, vor allem für einen Urlaub an der Küste. Sie wollte und konnte nicht altwerden. Ihr kleines Köfferchen in der Hand, sagte sie ihm auf Wiedersehen. Ihr Kuss war eher oberflächlich und nicht ehrlich. Sie wollte nur weg, das merkte er, und spürte ein unwohles Gefühl im Magen. Hubbi ließ sich aber nichts anmerken und wünschte ihr viel Spaß.

Lächelnd winkte Hubertus seiner Frau nach, als sie mit dem Taxi davonfuhr. Lieber wäre es ihm gewesen, er stände an ihrem Grab, denn dann wäre das Abschiedslächeln auch ehrlich gewesen.

Doch was nicht ist, kann ja noch werden, dachte er sich.

Zu Fuß wäre Siggi in 10 Minuten am alten Bahnhof gewesen, doch das wollte sie nicht. Mit dem Taxi sah es so aus, als ob sie sich mit der Freundin weiter weg treffen würde. Entsprechend kurz war dann auch die Taxifahrt. Der Fahrer meckerte nicht über die kurze Strecke, denn sie gab ihm 5.- € Trinkgeld.

Als Sigrid außer Sichtweite ist, geht er ins Haus, entledigt sich seiner „Häuslichen Sportkleidung" und zieht Jeans und Poloshirt an. Damit wollte er seine nicht gerade sportliche Figur aufpeppen. Mit 120 Kilo war er kein Leichtgewicht, was sein Bauch unterstrich. Er hatte eine Waage im Bad, auf die er sich allerdings sehr ungern drauf stellte. Bis zu der Anzeige: 120 kg hatte er ein Smiley angebracht, das lächelte. Bei 125 kg wurde aus dem lächelnden, ein grimmiges Gesicht und bei 130 kg gar ein böses. Entsprechend seinem Gewicht wurde seine Tagesstimmung.

Hubert wusste nicht, dass Siggi die Waage nach und nach um 3 Kilo nach unten manipuliert hatte, denn wenn sich ihr Hubbi beim Essen zurückhielt, wurde er ungenießbar.

Ab diesem Wochenende begann Hubertus intensiver über die Bestrafung nachzudenken und stellte sich selbst Fragen.

Es waren eine Menge an Fragen, die von nun an in seinem Kopf Unruhe verursachten. Zum ersten Mal, seit sie verheiratet waren, ging er an ihren Aktenschrank. Er stand in ihrem Arbeitszimmer, direkt neben ihrem Schreibtisch. Es fiel ihm auf, dass der Tisch so gut wie unbenutzt dastand. Viel zu groß, dafür, dass sie so gut wie nie daran arbeitete. Weil der bestimmt noch von ihrem Mann stammte, störte er Hubertus nicht weiter. Die Türen und die Schubladen vom Aktenschrank hatten keine Schlösser. Wozu auch, bis eben hatten sie ja auch keinen neugierigen Ehemann zu befürchten.

Den Ordner „Nachlass" nahm er sich als Erstes vor. Schon nach den ersten Seiten wusste er, wie reich seine Frau wirklich war. Sofort machte er sich darüber Gedanken, warum sie ihn nicht bitten würde, die Arbeit aufzugeben und nur noch für sie da zu sein oder, dass er wenigstens kürzertreten soll.

In diesem Ordner fand er auch die Zugangsdaten zu ihrem Online-Banking. Mit Computern und entlocken deren Geheimnisse kannte er sich gut aus. Ein Hobby, das durch Veränderungen in seinem Beruf entstanden war. Auch auf dem Bau zog die

Elektronik immer mehr ein. Fast alles wurde heutzutage durch Elektronik gesteuert. Nur Kabel zur Steckdose zu verlegen war schon lange nicht mehr das, was seine Arbeit war.

Schnell hatte er sich eingeloggt und schaute sich auf ihren Konten um. Hubertus bekam von seiner holden Frau ein Almosen überwiesen, gemessen ihrer monatlichen Einkünfte.

Was ist, wenn ihr was passiert, stellte er sich die Frage.

Dann bekommst du wahrscheinlich weiterhin deine Zuwendung, denn das ist ja durch einen Dauerauftrag geregelt. Doch was ist, wenn die Bank erfährt, und das wird sie sicherlich, dass es Frau Meister nicht mehr gib? Sie wird die Konten sperren. Nur Berechtigten ist dann der Zugang gewährleistet. Und das bist du nicht mein Bester.

Wie er sich in den Umsatzanzeigen der Konten umsah, blieb ihm die Spucke im Hals stecken.

Dieses hinterhältige Miststück, dachte er erbost. Mir rechnet sie jeden Cent vor und was macht sie? Hubertus sah sich die Ausgaben an, die durch Einzugsermächtigung abgebucht wurden.

Friseurbesuch, jede Woche 70.- €. Maniküre & Pediküre, ebenfalls wöchentlich 110.- €. Massage und Fitness 160.- €. So ging die Liste weiter und weiter und in Hubert kochte heiße Wut hoch, die durch sein Blut rauschte. Kopfschüttelnd rechnete er hoch, was seine holde Gattin jeden Monat für sich alleine ausgab. Es war mehr, als er verdiente und das machte ihn sprachlos. Nun war die Neugier in ihm erst recht geweckt und er wollte es jetzt genauer wissen.

Sehr oft hatte er seine Gattin nicht am Rechner gesehen. Ihre Kontoauszüge lud sie sich herunter und ordneten sie so ein, dass der Steuerberater schnell und effizient arbeiten konnte. Schließlich hatte sie Mieteinnahmen und Gewinne, die versteuert werden mussten.

Da Siggi fast immer mit ihrer „Goldenen Visa Card" bezahlte, reichte es, wenn sie einmal im Monat am Automaten Geld abhob. Oder, wie es jetzt der Fall war, dass sie Bargeld für ihren Wochenendtrip benötigte. Die Schalter-Aktionen waren ihr zuwider. In der Bank ihrer Wahl stand eine Frau am Schalter, ein „Püppchen" und ließ es Sigrid immer merken, dass sie auch ein Modell hätte sein können. Bewusst kokett bediente sie andere Frauen. *Schaut her, ich bin es: die gut aussehende Bankfrau.* Jedes Mal, wenn sie was am Schalter zu erledigen hatte, spürte Sigrid diese Arroganz und die Meinung über sie: *zu blöde, um das Zuhause zu erledigen.*

Die Gute vergaß, wenn alle von zu Hause ihre Bankgeschäfte erledigten, sie wohl arbeitslos wäre. Nein, Siggi wollte der Bankerin nicht den Gefallen tun und als dumm dastehen. Sie hob Geld am Automaten ab und das reichte ihr. Die Kontoauszüge druckte sie zu Hause aus und wanderten in die Ordner.

Hubertus hatte nach einer guten Stunde den vollen Überblick über die Ein- und Ausgaben seiner Ehefrau. Da er nicht bevollmächtigt war, selbst dann nicht, wenn ihr etwas zustoßen würde, sie auf einer Intensivstation liegt und nicht handlungsfähig wäre.

Das musste er ändern, denn wie sagt man so schön: *Der Teufel ist ein Eichhörnchen.* Um die Sache zu vereinfachen, falls sie Hilfe oder Geld benötigt, setzte sich Hubertus kurzerhand in den Konten als Bevollmächtigten ein. Das entsprechende Formular lud er sich herunter, Unterschrift drunter, eingescannt und wieder verschickt. Die Unterschrift von Sigrid war einfach nachzumachen. Ein unterschriebenes Formular von ihr, Pauspapier von einem Rechnungsblock, den er in der Schublade vom Schreibtisch gefunden hatte, die Linien nachgezogen und die Unterschrift war getätigt.

Eine Geldüberweisung oder andere Änderungen nahm er nicht vor. Sigrid müsste sich schon in die hinteren Bankvorgänge einloggen, um diese Daten-änderung zu bemerken. Das würde eher nicht ge-schehen. Und wenn sie es doch merken würde, dann fiel ihm schon was ein. Er wartete auf die Be-stätigung, die in den Konten kurz darauf ankamen, und löschte diese.

Als er sich sein Abendbrot herrichtete: Bratkartof-feln mit Speck und Zwiebeln, dazu eine frische Bratwurst und drei Scheiben Blutwurst, dachte er über sein Handeln nach.

Wieso habe ich mich jetzt da eingebracht? Wenn ich vor ihr sterbe, bekomme ich doch sowieso nichts. Wenn sie vor mir stirbt, bin ich doch als Ehemann ihr Erbe. Der Bruder bekommt doch nur den Pflichtteil oder? Nachtei-liges, also ein Testament gegen mich, habe ich nicht ge-funden. Also, warum habe ich das geändert?

Zweifel kamen in ihm auf und er dachte daran, die Bankänderungen zurückzunehmen. Doch je länger er sein schmackhaftes Abendbrot verzerrte, umso gelassener, um so gefestigter wurde sein Entschluss, es nun so zu belassen. Nach der Abendmahlzeit ließ er sich in der Stammkneipe sehen und es wurde ein langer, feuchter Abend. Die Knobelschulden hielten sich in Grenzen, die er sich leisten konnte.

Am Montagabend kam seine Frau mehr als gut gelaunt von ihrer „Freundinnen Tour zurück".
»Stell dir vor, mein Liebster, ich hatte einen noch
nie erlebten Orgasmus mit einer Frau. Sie kannte
Praktiken, die ich in meinem Liebesleben noch nie
erlebt habe. Dadurch, dass ihr Mann nicht mitkonn-
te, der musste auch arbeiten, waren wir allein und
haben nach anfänglicher Schüchternheit uns total
gehen lassen.«
Das Wort „Schüchternheit" hörte sich bei ihr so an,
als wenn Hubbi ihr erzählen würde, er trinke sein
erstes Bier. Er sagte mal wieder nichts dazu, sondern erwiderte: »Da freue ich mich für dich. Ich habe mir am Samstag zwei drei Bier mehr gegönnt, als
für mich gut war.
»Ja, gönn dir das, wenn ich nicht da bin, mein Liebster. Danke noch mal, dass du mich hast alleine fahren lassen.«
Sie ging zu ihm und gab ihm einen dicken Kuss auf
seinem Mund.
Hatte er früher ein Wohlgefühl, wenn sie ihn küsste, so spürte er außer der Berührung nichts mehr.
Die Gefühle zu ihr änderten sich immer mehr, wurden weniger, je mehr ihm bewusst wurde, dass er
nur einer ihrer „mein Liebster" war, die sich wahr-

schiedlich vermehrten wie die Maden im Speck. Da Siggi nun die Regeln gebrochen hatte, würde sie in Zukunft nicht mehr davon ablassen.

Diese Erkenntnis ließ seine Seele wutentbrannt aufschreien. Rache! Sie wollte Rache für das, was Siggi ihm antat. Nur mühsam kann sich Hubertus beherrschen, um nicht seiner verlogenen Frau an die Gurgel zu springen und zuzudrücken.

»Wo wart ihr in Holland?«, stellte Hubertus die Frage, auf die Sigrid nicht gefasst war.

So genau wusste sie das nämlich nicht. Als sie am Samstag in das Wohnmobil einstieg, ging sie auf Geheiß des Fahrers sofort nach hinten und dort blieb sie dann auch die ganze Strecke. Hier war sie mit zwei Männern und einer Frau zusammen. Die Fahrt dauerte knapp 4 Stunden. In der Zeit kam man sich näher. Der Mann, der sich als Norman vorstellte, ging hier und da nach vorne zu Andy. Die Frau hieß Rosi, Abkürzung von Rosalinde und war mehr als nur üppig. Sie machte keinen Hehl daraus, dass sie stolz auf ihre großen Brüste war. Jeder, auch wenn derjenige es nicht wollte, bekam sie zu sehen. Auch die dazu passenden großen Warzen. Die Männer hatten ihren Spaß. Siggis Freude hielt sich in Grenzen.

Um nicht unhöflich zu sein, nahm auch sie das Angebot an und saugte einmal an einer der harten Nippel. Rosi schien das nicht fest genug zu sein und forderte Sigrid auf, noch fester daran zu saugen und auch zu knabbern. Erst später sah sie, dass die Nippel der Frau Blau unterlaufen waren und fast zu platzen drohten. Rosi bestätigte die Anmerkungen der Männer, dass sie dem Sado-Maso verschrieben war.

Als sie in Holland am Ziel waren, hatte sie den Namen des Ortes gehört „Keudekerke" oder so ähnlich. Und den Namen „Vlissingen". Mehr wusste sie nicht. War auch nicht wichtig zu wissen, wo man ist, wenn es darum ging, sich was Gutes zu gönnen oder gönnen zu lassen.

Drei Wohnmobile trafen sich an der holländischen Küste, parkten auf dem dort ansässigen Campingplatz nebeneinander und ließen die Welt, Welt sein. Sechs Männer und sechs Frauen. Schon auf der Hinfahrt wurden Rosi und Siggi von dem Mann mit dem Namen Jürgen im hinteren Teil des Campers verwöhnt. Für Sigrid eine Erfahrung, die ihr gefiel. Sex während einer Autofahrt. Ein besonderes Erlebnis. Gas geben, Bremsen, Fahrbahnwechsel oder über die Unebenheit einer Brücke zu fahren, brachten unbekannte Gefühle hervor. Sie fand am Ende die Fahrt zu kurz.

»Schade, dass wir schon da sind«, erklärte sie dann auch beim Aussteigen und erntete ein mehrfaches Grinsen.

So dachten wohl alle. Alle? Nein, denn die Fahrer mussten ja am Steuer bleiben. Da die Wohnmobile nur gemietet waren, kam ein Fahrerwechsel aus Versicherungsgründen nicht in frage.

Der Campingplatz war gut besucht und so beließ man es erst mal mit Grillen, Bierchen und ausruhen, um die Zeit bis zum Abend zu verbringen. Nach und nach wurde es ruhiger auf dem Platz. Umso größer wurden die Sexgelüste der Gruppe.

Kilometerlanger Sandstrand lud des Abends ein, eine Party direkt am Meer zu feiern. In einer kleinen Sandbucht, die Andy ausgesucht hatte, war man unter sich. Essen, Trinken, Baden und jede Menge Sex. Wer am Ende mit wem Sex hatte, lässt sich nicht wirklich feststellen. Zumal die Party am Sonntagmorgen weiter ging, bevor sich alle erschöpft einige Stunden ausruhten. Weiter ging die Party dann am späten Nachmittag. Zwischendurch wurde gegrillt und getrunken, wie tags zuvor. Am Montag, am späten Vormittag verabschiedete sich die Gruppe voneinander. Andy brachte Jürgen, Rosi und Siggi wohlbehalten zurück nach Düsseldorf und den Vororten.

Noch am Montagabend schaute Hubbi sich die Route mit seinem Handy an, die seine heuchlerische und verlogene Gattin mit ihrer neuen Bekanntschaft zurückgelegt hatte. Circa 300 km bis zum „Urlaubsort" stellte er fest. Die Fahrt ging über Venlo, Eindhoven, Turnhout, Bergen und dann weiter zur Küste. Ihm war klar, dass so was nicht von jetzt auf gleich geplant sein kann.

Hubertus hatte sich vorgenommen, etwas mehr auf seine Frau und ihre Exkursionen zu achten. Verhindern wird er sie aber nicht können. Nein, dazu war er zu abhängig von ihr. Dieses Bewusstsein schmerzte in seiner Brust. Doch es war nicht nur Schmerz in ihm. Wut und auch Hass hatten sich dazugesellt und bedienten die immer dunkler werdende Seele, seine bösen Gedanken mit Nahrung.

Als sich Hubertus am ersten Freitag des Monats für seine Schützenversammlung fertigmachte, Sigrid jedoch keine Verabredung hatte, sah sie ihm zu und wurde dabei immer unzufriedener. Deshalb fragte sie ihn: »Darf ich mitkommen?«
»Bitte?« Hubbi glaubte, er habe sich verhört.
»Darf ich mitkommen, zur Versammlung?«

Also hatte er sie doch richtig verstanden. *Warum wollte sie mitgehen? Hatte das Luder wieder einen Plan, den ich nicht durchschaue?* Mittlerweile sah er in jeder Aktion von Siggi eine neue Demütigung, die sie ihm zufügen wollte. Dass es ihr nicht gefiel, dass er im Schützen- und Kegelverein war und auch zu den Treffen und Versammlungen ging, hatte sie des Öfteren mit spitzen Bemerkungen kundgetan.

Sie gönnt mir die wenigen Stunden nicht, die ich mit Freunden und Kameraden verbringe, war dann auch das Ergebnis seiner kurzen Überlegung. Etwas hart fiel auch seine Antwort aus: »Nein, du kannst nicht mitkommen, die Versammlung ist nur für Mitglieder. Wenn Kirmes ist, dann darfst du natürlich mitkommen. Aber jetzt nicht.«

»Aber es sind doch auch Frauen in eurem Verein. Dürfen die auch nicht zu den Versammlungen?«

»Klar dürfen die dahin. Aber du bist nicht im Verein, also auch keine Versammlung für dich.«

So schnell wollte Sigrid nicht aufgeben, deshalb wurde ihr Ton milder und trat näher zu ihm. Mit einem hingebungsvollen Lächeln, das in Hubbi's Augen aufgesetzt und falsch wirkte, sagte sie, während sie ihn zwischen den Schenkeln streichelte: »Was hältst du davon, wenn ich auch in den Verein eintrete? Dann machen wir wieder was zusammen, so wie früher!«

Genau das wollte Hubbi eigentlich nicht. Er wollte auch mal alleine ausgehen. So wie es Sigrid immer häufiger tat.

»Was ist, mein Liebster, was hältst du von meinem Vorschlag? Komm, nimm mich bitte mit. Ich kann mich bestimmt auch nützlich machen.«

Ihre flinken Finger huschten über den Reißverschluss seiner Hose und ihre Hand übte dabei leichten Druck aus. Das blieb nicht ohne Folgen. Die zarten Berührungen ließen Hubbi's Männlichkeit anwachsen und schnell drehte er sich weg von seiner Frau. Jetzt noch ein Quickie, war das Letzte, was er wollte. Eigentlich war auch Siggi gegen eine *schnelle Nummer*, deshalb wusste er, dass sie auf jeden Fall mitkommen wollte. Sonst hätte sie sich niemals so herabgelassen und gegen ihre Prinzipien verstoßen.

Nun stand Hubbi in der Klemme. Sagte er ihr ab, würde er damit zeigen, dass er sie nicht an seiner Seite haben möchte. Ein Hinweis an sie, dass sie ihre Ausflüge ruhig machen kann und es ihm egal wäre, ob sie die Regeln einhielt oder nicht. Das durfte aber nicht geschehen. Siggi musste im Glauben bleiben, dass zwischen ihnen alles in Ordnung ist.

Dafür sprach auch, dass der Verein immer auf der

Suche nach neuen Mitgliedern war. Der Vorstand würde es ihm übel nehmen, sollte er es irgendwie erfahren, da er immer dafür plädierte, dass Mann und Frau in den Verein eintreten sollten.

Hubbi gab sich geschlagen.

»Ok, dann zieh dich an, aber takle dich nicht so auf. Es ist ein Schützenverein und kein Sexklub, den du mit deinen Reizen beeindrucken willst.«

Siggi hob nur leicht die linke Augenbraue, dann hatte sie sich wieder unter Kontrolle. In einer anderen Situation wäre sie ihrem Hubbi frech über den Mund gefahren. So drehte sie sich um, lief die Treppe hinauf und rief: »Ich bin gleich fertig.«

Im Vereinslokal war es keine große Sache und Sigrid war zum Mitglied erklärt worden, auch wenn sie selbst kein eigenes Glied hatte. Doch im Verein waren ja genug Glieder.

Schon auf dem Weg zur Versammlung malte sie sich aus, wie sie den einen oder anderen Mann verführen würde. Wer kann schon von sich behaupten einen Verein als Liebhaber zu haben. Sie würde sich an Hubertus rächen wollen, für jeden Freitag, den sie ohne ihn verbringen müsste. Genug Mitglieder gab es im Verein. Jetzt hoffte sie darauf, dass es nicht nur alte Knacker waren, sondern dass es auch den einen und anderen jungen Bock gab, der zum

Abschuss bereit war.

Sigrid kannte nur wenige Mitglieder im Verein, und wenn auch nur vom Sehen. Und sie erspähte auch ein paar interessante Ehemänner, mit denen sie in ihrer Fantasie bereits Spielchen trieb. Dieser Gedanke war auch Hubbi gekommen, als er Siggis interessierte Blicke bemerkte, die an einigen Kameraden länger, als nötig, hängen blieb.

Das wagt sie nicht, dachte Hubbi und spürte Zorn in sich aufsteigen. *Sie kann mich betrügen, mit wem sie will, aber niemals mit einem meiner Schützenbrüder.* Sein Blick sprach Bände, als er seine Frau von der Seite ansah. *Wenn du das wagst, Liebling, werde ich schneller zum Witwer, als du damals zur Witwe geworden bist.*
Durch Gespräche mit seinen Kameraden wurde er von diesem bösen Gedanken wieder abgelenkt.

Im Laufe des Abends lernte sie die Männer etwas näher kennen, leider auch deren Frauen. Obwohl, wenn sie die Männer verführen könnte, hatte sie da nicht ein doppeltes Vergnügen? Einer Frau Hörner aufzusetzen, wer schafft das schon. 32 Hörner wären ein stattliches Geweih. Hubbi's nicht mit eingerechnet. Vom Vorstand bekam sie den Hinweis, dass ihr die Mitgliederliste zugesendet würde. Schließlich wollte man, dass sie sich voll in den Verein intrigierte. Dazu ist es wichtig, mit einander zu kommunizieren, hatte er ihr erklärt.

Nicht nur das, lieber Vorstand. Ich werde den Kontakt suchen und nach und nach jeden aufnehmen, dachte sie und lächelte den älteren Mann an, der für die Art Kontakte, den sie sich vorstellte, nicht in frage kam.

Es wurde ein lustiger Abend mit viel Geschwätz und vielen Sprüchen. Terminabsprachen und immer wieder ein leckeres Bierchen dazwischen, denn reden machte durstig und die Stimme musste geölt werden. Einige Damen bevorzugten einen „Kurzen". Siggi konnte einem „Kurzen" nichts abgewinnen, nein, sie nahm ein großes Bier.

Auf dem Rückweg hatte sie sich überlegt, ob sie sich nicht selbst ein Wohnmobil ausleihen sollte? Mit so einem Gefährt wäre es möglich, treffen zu arrangieren, ohne, dass ein Hotelzimmer gebucht werden müsste. Es war auch eine Kostenfrage für Sigrid, denn sie hielt ihr Geld gern beisammen. Die meisten der Schützen waren verheiratet. Ein Treffen bei ihm oder gar bei ihr fällt somit aus. Die Nachbarn sind die besten Spitzel, wenn es darum geht, Geheimnisse herauszufinden und in der Nachbarschaft, was ganz Oberrath bedeuten würde, zu verbreiten. Wald- und Wiesensex fallen ebenfalls aus, da kurze Nummern für sie nicht in frage kommen.

Andy, ihr Nordsee-Erlebnis, war bei der Verwirklichung dieser Idee eine große Hilfe.
»In Vennhausen gibt es mehrere Verleiher für WoMo`s«, eine Abkürzung für Wohnmobil und unter Campern ein gängiger Name für diese Fahrzeuge. »Einer davon bietet auch Günstige, Gebrauchte zum Kauf an, die für deine Zwecke ausreichen sollten. Ich denke, ich weiß, wofür du ein Campingfahrzeug haben möchtest. Sag mir Bescheid und ich helfe dir bei der Suche und Auswahl.«
Ein Angebot, auf das sie bestimmt zurückkommen würde. Natürlich auch, um mit ihm das Bett darin zu testen.
Siggi hatte ein Auto, einen quietschgelben VW Käfer, Sonderanfertigung, versteht sich. Sie ist auch eine gute Fahrerin, doch ein Wohnmobil hatte sie noch nie gesteuert.

In einer Fahrschule nahm sie Fahrstunden. Sie erklärte dem Fahrlehrer, dass sie ein Wohnmobil kaufen möchte, sie aber so ein großes Fahrzeug noch nie gefahren habe. Sigrid wollte mit einem kleinen

Laster üben, doch der Fahrlehrer zeigte ihr einen Sprinter, den er ebenfalls hatte und erklärte, dass es ausreichen würde, wenn sie mit ihm einige Fahrstunden machen würde. Schließlich hat der Sprinter ungefähr die Größe eines kleinen Wohnmobils und reichte deshalb vollkommen aus.

Ein- und Ausparken brachte er ihr bei. Wie man sich mit einem großen Gefährt in den Verkehr einreiht, wann es Sinn macht, einen LKW zu überholen und andere Dinge, die Siggi schnell lernte und nach sieben Übungsstunden sagte der Fahrlehrer, sie könne nun unbesorgt einen Camper kaufen und ihn fahren.

Von all diesen Gedanken und Vorbereitungen bekam ihr treuer und fleißiger Ehemann nichts mit. Er ging seiner Arbeit nach und freute sich, dass Sigrid ein wenig freundlicher wurde, als in der letzten Zeit. Ihr schien der Schützenverein zu gefallen. Bei jeder Versammlung war sie dabei und unterhielt sich mit seinen Kameraden und deren Frauen. Nicht wissend, aber doch ahnend, dass sie, an deren Hörner bastelte. Im Schützenverein selbst, war sie schnell beliebt. Spendete sie doch immer wieder ein Fäßchen oder lud Vereinsmitglieder zu sich nach Hause ein. Hubertus kochte für die Gäste dann Gulaschsuppe oder stellte ihnen ein kaltes Buffet hin.

Frikadellen, Schnitzelstückchen, Spieße und auch ein paar verschiedene Salate.

Nicht nur er kümmerte sich um das leibliche Wohl der Gäste. Auch Sigrid kümmerte sich um die Gäste, besonders um die männlichen.

Schon nach kurzer Zeit, und erfolgreichen Fahrstunden, war sie mit Andy unterwegs, das geeignete Freudendomizil zu finden.

In Vennhausen wurden sie dann auch wirklich fündig. In dieser Gegend gibt es für Wohnwagen und Wohnmobile mehrere Verkaufs- und Leihgeschäfte mit riesigen Plätzen, auf denen die Fahrzeuge und Wagen standen.

„Wer hier nichts findet, sucht auch nichts", erklärte der Verkäufer und schlug sich lachend auf die Schenkel. Leasen, oder nur ab und an ausleihen, wollte Siggi am Ende das ausgesuchte Wohnmobil dann doch nicht, obwohl sie diese Option hatte. Nein, sie kaufte es. Das Fahrzeug ihrer Begierde lag unter 20. 000.- € im Preis und so konnte Sigrid ihn anstandslos mit ihrer Gold-Card bezahlen. Bett und Kühlschrank waren in dem ausgesuchten Modell vorhanden. Kaffeemaschine mit einigen Tassen, waren denn auch die wichtigsten Utensilien als

Ausstattung, die sie zusammen mit Bettwäsche, Handtücher und Reinigungsmittel, beim Discounter kaufte.

Über den Händler wurde der Camper zugelassen mit dem ausgewählten Kennzeichen: D-SM 666. Das Zulassungskennzeichen mit 4 mal 6 war leider schon belegt. Nun, dreimal Sex ist ja auch schon was.

Mit Andy holte sie wenige Tage später das Fahrzeug ab, zugelassen und mit neuem TÜV und parkte ihn vorerst nicht direkt vor der Haustüre. Das sollte ja erst mal noch ihr Geheimnis bleiben. Deshalb wurde das WoMo am Rhein auf einem Parkplatz abgestellt. Der „Probebetrieb" am Lehrufer mit Andy lief ohne Komplikationen ab. Das *„Freuden-Vehikel"* konnte seinen Dienst aufnehmen.

Am Lehrufer parkten einige Leute ihre Wohnmobile. Die vielen Busse aus Holland, Belgien oder weiteren Anliegerstaaten standen hier auch immer in Reih- und Glied, wenn sie ihre Fahrgäste und das Personal der Ausflugsanbieter aussteigen ließen.
Mehr durch Zufall war sie auf diesen Standort gekommen. Bei einem Rheinspaziergang hatte sie beobachtet, dass sich zwei Menschen begrüßten und

dann in einen der geparkten Wohnmobile ver-
schwanden.

Ah, schau an, so macht man das heute.

Neugierig geworden ging sie zu dem Schild, dass
vor der Schranke aufgestellt war.

14 Tage konnte man mit einem Wohnmobil oder
Wohnwagen hier parken. Danach musste man den
Platz verlassen. So verhinderte die Stadt, dass sich
Dauercamper niederlassen. Bei 15,- € die Woche
extrem günstig. Gerade für die nahegelegen Besu-
cher der Stadt Düsseldorf ein preiswertes Angebot,
um in der Stadt einzukaufen, sich die Gegend und
Attraktionen anzusehen, anstatt das Geld für teure
Parkgebühren auszugeben.

Sigrid löste das Problem, indem sie ihr Wohnmobil
alle 2 Wochen vom Platz fuhr und direkt wieder
hinein. Sie stellte dann den Camper auf einem anderen Platz ab, das neue Parkticket legte sie sichtbar
ins Führerhaus und konnte nun wieder 14 Tage beruhigt ihren Freuden nachgehen.

Eine tolle Einrichtung, wie Siggi fand, denn sonst
hätte sie ein Problem gehabt, denn andere Möglichkeiten zum Parken gab es für so ein großes Fahrzeug kaum in ihrer Gegend.

Hubertus fuhr wie immer jeden Morgen zur Arbeit.

Siggi nahm in dieser Zeit Kontakt zu einigen Mitgliedern des Schützenvereins auf. So wie es der Vorstand wünschte. Dazu nutzte sie die „Kontaktliste" vom Verein. Kontakt und dann vereinen.

Sigrids Plan war von Anfang an, dass sie alle seine Freunde verführen wollte, um sich zu rächen, da er es gewagt hatte, Solotermine wahrzunehmen. Dass sie Hubertus mit Andy betrogen hat, schloss sie aus ihren Gedankengängen aus.

Es dauerte nicht lange und sie verabredete sich mit einem der Schützen. Das musste natürlich im Geheimen stattfinden. Sigrid war sehr aufgeregt. Eine neue Art sich zu vereinen. Bisher war Hubertus immer dabei, außer bei Andy und dem Ausflug nach Holland, oder sie berichtete ihm anschließend von ihrem Abenteuer. Das ging diesmal wieder nicht. Denn Siggi wollte die Abmachung zwischen Hubbi und ihr erneut hintergehen und die aufgestellten Regeln brechen. Siggi hofft, dass Hubertus ihr nie auf die Schliche kommen wird, denn dass dieses Donnerwetter, das kommen wird, ihre Ehe zum Platzen bringen würde, war ihr bewusst. Vielleicht würde ihr Hubbi sie sogar schlagen oder mit Sexentzug strafen, wenn er davon erfährt.

Sigrid schob all diese unheilvollen Gedanken von

sich. Sie wollte ihren Spaß und den würde sie auch bekommen. Hätte Siggi zu diesem Zeitpunkt geahnt, zu was ihr Hubbi fähig wäre, wenn er von diesem Verrat erfährt, wäre sie die treue Ehefrau geblieben und hätte sich an die besagten Regeln gehalten. Doch wie heißt es so schön: *Wer sich nicht an Abmachungen hält, wird büßen und schwer bestraft.* Ihr Hubertus wäre dazu sehr wohl in der Lage.

Mit Fred startete sie die Aktion: „Geweih".
Viel Zeit oder Überredungskunst hat es nicht gebraucht, denn Fred war von ihrer Einladung sehr angetan.

Am Morgen parkte sie ihren gelben Käfer auf dem Parkplatz für PKWs und hatte das Glück nicht allzu weit weg vom Stellplatz der Wohnmobile zu stehen. Eilig überquerte sie den Platz und schloss die Tür des Campers auf. Schnell huschte sie hinein und schloss sie hinter sich. Siggi hatte niemanden in der Umgebung gesehen und so nahm sie an, dass auch sie unbemerkt geblieben war. Kurze Zeit später klopfte es an der Tür.
»Fred«, begrüßte sie den Schützen mit zuckersüßer Stimme, »du bist ja sehr pünktlich. Komm doch herein«, und verschloss schnell nach ihm die Türe.
Auf dem Bett hatte sie schon eine Garnitur der

Bettwäsche aufgezogen und so konnten die beiden auch schnell zur Sache kommen.

Leider entpuppe sich Fred auch als schnelle Sache. Nur mit allen Tricks gelang es Siggi, dass er es auch noch ein zweites Mal schaffte, ein ganzer Mann zu sein, und sie damit ein wenig Befriedigung bekam.

»Du bist eine herbe Enttäuschung. Als ich dich als Mann ausgesucht habe, der es mit mir treiben darf, da habe ich gedacht, du bist jung, stark und ausdauernd. Leider muss ich das Gegenteil feststellen. Du kannst jetzt gehen und ein weiteres Treffen mit dir wird es nicht geben. Sei aber unbesorgt, ich werde den anderen nicht erzählen, dass deine „Potenzreden" nur heiße Luft sind.«

Mit hängendem Kopf, in zweifacher Hinsicht, zog er sich rasch an und verschwand. Dass er nicht plaudern wird, da war sie sich sicher. Denn dann würde der gesamte Schützenverein erfahren, wie klein sein Glied und wie kurz seine Ausdauer ist. Außerdem könnte seine Frau von diesem Seitensprung erfahren, was zu vermeiden galt.

Sigrid nahm sich nach diesem enttäuschenden Erlebnis vor, jetzt erst mal einen gestandenen Kerl aus dem Verein zu einem Schäferstündchen einzuladen. Sie zog sich an, entfernte das Einwegbettzeug und fuhr wieder nach Hause.

Terese, ihre Hausperle, hatte ganze Arbeit geleistet und das Haus gesäubert, die Böden gewischt, die Teppiche gesaugt und auch Wäsche gewaschenen und gebügelt.

Als Hubertus nach Hause kommt, liegt sie wieder auf der Couch und macht den Eindruck, als hätte sie den ganzen Tag gearbeitet. Wie gerne wäre sie wirklich geschafft gewesen. Nach der kurzen Episode mit Fred war daran nicht zu denken.
Da er seine verlogene und betrügerische Frau nicht bekochen wollte, hatte er von einem Schnellrestaurant in Oberrath mit Autoschalter, Schaschlik, Pommes und gemischten Salat mitgebracht.
Nicht gerade eine Mahlzeit die entzückt oder gar Gaumenfreuden auslöst, auch wenn das Essen an sich gut war, aber es war nicht von Hubbi.
Siggi schwieg dazu.

Hubertus traute seinem Eheweib nur so weit, wie er sie sehen konnte. Etwas war im Busch, auch in ihrem, das ahnte er, nur stichfeste Beweise gab es nicht. Noch nicht! Ihre Stimmungsschwankungen trieben Hubbi zur Weißglut. Hatte Siggi einen guten Tag, ließ sie ihn in Ruhe, nörgelte nicht an ihm herum und im Bett verausgabte sie sich, dass auch er was davon hatte.

An schlechten Tagen, so wie an diesem Dienstag, war sie mürrisch, nichts war ihr recht. An allem nörgelte sie herum und im Schlafzimmer nahm sie, ohne viel zurückzugeben. Hubertus musste all seine Kraft sammeln, damit *Er* standhaft blieb, denn er kam sich vor, als sei er nur ihre Marionette, aus der sie alles rausquetschte.

Hubbi ertrug Siggi kaum noch. Ihr unechtes Gehabe, ihre Launen und ihren Geiz, die Lügen und ihr falsches Spiel, das sie trieb, waren einfach zu viel für ihn. Oft ballte er in ohnmächtiger Wut die Fäuste. Wie lange er sich noch beherrschen kann, weiß er nicht.

Die Situation vor einigen Tagen machte sie mehr als nur der Untreue verdächtig.

Sie hatte ihr Handy auf dem Wohnzimmertisch liegen und war in der Küche. Als das Handy klingelte, kam sie angestürmt, nahm ihr Handy und ging in die Küche. Hubertus hatte dies von der Treppe aus mitbekommen.

Komisch, sonst lässt sie es immer Klingeln und ruft später zurück. Wieso hat sie es jetzt so eilig?

Die bösen Gedanken nahmen an Gewicht zu.

Siggi und Hubbi aßen das mitgebrachte Essen, ohne Lust und Genuss. Sie merkte, das Hubbi darüber nachdachte, ob nicht sie sich des Öfteren an den Herd stellen könnte? Auch sie hatte ab und zu darüber nachgedacht, schaffte es aber jedes Mal, den Anfall zu überstehen, ohne in der Küche zu landen.

An einem Montag war es dann doch soweit. Siggi war in der Küche und kochte, als er von der Arbeit nach Hause kam. Nudeln mit Soße, nicht gerade der Hit, doch Hubbi würdigte, dass sie sich überhaupt dazu durchgerungen hat.
Ja, nach Hause kommen und das Essen ist fertig. So kannte er es von seiner Mutter. Der Vater kam von der Arbeit und die Mutter hatte für die Familie gekocht. Hubertus Schwester Hannelore, die auch seine Trauzeugin war, hatte es mit der Küche nicht so drauf. Vielleicht war das auch der Grund, warum sie den Griechen Garzia geheiratet hat, der von Beruf Koch war.

Nach und nach beschränkte Hubert seine Kochkünste auf das Wochenende. Dann verwöhnte er seine Gemahlin und sich mit den besten und geschmackvollsten Gerichten. Das tat er nicht nur für Siggi, auch er selbst liebte sein zubereitetes Essen und genoss jeden Bissen. Siggis Essenskünste hielten sich in Grenzen und wurden auch nicht besser.

Während Hubert unter der Woche fleißig zur Arbeit geht, lebt Siggi ihre sexuelle Neigung aus. Morgens am Rheinufer und abends mit ihrem starken Ehemann.
Einmal meinte Hubert, den Geruch eines anderen Mannes an ihr zu riechen. Sofort spielte sich ein Szenario in seinem Kopf ab.
Er sah seine Siggi, wie sie sich auf und unter einem Mann rekelte und ihre Lust herausschreit.
Diese Luder, was denkt die, wie lange ich noch diese Verlogenheit und den schändlichen Betrug hinnehme?
Im Gedanken sah er, wie er sich Siggi näherte und seine Hände ihren Hals umschlangen.
Hubertus wäre nicht Hubertus, würde er diese Gedanken in die Tat umsetzen wollen, so Bedarf es eines Beweises. Er müsste sie in Flagranti erwischen. Wie er das anstellen wollte, war ihm aber noch nicht klar.

Die Zeit verging und Weihnachten stand vor der Türe. Siggi lud Hubertus zu einem Urlaub auf den Kanaren ein. So verknüpfte sie Urlaub und Visite. Sie stellte fest, dass Ferdinand einen guten Geschmack und einen guten Kauf getätigt hatte. Die

Wohnung lag in sehr guter Lage, nahe am Meer. Mehrere Häuser hatten hier einen Privatstrand, der auch noch bewacht wurde. Jetzt verstand sie, warum die Mieteinnahme so hoch war. Sie freute sich ein wenig, auf das älter werden. Oder sollte sie die jetzigen Mieter, ein älteres Ehepaar nicht doch ansprechen, ob sie umziehen wollten? Natürlich würde sie ihnen den Umzug „versüßen". Angesichts des Alters des Paares tat sie das aber nicht.

Wohl auch, weil Hubertus ihr gut zuredete, dass sie eine soziale Verpflichtung, die Ferdinand in die Wege geleitet hätte, nicht so einfach brechen dürfte.

Siggi und Hubbi kamen sich auf der Insel La Gomera wieder näher. Das lag auch am Mangel an Gelegenheiten, denn in dieser Gegend gab es keine Bars, Hotels oder Hochburgen für Geselligkeiten.

Mitte Januar beendeten sie ihren Urlaub. Hubbi hatte sämtlichen Urlaubs- und Freizeitanspruch zusammengekratzt und der war nun verbraucht. Wenn auch mit ein wenig Traurigkeit, diese Idylle verlassen zu müssen, freuten sie sich auf zu Hause.

Beide aus unterschiedlichen Gründen. Hubertus auf ein leckeres Alt und ein Treffen mit seinen Freunden. Sigrid darauf, wieder was *Fremdes* in sich zu spüren.

Andy, der Freund von Siggi, hatte brav alle 14 Tage

das Wohnmobil umgesetzt, damit der noch auf dem Platz war, wenn sie wieder zu Hause war. Bei der Übergabe des Schlüssels gab es für ihn dafür eine leidenschaftliche Hingabe von Siggi und einen schönen Dienstleistungsbetrag obenauf.

Siggi nahm sofort wieder Kontakt zu den Schützen auf, schließlich hatte sie bis jetzt nur wenige durch, die sie sich ausgesucht hatte. Diejenigen, die sie für sehr aktiv hielt, hatten Jobs oder ihre Frauen passten auf.

Nach jedem Schützen, den sie in ihrem Wohnmobil vernaschte, war ihr klar, dass sie mit Hubbi einen wirklich guten Liebhaber an ihrer Seite hatte.

Bei Gesellschaftstreffen der Schützen wurden die, die den Kopf senkten, wenn Siggi sie ansah, immer mehr. Sie schämten sich, weil sie ihre Frauen betrogen haben und wegen ihrer minderwertigen Leistung, die Siggi auch noch verhöhnte. Einer der Schützen hatte noch nie was mit einer Frau, die forderte und nicht wie ein Brett dalag. Er versagte vollkommen. Siggi beleidigte ihn wüst und warf ihn aus dem Camper. Seine Ehefrau war anscheinend damit zufrieden, was er zu leisten fähig war.

Wenn die wüsste, was ihr entgeht. Doch meinen Hubbi bekommt sie nicht. Was sie nicht kennt, wird sie auch nicht vermissen, dachte sich Siggi und belächelte die vermeintlich glückliche Ehefrau.

Hubertus wartete ungeduldig ab, was die dunkle Seele noch schwärzer werden ließ. Er wartete auf ein Ereignis, das sie eindeutig als Untreue Frau ausmachte, damit er seinen dunklen Gedanken nachkommen konnte. Hubbi spürte, dass es bald zu einem Finale kommen wird.

In der Nacht hatte Hubertus Meister einen schrecklichen Alptraum.
Er sah sich mit einem riesigen Geweih auf dem Kopf im Schützenzug marschieren und alle Zuschauer lachten ihn aus.
Die Menge zeigte mit den Fingern auf ihn, riefen: »Gehörnter« und einige warfen sogar mit Steinen nach ihm. Entsetzt blieb Hubertus stehen und sah in die Gesichter der Menschen, die sich in hässliche, schadenfrohe Fratzen verwandelt haben. Er wollte sich das Geweih vom Kopf reißen, aber es war angewachsen. Kalter Scheiß rann ihm in Bächen über den Körper und er wollte weg. Die Menschen johlten und lachten. Hubertus wollte fliehen. Doch wohin? Die Menge ließ ihn nicht durch, schubsten ihn zurück. Hilfesuchend sah er zu seinen Schützenbrüdern. Die hatten ihn eingekreist und auch sie

lachten ihn aus. Hubertus stieß jämmerliche Töne aus und drehte sich im Kreis. Immer schneller und schneller, alles um ihn herum wurde schemenhaft. Die Blasmusik wurde lauter, die Töne waren falsch und schrill. Er hielt sich die Ohren zu. *Aufhören*, rief er, *aufhören*. Plötzlich blieb die Welt stehen und seine Kameraden fielen übereinander auf den Boden. Endlich ließ der Schwindel bei Hubertus nach und er blickte argwöhnisch den Menschenhügel hinauf. Seine Kameraden lagen keuchend übereinander und jeder von ihnen rieb sich seinen Penis. Hubertus Blick wanderte nach oben. Dort stand seine Ehefrau Sigrid, die den Männerhügel eingenommen und besiegt hatte. Sie trug ein sexy Dessous und rote High Heels. Ihr brünettes Haar wehte um ihr schönes Gesicht, in dem ein Siegerlächeln stand.

Der Traum war so real, dass Hubertus schweißnass aufwachte und sich an den Kopf fasste. Natürlich war da kein Geweih. Doch dieser Traum festigte seinen Entschluss: Sein Weib musste weg, und zwar so, dass er auch das Erbe von ihr antreten konnte. Denn ein überführter Mörder, kann vom Gesetz her das Opfer nicht beerben. Wäre dies möglich, wäre bestimmt schon der eine und andere unter der Erde und der Täter würde seelenruhig seine Strafe absitzen und sich dann ein schönes Leben machen.

Hubbi hat sich in dieser Nacht, in der er den beunruhigenden Traum verarbeitete, fest vorgenommen, Sigrids Handy auszuspionieren.

Dass er sich im Traum in dem Schützenzug sah und Hörner trug, gefiel ihm nicht. Denn er wusste instinktiv, dass seine herrschende und reiche Ehefrau die Regeln bricht und fremdgeht.
Kann es wirklich einer meiner Schützenkameraden sein, mit dem sie mich schamlos betrügt? Wenn ja, wer von ihnen war es? Hubertus musste es endlich wissen, er ahnte es schließlich schon eine ganze Weile, dass Sigrid die Abmachungen und Regeln, die sie am Anfang ihrer Ehe aufgestellt hatten, gebrochen hat. Und, da war er sich sicher, nicht nur einmal.
»Diese Taktlosigkeit ihrerseits muss bestraft werden.«
Hubbi war anfangs selbst schockiert über seine Gedanken, die schließlich sein ganzes Denken ausfüllten. Wenn Siggi ihn wirklich betrog, würde sie ihn zum Gespött der Leute machen. Genauso, wie er es in diesem Alptraum erlebt hatte.
»Es gibt nur eine Bestrafung, die in frage kommt«, flüsterte es in seinem Kopf. »Siggi muss weg!«
Er erinnerte sich an die Gedanken, als er Siggi darin würgte.
Es dauerte nicht lange, dann ergab sich die Gele-

genheit zur Handy-Spionage. Siggi war in den Keller gegangen und hatte ihr Smartphone auf dem Wohnzimmertisch liegen lassen. Jetzt konnte er ein wenig in der geheimen Welt von Siggi herumschnüffeln.

Das großzügig gebaute Einfamilienhaus gehörte natürlich Sigrid. Mit Geld kann man sich einiges leisten und Hubertus hatte sich nach der Heirat auch schnell eingelebt und genoss den Luxus, der ihn von da an umgab. Obwohl er sich oft wie ein Hausdiener vorkam, der Siggi, von vorne bis hinten bediente, *wortwörtlich*, hielt sie in finanziell kurz.
Seine Angetraute wollte saunieren und anschließend im Whirlpool ein prickelndes Bad nehmen. Hubertus bot ihr an, eine Flasche Sekt im Eiskübel und kleine Häppchen hinunterzubringen, wenn er die Düsen des Whirlpools hört. Das gefiel Siggi und sie hoffte, dass ihr Hubbi ebenfalls in die große Wanne steigt und es auch eine erotische Massage geben wird.
Dies verschaffte Hubertus die Zeit, das Telefon unter die Lupe zu nehmen, ohne erwischt zu werden.
Den PIN, den sie benutzte, war immer noch der, den sie nach dem Kauf eingegeben hatte. Hubbi hatte ihr dabei geholfen, das Gerät in Betrieb zu nehmen. Und der Pin wurden die ersten vier Zah-

len ihres Geburtsdatums.

Zuerst sah sich Hubbi die Kontaktliste an. Schnell stellte er beim Herunterscrollen fest, dass sie fast alle Telefonnummern von den Mitgliedern des Schützenvereins mit Vor- und Nachnamen abgespeichert hat. Dann gab es da einen Namen, mit dem er nichts anfangen konnte. ANDY! *Wer ist Andy*, grübelte er. *Ob es einer ihrer heimlichen Liebhaber ist?* Vorsorglich nahm er sein Handy und speicherte die Nummer ab. Dann sah er sich den Terminkalender an. Für die nächsten zwei Wochen standen Dienstag und Donnerstag um 10.00 Uhr Termine an, die Siggi mit einem Namen und dahinter das Wort WoMo markiert hat. *Was ist WoMo*, überlegte Hubertus, dann stachen ihm aber die Vornamen ins Auge. Mattes, Hannes, Karl-Heinz ... alles Namen von Schützen. Und zweimal war der ihm unbekannte Andy an den Wochenenden eingetragen.

Hubertus übertrug ihren Terminkalender auf sein Handy. Er musste sich später noch mal mit ihm befassen. Obwohl er es sich nicht eingestehen wollte, war er bestürzt. Er hätte mit jedem Mann gerechnet, aber niemals hätte er gedacht, dass sie so rücksichtslos und kaltherzig, ja eiskalt berechnend wäre und es mit seinen Schützenkameraden trieb. Im fiel der Alptraum ein.

Intuition, murmelte er. Sein Unterbewusstsein hat es geahnt und der Traum sollte ihn auf die richtige Spur bringen. Fast schon mechanisch und emotionslos legte er ihr ausgeschaltetes Smartphone wieder zurück auf den Wohnzimmertisch, steckte sein Handy in die Hosentasche und ging in die Küche. Dann richtete er auf einem Teller kleine Häppchen an. Aus dem Kühlschrank nahm er den Sekt, öffnete ihn und stellte ihn in den Eiskübel. Aus dem Gefrierfach nahm er die Eiswürfel heraus und fügte sie dazu. Alles war angerichtet, als er die Düsen hörte.

Hubertus balancierte das Tablett in den Händen nach unten, in den Wellnessbereich. Siggi lag bereits erwartungsvoll in der Wanne und warf ihm eine Kusshand zu.

»Komm zu mir, mein starker Hengst«, gurrte sie mit süßer Stimme.

Hubertus wollte ihr am liebsten die Sektflasche in die nimmersatte Lustgrotte schieben und mit aller Kraft und Gewalt ihren Kopf unter Wasser drücken. Er überlegte auch, ob er nicht noch einmal nach oben gehen sollte, um sein Kleinkaliber-Gewehr zu holen, um ihr dann den Schädel wegzupusten.

Es kostete ihm all seine Beherrschung, die er aufbringen konnte, beide Eingebungen nicht zu tun.

Hubbi's Chef war nicht begeistert, als er ihm erklärte, dass er am kommenden Dienstag und auch am Donnerstag nicht zur Arbeit kommen würde. Er muss einiges an den Zähnen machen lassen, gab er als Grund an und da er auch Betäubungsspritzen bekommen würde, durfte er danach kein Auto fahren und erst recht nicht mit Geräten oder Strom arbeiten. Sein Boss willigte ein, als Hubertus versprach, ein paar Überstunden zu schieben.

Wie gewohnt verabschiedete er sich am Dienstag von seiner Frau und fuhr zur Arbeit. In Wirklichkeit nur bis zum alten Bahnhof und parkte seinen Wagen auf dem Parkplatz des Cent-Ladens.

Von hier hatte er einen guten Überblick, wenn Siggi von der Waldstraße kam und über die Kanzler- in die Oberratherstraße einbog.

Beide nahmen immer diesen kleinen Umweg, weil man von der Waldstraße nicht auf die linke Seite der Hauptstraße kam, um zur Innenstadt zu kommen. Einfach zu viel Verkehr. Am Ende der Kanzlerstraße gab es eine Ampel und klärte die Vorfahrt. Hoffentlich hatte er den richtigen Instinkt, denn wenn sie einen anderen Weg nimmt, stand er umsonst da.

Nach fast zwei Stunden Wartezeit, in denen er immer ungeduldiger wurde, kam sie endlich angefahren. Bis dahin hatte er überlegt, was das Wort *WoMo* zu bedeuten hat, dass hinter den Vornamen, in Siggis Kalender stand.

Ihr Auto, ein gelber Käfer, mit Sonderausstattung, war nicht zu übersehen. Siggi bog von der Kanzlerstraße auf die Franziskusstraße und fuhr in Richtung Innenstadt. Hubertus startete seinen Wagen und folgte ihr in einem sicheren Abstand. Dabei half ihm ihre Autofarbe. Am Mörsenbroicher Ei, bekannt durch die morgendlichen Staumeldungen von Antenne Düsseldorf, hätte er sie fast verloren, da die Ampel umsprang und er halten musste. Er hatte gerade noch gesehen, dass sie rechts abgebogen war, Richtung Theodor-Heuss-Brücke. Nachdem die Ampel für ihn wieder auf Grün schaltete, mache er sich mit ein wenig erhöhter Geschwindigkeit auf, ihr zu folgen. In Höhe des alten Straßenverkehrsamtes sah er, wie der gelbe Käfer sich rechts hielt und nicht die Fahrspur nahm, die auf der Brücke über den Rhein führte.
Auf die andere Seite des Rheins will sie also nicht, stellte Hubbi fest.

Kaum unten am Rheinufer, sah er, wie Sigrid vor der Rheinterrasse einbog und auf den Parkplatz am

Robert-Lehr-Ufer fuhr.

Was will sie denn hier, wunderte er sich und fuhr bewusst langsam, auch wenn es dem Fahrer hinter ihm missfiel und der deshalb hupte. Nur wenig später bog er auch in die Einfahrt zum Parkplatz ein.

Er sah, wie sie ihren Wagen parkte und ausstieg. Gut das er noch oben an der Einfahrt stehen geblieben war, Siggi hätte seinen Wagen bestimmt erkannt.

Was macht sie denn jetzt, fragte er sich, als er sah, dass sie, ohne sich umzusehen, zu dem anderen Parkplatz lief. Kurz danach fuhr er auf den Parkplatz für PKWs, ohne, dass Sigrid ihn bemerkte. Hubertus stellte seinen Wagen so ab, dass er seine Frau weiter beobachten konnte.

Auf dem anderen Platz stehen doch nur Busse und Wohnmobile, was will sie denn da? Oder will sie nur durchlaufen und woanders hin? Soll ich besser aussteigen und ihr zu Fuß folgen? Als er schon die Hand am Türgriff hatte, ging Siggi zielsicher auf eins der Wohnmobile zu, schloss dessen Türe auf und ging hinein. Hubertus stutzte und langsam begann er zu verstehen.

WoMo! Jetzt fiel bei Hubbi der Groschen. *Es ist die*

Abkürzung für Wohnmobil. Da hätte ich auch schon früher draufkommen können.
Kurze Zeit später parkte ein Wagen genau neben dem Camper. Eigentlich ist das nicht erlaubt, weil dieser Parkplatz Wohnmobile oder Busse vorbehalten war.

Als der Fahrer ausstieg, traute Hubbi seinen Augen nicht. Er war es tatsächlich, sein Schützenbruder Mathias, genannt Mattes, der aus dem Wagen stieg. Er ging zu dem Wohnmobil, klopfte an und die Türe wurde geöffnet. Schnell war Mattes eingestiegen und verschwunden.

Hubert saß wie versteinert in seinem Auto. Er konnte nicht glauben, was er eben gesehen hatte. Nur langsam begriff er, was los war, obwohl er es geahnt hatte. Doch es war etwas ganz anderes, wenn man vor vollendete Tatsachen gestellt wurde. Seine Frau betrog ihn mit einem seiner Schützenkameraden. Dass sich die beiden nicht zum „Mensch-Ärgere-Dich-Nicht" Spiel trafen, war ihm klar. Eher für das Spiel: mein Piepmatz in deine Pippi. Einen Moment dachte Hubbi daran, auszusteigen und zum Wohnmobil zu laufen. Natürlich nicht ohne sein Kabelstück aus dem Auto mitzunehmen. Dieses Kabelstück hatte er immer hinter seinem Sitz deponiert. Ca. 4 cm im Durchmesser und ½ Meter lang. Ein 6 adriges, schwarzes Hochspannungskabel. Wenn man das einem über den Schädel zog, dann hatte er lange Zeit mehr, als nur Kopfschmerzen.

Die Wut und Enttäuschung und der eindeutige Beweis, dass seine Frau ihn betrog, ließ ihn Rot sehen. Sein erster Impuls war, zum Wohnmobil zu gehen, die Tür aufzureißen und seiner hinterhältigen Frau und ihrem Liebhaber den Schädel einzuschlagen.
Mord im Affekt, wäre wohl die Anklage, sagte sein Verstand, der nur schwer durch Hubertus Zorn drang.
Du kommst nach einigen Jahren aus dem Knast und Siggis Reichtum wäre dahin, denn der Täter eines Opfers, würde es niemals beerben, gab sein Hirn im zu verstehen.
Der rote Schleier begann sich zu lüften und Hubertus konnte wieder klarer denken.
Mord, auf diese Art und Weise, ist keine Option, dachte er nach. *Schließlich will ich als reicher Mann leben, wenn ich Siggi getötet habe und ihr Geld mit vollen Händen ausgeben.*
»Denke nach, Hubbi. Was willst du jetzt tun«, fragte sein Verstand.

Hubertus brauchte nicht lange überlegen. Er hatte am Donnerstag auch frei und würde vor dem nächsten Betrug seiner Gattin einiges erledigen müssen. Er startet den alten Daimler und fuhr nach Düsseldorf. Auf dem Weg dorthin dachte er über das WoMo nach.

Wem gehört es? Hat sie es gekauft und es mir verheimlicht, damit sie auf dem Parkplatz wie eine Hure ihre Freier empfangen konnte? Oder gehörte das Gefährt diesem Andy, den ich nicht kenne? Hatten die beiden eine Abmachung und sie konnte das Wohnmobil dienstags und donnerstags nutzen? Wie bezahlte Siggi ihm diese Großzügigkeit?

»Das kannst du dir doch denken, Hubbi«, säuselte es aus seinem Innern.

In einem Fachhandel für Kameras und Beobachtungsapparate wurde er fündig. Ohne Umschweife erklärte er dem Verkäufer, dass er die Dinge benötigte, um seine Frau in Flagrante zu erwischen. Nach anfänglichen Bedenken seitens des Verkäufers konnte Hubbi den Mann überzeugen, dass seine Frau es nicht anders verdienen würde, als erwischt zu werden.

Ob er bei einer Verkäuferin auch so viel Verständnis gefunden hätte, bezweifelte er. Da der Verkäufer auf Nummer sichergehen wollte, dass der Verkauf ohne spätere Folgen ablief, gab es keine Rechnung. Ideal für Hubertus vorhaben. Nur keine Spuren hinterlassen.

Am Donnerstagmorgen, Siggi war noch im Bett und schlief, schlich er ins Arbeitszimmer und öffnete die Schublade am Schreibtisch. Lange suchen musste er nicht und er fand den Ersatzschlüssel für das Wohnmobil. Den Originalschlüssel hatte sie in der Handtasche, auch das hatte er herausgefunden. Bekam doch jeder zwei Schlüssel beim Autokauf. So auch Siggi und wo, wenn nicht in ihrem Schreibtisch sollte sie ihn verstecken. Danach machte er sich angeblich auf den Weg zur Arbeit. Doch er fuhr nicht zur Baustelle, sondern zum Rheinufer.

Am Rheinufer angekommen, parkte er auf dem Parkplatz für Autos und ging mit schnellen Schritten rüber auf den anderen Platz, auf dem das Wohnmobil stand. Noch würde sie oder ihr Liebhaber ja nicht auftauchen und er konnte deshalb ohne Zeitdruck die beiden Kameras im Wohnmobil anbringen.

Hubertus schloss die Türe auf und zog sie eilig hinter sich zu. Zuerst sah sich Hubbi um. Der Camper war mit dem Nötigsten ausgestattet. Schmale Fächer und Schränke, eine Spüle und ein 3 Platten-Gasherd, darunter ein Kühlschrank. Hubertus öffnete ihn und sah zwei Sektflaschen, ihre Lieblingsmarke, wie er feststellte. Wütend knallte er die Tür zu. *Du bist wirklich schlecht, durch und durch. Vergnügst dich, während ich mich abquäle.*

Eine Tür führte in einen beengten Toilettenraum. Darin stand ein Campingklo und an der Wand war ein kleines Waschbecken angebracht. Beides reichte aus, um sich nach frivolen Stunden zu säubern. Er schloss die Tür und sah zum Bett, das etwas erhöht eingebaut worden ist. Hubertus erinnerte sich, als er vor dem Wohnmobil stand, hatte er eine weitere, aber nur halbhohe schmale Tür auf der Seite bemerkt. *Dahinter ist der Hohlraum unter dem Bett, deshalb die Höhe. Dort unten werden der Wassertank und die Elektrik und die Gasflasche untergebracht sein.* Eine Treppe half, die Höhe zu überwinden, und man konnte so bequem in das Bett kommen. Das war frisch bezogen und wartete bereits auf ein weiteres Abenteuer mit seiner Besitzerin. Hubertus war sich mittlerweile sicher, dass dieses Gefährt Siggi gehörte, denn sonst wäre der Zweitschlüssel nicht in ihrem Schreibtisch gelegen.

Hubertus sah sich um. Es wurde Zeit, geeignete Plätze für die Kameras zu finden. Natürlich mussten sie so ausgerichtet werden, dass die Linsen Richtung Bett zeigen. Mit Doppelklebeclips waren die Apparate, mit den Minilinsen, nicht größer als ein Hosenknopf, an den richtigen Stellen befestigt. Die Geräte selbst, hatten nicht mal die Größe einer Streichholzschachtel und man konnte kaum glauben, was für eine Technik sie besaßen und was sie zu leisten im Stande waren.

In der Mitte vom Camper war eine Dachluke. An einer Seite war Stoff angebracht, damit der Fahrtwind abgeleitet werden konnte. *Bewegung ja, aber einen Fahrtwind wird es hier nicht geben,* und schon hatte er den ersten Platz gefunden. Von dort aus konnte man direkt auf das Bett schauen. Am Kopfende vom Bett konnte er sein zweites *„Auge"* über der Gardinenstange vom Fenster anbringen. Die Gardinen waren zugezogen und er glaubte nicht, dass sie aufgezogen werden. Und wenn doch, dann müsste man sich schon sehr strecken, um die Kamera zu sehen. Dann aktivierte er das zum Set gehörende Empfangsgerät. Die Software installierte sich selbst, sobald es den Sender erkannte.
Das ist ja heute eine Technik, wunderbar.

Er sah sich auf dem kleinen Bildschirm, als er in das Blickfeld der Kamera kam. Der eingebaute Bewegungsmelder schaltete sich ein, wenn jemand in das Blickfeld der beiden Kameras trat und schaltete sich nach 10 Minuten auch wieder aus, wenn sich nichts bewegte. Mit dem Empfangsgerät war er jederzeit in der Lage, sich direkt einzuschalten oder das aufgezeichnete abzurufen, und es auf dem Gerät zu speicher. So hatte er alles im Blick, wann immer er wollte und konnte. Er stellte sich in die Nähe vom Bett und sprach, zählte laut 1 bis 10 und das Wort „Test", in verschiedenen Lautstärken. Ein Abruf auf dem Empfänger war einwandfrei. Mit dem Überspielkabel war er in der Lage sich die Sache auf einem größeren Bildschirm anzusehen. Beim Verkäufer hatte er nachgefragt, ob das Gerät auch mit seinem Tablet verbunden werden konnte.

»Natürlich, wenn es einen USB-Anschluss hat.«

Fertig. So meine ach so treue Gattin, nun werde ich sehen wie du mich betrügst und bin dann immer in der Lage, dir deine Untreue zu beweisen.

Nachdem er nun mit allem fertig war, strich er den Bezug glatt und verließ das Wohnmobil. Eilig schloss er die Tür ab und ging mit schnellen Schritten zurück zu seinem Wagen. Hubertus stieg in seinen Wagen und wartete. Obwohl er fast 50 Meter vom Wohnmobil entfernt war, rutschte er, soweit es ging, im Sitz nach unten. Dazu zog er die Beine an. Für den „kleinen" Hubbi keine einfache Sache. Der Sitz war schon bis zum Anschlag nach hinten gestellt. Das war er immer, sonst käme Hubertus erst gar nicht in sein Auto hinein. Er sah im untersten Teil der Windschutzscheibe hindurch. Nun hieß es wieder warten, er wusste ja, wann sie kommen würde. Und auch einer seiner Rivalen, ein „Hörnermacher", wie Hubbi die Liebhaber von Sigrid bezeichnete.

Fast wäre Hubertus aufgeflogen. Denn nicht weit von ihm fuhr ein Auto auf den Platz und parkte ein. Auf dem Fahrersitz erkannte er seinen Schützenbruder Andreas. Natürlich war Hubertus überrascht, denn er hatte nicht damit gerechnet, dass einer von Siggis Liebhabern viel früher als verabredet, erscheinen würde. Hubertus duckte sich schnell, was in seinem Fall einer Slow-Motion Show nahekam. Doch er war schnell genug und Andreas hätte ihn nicht gesehen, wenn er herübergeschaut hätte. Kurz danach hörte er eine Wagentüre knallen und er wusste, Andreas war ausgestiegen. Langsam richtete sich Hubbi auf und sah, wie der „Donnerstags-Lover" auf das Wohn-mobil der Lust zuging. Das eingetragene A stand wirklich für Andreas. Wenn er ihn nicht sehen würde, er würde es nicht glauben.

Der Schützenbruder klopfte an die Türe, aber es

wurde ihm nicht geöffnet. War ja klar. Sigrid war noch nicht da. Hubertus startete den Wagen, setzte zurück und stellte sich einige Plätze weiter nach hinten zwischen zwei Fahrzeugen. So war er und sein Wagen besser geschützt und er konnte dennoch das „Lustzentrum" im Auge behalten konnte.
Ungeduldig lief Andreas auf und ab, schaute auf die Uhr und dann wieder Richtung Einfahrt.
Eine halbe Stunde wirst du noch warten müssen. Sigrid wird pünktlich sein. Du bist zu früh, du geiler Bock. Doch keine Sorge, du bekommst, was du verdienst, noch früh genug. Und damit meine ich nicht das Schäferstündchen mit meiner Frau.

Dann kam endlich sein untreues Weib angefahren. Sie parkte ihren Wagen unmittelbar neben dem Wohnmobil. Der „Kanarienvogel" passte gerade noch zwischen dem Camper und einem Reisebus. Unerlaubtes Parken, doch das interessierte Siggi wohl nicht. Andreas lief zu ihrem Wagen und wollte ihr beim Aussteigen behilflich sein.
Damit sie schneller im Wagen und im Bettchen ist, um dem Zweck der Verabredung nachzukommen, du geile Sau, vermutete Hubbi *oder war es nur reine Höflichkeit, was bei Andreas je nach Stimmung auch schon mal vorkam.*
Sigrid rief, noch im Käfer sitzend, ihm etwas zu,

was Andreas zusammenzucken ließ. Hubertus hatte das Seitenfenster eine Handbreit offen, aber nicht verstanden, was sie sagte, da war er zu weit entfernt.

Es muss aber nichts Nettes gewesen sein, denn schnell ging Andreas zurück zum Wohnmobil. Siggi stieg aus und hastete ihm hinterher, um dann schnellstmöglich die Tür aufzuschließen. Hastig stiegen beide in den Camper. Hubertus stellte sich auf ein längeres Schäferstündchen ein. Andreas war gut 10 Jahre jünger als er. Er trieb viel Sport und hatte Ausdauer. Doch damit lag er vollkommen falsch und die rasende Eifersucht in ihm war völlig umsonst gewesen. Ebenso die Szenen, die sich bereits in seinem Kopf abspielten und die Mordgedanken verstärkten.

Nach nur 10 Minuten ging die Türe wieder vom Camper auf und Andreas kommt heraus. Mit schnellen Schritten läuft er mit gebeugtem Haupte zu seinem Auto und fährt weg. Auch Siggi kommt kurze Zeit später nach draußen, schließt ab und steigt in ihren Käfer. Sie verlässt den Parkplatz mit durchdrehenden Reifen. Schadenfreude kommt bei Hubbi hoch.

Andreas, du bist halt nur ein Schwätzer. Wie man seinem Freund die Frau ausspannt oder mit ihr ein Schäfer-

stündchen hält, weißt du nicht, du Arschloch. Da bist zu oben zu dumm und untenrum wohl zu schwach gebaut, wie mir scheint.

Zu gerne hätte er in diesem Moment Siggi befragt, wie es denn gelaufen ist, mit diesem Möchtegern? Hubbi wusste in dem Moment, was ihn zu Hause erwarten wird. Eine hungrige Sigrid und damit war nicht die Verpflegung gemeint.

Auf seinem Empfänger sah er, dass er ein Video abrufen konnte. *Das hat ja dann wohl geklappt.* Leider konnte er das Video auf seinem Empfangsgerät nur in kleiner Version sehen, aber mit gutem Ton. Er wusste, wann er sich das Video in groß ansehen würde. Freitags ging Siggi oft mit einer Freundin schoppen oder fuhr wieder in einen Swingerklub, um sich Appetit zu holen. Dann würde er sich alles auf dem Monitor des Tablets ansehen. Er blieb noch eine Weile in seinem Wagen sitzen und dachte daran, wie er Siggi kennengelernt hatte und wie schnell es danach zur Heirat gekommen war.

Hubertus wurde aus seinen Erinnerungen gerissen, als neben ihm ein Wagen gestartet wurde. Er hatte den Fahrer nicht kommen sehen und erschrak fürchterlich, als der Motor aufheulte. Er rieb sich die Augen und schüttelte den Kopf. Ein Blick auf die Armbanduhr sagte ihm, dass er noch jede Menge Zeit hat, bis er nach Hause fahren konnte und wozu er aber noch absolut keine Lust hatte. So tun, als hätte er heute früher Feierabend gemacht ging auch nicht. Zumal er Siggi erst gestern noch erzählte, wie viel er zu tun hatte.

Hubertus entschloss sich dazu, auszusteigen und am Rhein entlang zu laufen. Frische Luft würde helfen, die Gedanken in seinem Kopf zu sortieren.

Hubertus ließ sich Zeit. Beim „Fortuna-Büdchen" machte er Rast. Entgegen den Gewohnheiten, wenn er mit dem Auto unterwegs war, kaufte er sich eine Flasche Füchschenbier und setzte sich auf die Ufermauer, dort, wo schon einige Platz genommen hatten. Voller unschönen und verworrenen Gedanken schaute er auf den Rhein und die darauf fahrenden Schiffe an.

Wehmut kam bei ihm auf. Er sah sein bisheriges Leben davon schwimmen. So wie das Schiff, was sich gerade rheinabwärts entfernte. Wie das Schiff hatte auch er ein Ziel. Allerdings war es nicht mehr, Siggi bis zu seinem Lebensende an seiner Seite zu haben. Dieses Ziel war nach ihrem Betrug und Fremdgehen ausgeschlossen. Seine Endabsicht war nun, Siggi zu beseitigen und sich an den Schützen-

brüdern zu rächen. Seine Seele verdunkelte sich weiter. Gedanken kamen in ihm auf, an die er noch nie gedacht hatte. Es hieß nun einen Plan zu entwickeln, wie er Siggi beseitigen würde. Vorbei die Frage ob, jetzt war die Frage wie!?
Hubertus ging in sich und überlegte.

»Du musst bald was tun! Jetzt, denn sie wird dich irgendwann verlassen« hörte Hubert eine innere Stimme. Und weiter: »Sie hat genug Geld und kann jederzeit einen Neuanfang machen. Du nicht.«
Er stimmte der inneren Stimme zu, wusste aber nicht wirklich, was zu tun wäre.
»Folge deinem gesunden Menschenverstand.«
Hubertus trank die Flasche Bier aus und holte sich Nachschub.
»Eine endgültige Trennung wird unausweichlich sein. Doch zu deinen Bedingungen und zu dem Zeitpunkt, den du auswählst«, hörte er die hasserfüllte Stimme im Inneren seines Kopfes sagen.
»Aber du musst dich beeilen, sonst kommt sie dir zuvor und das willst du doch nicht«, flüsterte es weiter in seinem Kopf.
»Nein, das will ich ganz bestimmt nicht«, antwortet er sich selbst und nahm einen kräftigen Schluck aus der Flasche.
Hubbi hatte nicht wirklich mitbekommen, dass er

schon die zweite Flasche Bier in der Hand hielt und die auch schon zur Hälfte geleert hatte. Zu intensiv war die zwiespältige Unterhaltung, die ihn drängte und antrieb.

»Prost«, hörte Hubertus von links eine Männerstimme. Er sah sich um und sah einen Sportsmann, der gerade sein Rennrad abstellte und auch eine Flasche Bier in der Hand hielt.

»Sport und Bier? Passt das zusammen?«, fragte Hubbi den Rennfahrer, der in einem sehr schnieken Sportdress steckte.

»Ja, ich fahre Rad, um zu trinken, oder besser so, ich trinke, damit ich Radfahren kann.«

Der Radler fand den Spruch mehr als nur lustig.

Als Hubbi nicht lachte, ihn aber ein wenig irritiert ansah, fügte er hinzu: »Sehen Sie, ich wohne in Urdenbach und fahre zweimal in der Woche die Strecke hierhin, um zwei Flaschen Bier zu trinken. Leckeres Altbier. Bei uns ist die Grenze des Bieres. Also mehr Kölsch als Alt und zwei Flaschen trinke ich deshalb, eine für hin und eine für zurück«, und lachte wieder über seinen eigenen Spruch. Nachdem er sich ausgelacht hatte, wobei Hubbi diesen Spruch kannte, eigentlich jeder unter: *Auf einem Bein kann man nicht stehen*, sagte der Sportsmann: »Super, wa? Den habe ich für mich passend jemacht.«

Wirklich lustig du Witzbold, dachte Hubertus.

»Meine Frau und ich haben vor einiger Zeit vereinbart, dass jeder zweimal in der Woche etwas für sich unternehmen kann und auch soll. Da habe ich mit dem Radsport angefangen und habe wirklich Spaß daran gefunden. Radfahren macht auch spaß, ohne den Chef in den Hintern zu kriechen«, und wieder kam ein herzhaftes Lachen.

»Das haben Sie sich sicherlich auch selbst ausgedacht?"

»Ist gut, wa? Ja, wir Urdenbacher sind ja auch ein lustiges Völkchen.«

Das konnte Hubertus nicht wirklich bestätigen, denn er wusste von Urdenbach nur, dass es dort einen schönen Erntedankfestumzug gab. Bei dem es Gemüse als Kamelle gab.

»Sagen Sie, machen sie auch Sport?«

An der Kleidung und an der Figur von Hubertus hätte er sich die Frage selbst beantworten können. Gelassen antwortete Hubertus:

»Ich koche für mein Leben gern«, und streichelte seinen Bauch.

»Ja, das kann man sehen. Ich kann nicht kochen. Aber meine Frau. Die kocht nicht nur gern, sondern ist darin begnadet. Wenn sie ihr ungarisches Gulasch kocht, dann kommt die ganze Familie zu Besuch. Sie könnte einen ganzen Ochsen braten, am

Ende würde nichts übrig bleiben.«

»So ähnlich geht es mir mit meinen Suppen. Ich habe da einen alten Bräter von meiner Mutter. 8 Liter feinste Bohnen-, Erbsen-, oder Linsensuppe werden darin gekocht. Sauerbraten und Rouladen sowieso. Da wir aber nur zu zweit sind, friere ich die übrige Menge ein.«

»Super, macht meine Frau auch. Allerdings mit Frikadellen, Gulasch und sonstigen Braten.«

»Mein Gefrierschrank läuft meistens über. Da muss ich dann immer schauen, dass ich, bevor ich wieder Braten mache, etwas Platz schaffe.«

»Kenne ich. Wir haben uns im Keller eine schöne große Gefriertruhe angeschafft. Da geht eine Menge rein. Mein Bruder hat eine Metzgerei mit eigener Schlachtung. Gar nicht weit weg von Düsseldorf. Ratingen/Hösel, direkt an der Bundesstraße. Da bekommen wir schon mal ein gutes Stück zum Sonderpreis. Das wird dann in Portionen geteilt und eingefroren. Damit sie das Fleisch später wiederfindet, druckt sie sich extra Zettel aus. Also, was für ein Fleisch, wie viel und so weiter, klebt sie auf die Gefrierbeutel. Sieht aus, wie gekauft vom Supermarkt. Ist ja auch gut so. Man kann das Fleisch, wenn es eingefroren ist, nicht unter-scheiden. Ob es Rouladen, Rindergulasch oder ein guter Braten ist, sieht alles gleich aus, jedenfalls für mich. Am Anfang ging da schon mal was durcheinander und wir hatten an drei Tagen in der Woche Rouladen. Nicht, dass es mir was ausmachte, aber ein wenig Abwechslung ist mir schon lieber.«

Hubert hatte dem Mann aufmerksam zugehört. Besonders die Kühltruhe hatte es ihm angetan. Seine dunkle Seele schmiedete bereits einen düsteren Plan. *Konnte es so einfach sein*, dachte Hubertus.

»Wo haben Sie sich diese Gefriertruhe gekauft.«

»Bitte?«

»Na, wo Sie die Truhe herhaben, die Sie im Keller stehen haben, wollte ich wissen?«

»Gerätemarkt, vom Gerätemarkt. Den, auf der Metrostraße. Warum fragen Sie?«

»Ist eine gute Idee mit dem Fleisch und mit der Truhe. Bitte, würden Sie mir auch den Namen von dem Metzger nennen, also Ihrem Bruder, der mit seiner Schlachtung? Mit einer Truhe könnte ich doch auch größeres Einkaufen und Geld sparen! Oder können dort nur Verwandte einkaufen?«

»Nein, natürlich können auch Sie, also jeder, kann da einkaufen. Wenn Sie ihm sagen, dass Rudi ihnen die Adresse gegeben hat, bekommen Sie auch einen besonderen Rabatt.«

Am Büdchen holte sich Hubertus einen Stift und einen Zettel. Rudi notierte die Adresse vom Schlachter und machte eine kleine Zeichnung darunter. Ein Fahrrad und eine Flasche.

»Wenn sie ihm diesen Zettel zeigen, ist alles gut«, lachte, stieg auf sein Fahrrad und gab ihm die leere Bierflasche mit den Worten: »Bitte abgeben« und fuhr davon.

Hubertus gab die, und auch seine leere Flasche am Fortuna-Kiosk ab und ging mit einer neuen zurück an die Kaimauer. Seine dritte Flasche Bier.

Der Plan in ihm begann Formen anzunehmen, wie er es anstellen könnte, Sigrid loszuwerden, ohne danach mittellos zu sein. Ein Plan, der jedoch nicht von jetzt und gleich zu erledigen wäre. Doch Hubertus wäre nicht Hubertus, wenn er ihn nicht in Ruhe umsetzen könnte. Von seiner inneren Stimme hörte er nichts. Das nahm er als Zustimmung auf. Gedanklich war der brave Hubertus zum Mörder geworden.

Hubbi sah auf die Armbanduhr, ein Geschenk zu Weihnachten von Siggi. Nicht zu protzig, sondern solide Wertarbeit. Er blieb noch eine Weile auf der Kaimauer sitzen und überlegte, wie er es Sigrid schmackhaft machen kann, dass sie das Geld für eine Gefriertruhe herausrückt.

Ohne Problem überstand er die Fahrt nach Hause. Wäre er angehalten worden, wäre es zu einer Katastrophe gekommen. Bei drei Flaschen Bier war der Promille Gehalt bestimmt über die „Freizone" gestiegen. Ist der Führerschein weg, dann wäre er auch sofort seinen Job los. Und wie sollte er Siggi erklären, wo und wann er getrunken hatte. Dann wäre alles aufgedeckt worden. Dass er von dem Wohnmobil wusste, dass er ihr Handy ausspionierte hatte und sie bespitzelte. Sie würde ihn sofort des „Feldes" verweisen, dies war mehr als nur wahrscheinlich.

Zu Hause angekommen erwartete Siggi ihn aber nicht im Bett, nein, sie hatte Besuch und saß mit einer Bekannten im Arbeitszimmer. Ein kurzes *Hallo* und Hubbi ging in die Küche. Er erinnerte sich, der Frau schon mal in einem der Klubs begegnet zu sein.
Wahrscheinlich tüfteln sie an ihrer nächsten Sextour, überlegte er, als er den kleinen Gefrierschrank öffnete und zwei Pakete eingefrorener Suppe herausnahm. Die Platte vom Herd stellte er auf Stufe 2 und ließ das Essen langsam auftauen. Falls die Liebesfreundin auch Hunger hätte, wäre er vorbereitet. Weil die Frau länger blieb, bot sich am gleichen Abend die Gelegenheit, das Video mal kurz auf seinem Tablet anzusehen. Mit einem kleinen, kabellosen Kopfhörer im Ohr hatte er auch Ton. Wenn

auch ein wenig zu leise, da Hubertus ihn sehr leise eingestellt hatte. Siggi sollte ja nichts mitbekommen.

Hubbi sah auf dem Bildschirm, was er vermutet hatte. Eine aufbrausende, wütende Siggi, die Andreas Vorwürfe machte, da er zu früh auf dem Parkplatz erschienen war. Ein unnötiges Risiko, das sie auf jeden Fall vermeiden wollte. Am Rhein ist immer viel los, warum also nicht auch bekannte Gesichter, die sich dort die Zeit vertrieben. Nachdem sie sich ein wenig beruhigt hatte, forderte sie ihren Liebhaber auf, seine Hosen herunter zu lassen. Ein kurzer Blick von der erwartungsvollen Siggi genügte und schon war sie wieder aus dem Häuschen. Leider nicht in dem Sinne, wie sie es sich erhofft hatte. Dieser Schwätzer vor dem Herrn hatte ein Kinderschwänzchen. Trotzdem versuchte sie, diesen *„Kümmerling"* in Form zu bringen, was ihr aber nicht recht gelang. Nach wenigen Minuten hatte sie genug und warf ihn hinaus. Nicht, ohne ihn mit entsprechenden Worten zu beleidigen. Mit hängenden Köpfen machte sich Andreas dann auch schnell vom Feld.

„Andreas, unbestellter Acker" entschied Hubert und beschloss, das Video so zu benennen. Abgespeichert auf einer externen Festplatte im Ordner für Bücher,

mit dem Namen: „Liebe kann töten".

Er wusste nun, dass die Übertragung funktionierte und er sich nicht mehr vor dem Wohnmobil aufhalten musste. Dies war sicherlich im Sinne seines Arbeitgebers, der bestimmt erfreut sein würde, dass Hubbi's Zähne wieder so gerichtet waren, dass er wieder genussvoll zubeißen konnte.

Hubertus widmete sich jetzt verstärkt um den Kauf einer Gefriertruhe. Doch so einfach, wie er es sich vorgestellt hatte, war es dann doch nicht. Die genannte Adresse von dem „*Radprofi*" entpuppte sich als ungeeignet. Die angebotenen Geräte in dem Elektronik-Markt waren Hubertus zu klein und viel zu teuer.

»Die Auswahl ist hier aber nicht besonders groß, oder haben Sie noch woanders welche stehen?«

Der angesprochene Fachverkäufer konnte den Unmut von Hubertus verstehen, ihm aber keine weiteren Modelle zeigen. Er nannte ihm jedoch eine Adresse von einem Einzelhandelsfachmarkt, der eher seine Wünsche erfüllen könnten. Hubertus war nur einen Moment stutzig, weil das Geschäft in der für Düsseldorfer verbotenen Stadt lag. Doch in Köln fand er die Truhe, die er sich vorgestellt hatte. Mit 670 Liter einfach genial. 1,80 m lang, 70 cm hoch und 60 cm breit. Am liebsten hätte er sie gleich mitgenommen. Mal abgesehen von der Größe, die er nicht hätte transportieren können, waren alle Geräte in dem Laden Ausstellungsstücke. Der Preis lag allerdings um 20 % höher als gedacht, beziehungsweise was er sich als Limit gesetzt hatte.

»Qualität hat seinen Preis«, bestätigte ihm der Mann, als er Hubbi den Kaufvertrag vorlegte. Glücklich und doch grübelnd darüber, wo er das Restgeld herbekommt, unterschrieb er und war fort an ein Kühltruhenbesitzer. Längst hatte er einen Plan in seinem Kopf entwickelt, wie Siggi aus seinem Leben entfernt werden würde. Doch noch war er nicht bereit, das auch zu akzeptieren.

An drei Abenden war er damit beschäftigt, im Keller ein Regal leer zu räumen, es zu verschieben und wieder vollzustellen. Eine schweißtreibende Arbeit. Doch was macht man nicht alles, um sich seinen Traum, nicht nur vom leckeren Essen zu erfüllen.

Dann wurde auch schon das Gerät seiner kühlenden Lust angeliefert. Da Hubertus rechtzeitig Platz geschaffen hatte, passte sie auch genau an die Stelle, die er dafür auserkoren hatte. Er gab den beiden Transportleuten ein Trinkgeld und war glücklich über den Kauf.

So mein Augenschein. Nun Bedarf es nur noch der richtigen Füllung, flüsterte er und streichelte sie dabei. Er schloss sie am Strom an und überlegte, was er jetzt alles einkaufen wollte. Viele gestapelte Fächer riefen nach einer Vielfalt von Köstlichkeiten, die ihren Platz in der Truhe finden könnten.

Er rief Siggi nach unten, sie sollte sich doch das Gerät für den neuen Weg zu außergewöhnlichen Geschmacksrichtungen anschauen. Sie kam dem Wunsch ihres Kochs nur ungern nach, denn der Keller war für sie nur vorhanden, wenn es um Wellness ging. Die Wäsche hatte Terese vollends übernommen, verbunden mit einer Lohnerhöhung. Um sie zu waschen und zu trocknen, musste sie einmal im Monat in den Waschraum hinunter gehen.

In den letzten drei Tagen war Siggi bewusst nicht mehr im Keller gewesen. Sie wollte die Vorarbeiten für seine neue Kochausrichtung nicht stören, war aber gespannt auf das, was sie sehen würde. Langsam ging sie die Treppe nach unten und schaute skeptisch, als sie die große Truhe sah.

»Da kannst du ja einen ganzen Ochsen unterbringen!«

»Ja aber nur in mundgerechten Stücken, meine Be-ste!«

Siggi bemerkte nicht, dass Hubertus Augen einen Glanz bekamen.

»Richtig eingeräumt, haben wir Fleisch, Gemüse, Kuchen und Eis in Hülle und Fülle. Und wer weiß, vielleicht kommt ja doch noch mal eine Wirtschafts-krise mit Lieferproblemen, dann sind wir gut ver-sorgt.«

Am Abend gab er bei Siggi sein bestes, ja er strengte sich wirklich an, benötigte er doch noch das fehlen-de Geld für die Truhe und der Einkauf, um die Truhe zu füllen, wird auch nicht billig sein.

Siggi ging nach dem ausgiebigen und sehr befriedi-genden Liebesspiel ins Arbeitszimmer. Ein paar Klicks auf der Tastatur und sie hatte eine Überwei-sung getätigt. Hubbi war ihr gefolgt und freute sich über den Betrag, der auch noch den ersten Fleisch-einkauf sicherstellte.

»Ich hätte dir das Geld in zwei Raten überweisen sollen. Dann wäre eine weitere Dienstleistung, die so gut wie die eben verrichtete, von dir nötig gewe-sen«, gurrte sie und grinste Hubbi dabei an.

Hubbi sagte nichts dazu, er wusste nun, dass seine finanzielle Nachforderung erfüllt wurde.

Dass er sich wie eine männliche Nutte fühlte, verdrängte sein Hirn. *Der Zweck heiligt die Mittel,* versuchte er sich einzureden. Nicht aber seine Seele und seine innere Stimme.

Sie zeigten ihm die Bilder aus dem Wohnmobil. Siggi, wie sie Andreas schlaffen Penis massiert. Kopfbilder wie sie auf Fred sitzt und ihn reitet. Siggi, die ihre Lust herausschreit.

»Sie betrügt mich, setzt mir Hörner auf«, trommelte es in seinem Kopf. *Du prostituierst dich und willst es nicht wahrhaben.* Hubbi dachte an seinen Plan, an sein Ziel. *Siggi muss weg und ich werde dieses nymphomanische Luder beerben.*

Auf seinem Empfangsgerät sammelten sich die Videos aus dem Wohnmobil. Er sah seine Schützenbrüder mal mehr Mal weniger *„hochachtungsvoll"* auf Siggi liegen oder sie zeigte, wie gut sie *„reiten"* konnte. Zufrieden konnte er nur sein, weil alle *„Besucher"* nicht an seine Größe und auch nicht an seine Leistung und Ausdauer kamen. Von ihnen sollte also keine Gefahr ausgehen, weshalb Siggi ihn verlassen könnte. Verlassen wohl nicht, er würde gehen müssen, auch wenn er nicht wüsste wohin. Darüber machte sich Siggi keine Gedanken.

An einem Samstag fuhr er nach Ratingen Hösel. Zu

dem Bauern, den ihm Rudi, der Radfahrer, geraten hatte. Sein Bruder mit der eigenen Schlachterei und dem Fleischverkauf direkt vom Hof. Allerdings in größeren Mengen. Schon beim Betreten der Metzgerei, sah Hubertus die großen Fleischstücke. Allein die Koteletts am Stück hätten seinen alten Gefrierschrank zur Hälfte gefüllt. Fast ein halbes Schwein, Kopf und Beine fehlten, hing an der einen Seite des großen Ladens, der mehr einer Schlachterei als einer Metzgerei glich. An den anderen Seiten der Halle, in dem Hubertus fröstelte, hingen große Rindfleischstücke. Alle an Haken und an einer Kette aufgehangen, die an einem Kranlauf befestigt waren. So konnte der Metzger die Tierhälften auf dem Zerlegetisch ziehen oder abends zurück in den Kühlraum transportieren.

Hier konnte man Rind-, Schwein-, Geflügel- oder auch Fleisch vom Wild kaufen. Kurz überlegte Hubbi, ob er sich nicht ein halbes Wildschwein zulegen sollte. Lecker Wildschweinbraten wäre zwar im Sommer nicht so gut geeignet, da man das ja mehr im Herbst genießt, doch gut angerichtet, passt es in jede Jahreszeit. Obelix lässt grüßen.

Er beobachtete den Einkauf der Kunden, die vor ihm dran waren und jede Menge Fleisch kauften.

Runter vom Haken und mit Messer und Gerät wurden die ausgesuchten Stücke dem Kunden bereitgestellt. Das Reststück hing dann wieder am Haken oder landete in der Verkaufstheke. Nicht jedermanns Sache, sich das anzusehen, wie so ein Rindvieh zerlegt wird. Die Innereien wurden in einer anderen Verkaufstheke angeboten. Das Entfernen dieser Teile, wurde dem Käufer vorenthalten. Ein Schweine- und ein Rindskopf lagen ebenfalls in der Auslage. Sie waren bestimmt nur Ausstellungsstücke, oder? Die Frage blieb, angesichts der Tatsache, dass sie in der Zeit als Hubbi dort anwesend war, nicht gekauft wurden, eigentlich unbeantwortet.

Die Preise an den Wandtafeln waren Kilopreise und so konnte Hubertus schnell erkennen, dass es hier um 10 Prozent billiger war, als beim Discounter, obwohl das Fleisch direkt vom Züchter kam. Hubbi lief das Wasser im Munde zusammen. Steaks, Schnitzel, Filet und alles in XXL-Portionen.

Seine zwei mitgebrachten Einkaufsboxen waren denn auch schnell gefüllt. Gerne hätte er noch mehr eingekauft, doch er hielt sich zurück. Truhe und Geldbeutel gaben hier die möglichen Mengen vor. Die alte Bäuerin hinter der Fleischtheke freute sich, als Hubbi ihr den Zettel ihres Schwagers überreichte.

»Wo haben sie ihn denn getroffen? Der geht ja sonst kaum aus dem Haus?«

Hubbi berichtete sein Erlebnis mit Rudi und als die Frau das hörte, rief sie ihren Mann. Auch er freute sich über ein Lebenszeichen von seinem Bruder. Der ausgedruckte Kassenbon wurde wieder eingesammelt und alles neu berechnet. Zwischen zehn und fünfzehn Prozent wurden jetzt von dem eigentlichen Verkaufs-preis abgezogen. Die Frau packte sich Würstchen und Wurst am Stück, verstaute die Sachen in eine Tüte und überreichte sie ihm mit den Worten: »Wenn Sie den Rudi das nächste Mal treffen, dann hauen Sie ihm eine runter. Nicht weil wir ihm böse sind, aber weil wir ihn vermissen und er sich nicht meldet.«

Zu Hause packte er die gekauften Sachen aus dem Auto und trug sie in den Keller. Ihm wurde klar, er hatte wohl doch ein wenig zu viel eingekauft. Wobei, ein wenig nur sanft ausdrückte, was er wirklich hinunter schleppte.

»Gut, dass die Truhe noch leer ist und ich dort alles unterbringen kann.« Da er einen ganzen Lachsbraten, eine ganze Hüfte, mehrere große Rindfleisch- und Schweinefleischstücke gekauft hatte, wollte er diese natürlich portionieren. Auch die Wurst konnte unmöglich in ihrer Haltbarkeitszeit verspeist werden. Portionieren hieß auch hier die Notwendigkeit. Seine Geldgeberin stand in der Türe und sah, was Hubertus alles eingekauft hatte. Sie konnte nicht glauben, was sie da sah: »Sag mal, bist du verrückt geworden oder bricht wirklich ein Krieg aus?« »Wenn du dir ansiehst, wie günstig das war, sagst du das nicht mehr«, und hielt ihr den Einkaufszettel hin. Doch den wollte sie nicht sehen. Ihr genügte der Anblick, um zu wissen, dass er das restliche Haushaltsgeld von diesem Monat und einen großen Teil des Betrages, den sie ihm, zusätzlich auf das Konto transferierte, ausgegeben hatte.

»Da wird der Herr wohl den ganzen Monat nur Fleisch braten müssen, da für was anderes bestimmt kein Geld mehr da ist«, drehte sich rum und verließ den Keller. Hubertus war sich sicher, einen Zuschuss von Siggi erarbeiten zu können, und wies der Aussage nicht allzu viel Bedeutung zu.

In der zweiten Tüte, die ihm die Metzgersfrau mitgegeben hatte, fand Hubbi folgenden Inhalt: ein Prospekt von dem Schlachthof. Leere Gefrierbeutel und eine Anleitung, wie man Fleisch oder Wurst richtig einfriert. Da der Bauer und Schlachtermeister wusste, dass seine Kunden einen Großteil der Ware einfrieren würden, gab es diese Dinge gleich gratis dazu. Ein Service, der sich für Hubertus noch als sehr hilfreich auszahlen sollte. Mit dem Link auf dem Prospekt konnte man sich auf die Homepage vom Schlachthof einloggen. Das ermöglichte dem Käufer die Wurst- oder Fleisch-waren vor dem Einfrieren zu Kennzeichnen. Lediglich die Nummer vom Einkaufscoupon musste man eingeben und man gelangte auf die Seiten, in denen die Daten von den Tieren hinterlegt waren, die nun in Teilen bei ihm gelandet waren. Nach und nach arbeitete sich Hubertus durch das System. Bis er fähig war, sich ein Etikett auszudrucken. Dabei musste er sich beeilen, auch wenn das gekaufte Fleisch noch in den Kühlboxen lag, so sollte es bald in die Truhe.

Die entsprechenden Etiketten hatten alle Angaben, die man benötigt, um später feststellen zu können, wo das Fleisch herkommt, um was für eine Fleisch- oder Wurstsorte es sich handelt. Sie sahen wie die Etiketten beim Discounter oder Supermarkt aus. Metzgerei, Art, Herkunft, Gütesiegel, Schlachtdatum und weitere Daten, konnten dort abgelesen werden. Lediglich das Einfrierdatum und das Gewicht trug der Kunde selbst ein.

Bevor Hubertus mit dem Zerlegen und Portionieren anfing, fuhr er los und kaufte ein. Hubertus fuhr mit seinem alten Mercedes in die Innenstadt von Düsseldorf. Er hatte Glück und fand einen Parkplatz, nahe seinem Zielort. Auf der Heinrich-Heine-Allee fand er den Laden, zu dem er wollte. Den hatte ein passionierter Jäger, der ebenfalls in dem Waldlokal, wo Hubertus verkehrte, sein Bier trank, erwähnt. Um ein Tier zu zerwirken, (zerlegen) wie es in der Jägersprache hieß, bedarf es richtiges Werkzeug und das bekäme man nur in dem Laden in Düsseldorf auf der Heinrich Heine Allee.

Der Verkäufer erkannte sofort den potentiellen Käufer in ihm und war dementsprechend freundlich. »Wie kann ich Ihnen helfen, mein Herr?«, war seine Begrüßung. Nachdem Hubbi ihm erklärte, was er benötigte, da er Jäger sei und er Böcke und Rehe schießen würde, leuchteten die Augen des Verkäufers auf. Hubertus erwähnte ein paar Fachbegriffe, die er aus dem Mund des Rather Jägers gehört hatte und schon war der Verkäufer der festen Überzeugung, einen Waldmann vor sich zu haben.

Das wird ein sehr gutes Geschäft, dachte er erfreut. Nach wenigen Minuten lagen auf einem Tisch ein Stech-, ein Schlacht- und ein Ausbeinmesser. Ebenfalls auch ein Abhäutemesser, mit dem Herr Obser, so besagte es das Namensschild am Hemd des Verkäufers, die Qualität dieses Messers hervorhob.

»Eine 15 cm lange Klinge. Wie der Namen schon vermuten lässt, wird es zum Abhäuten, also dem Trennen der Haut vom Tierkörper verwendet.« Hubbi nickte wissend und ließ sich die anderen Messer vorführen. Wie er die Messer wirklich nutzen würde, davon erzählte er den vorbildlichen Verkäufer allerdings nichts.

»Alle unsere Messer haben eine rostfreie Klinge aus säurebeständigem Spezialstahl. Selbstverständlich sind sie nahtlos mit den hochwertigen Griffen vernietet. Wie Sie sehen, ist der ergonomisch geformte Griff ausgezeichnet ausbalanciert, was für eine angenehme Anwendung sorgt. Diese Messer schneiden so, dass, wenn sie die Fasern durchtrennen, der wertvolle Fleischsaft nicht ausläuft, sondern erhalten bleibt.«

Hubertus war vom Wissen und Verkaufstalent von Herrn Obser beeindruckt und das ließ er auch erkennen. *Der Fleischsaft läuft nicht aus*, das kam ihm sehr entgegen. Auch das teilte er dem Mann aber nicht mit. Hubbi war wirklich beeindruckt.

»Gekauft!«, lachte Hubbi. »Gehen wir zur Kasse, ich nehme sie alle.«

Der Preis sprengte seine Schwarzkasse, die er am Morgen geleert hatte, bis auf den letzten Cent. Er musste sogar noch einen Schein aus dem Portemonnaie dazugeben, damit er die Barzahlung tätigen konnte.

Eine Axt und eine Säge hatte Hubbi im Keller bei seinen anderen Werkzeugen liegen. Diese Gerätschaften musste er jetzt nicht besorgen, was sein Kontostand und Barschaft auch nicht mehr hergeben würde. Schließlich musste er das ein und andere noch an Lebensmittel kaufen und der Monat war noch nicht zu Ende.

Er hatte seine Werkbank freigeräumt und mit einer dicken Folie abgedeckt. Anstelle von Holz wurden auf dieser Bank nun Schnitzel, Steaks, Bratenstücke zurechtgeschnitten. Die Personenwaage diente als Fleischwaage, was ja nicht ganz den Sinn dieser Waage verfehlte. Nachdem er das gekaufte Fleisch entsprechend zerlegt hatte, nahm er die benötigten Etiketten und klebte sie drauf.

Besser sortiert und auffindbar, hätte das kein Supermarkt machen können.

Hubertus hatte einiges an Fleisch in den normalen Kühlschrank gepackt und kochte in den nächsten Tagen wundervolle Fleischgerichte. Gemischter Braten, ungarische Gulaschsuppe, Frikadellen und selbst eingelegten Sauerbraten, waren nur einige seiner Köstlichkeiten, die er Sigrid nach und nach servierte. Die Etiketten für das gekaufte Fleisch hob er sorgsam auf. Die würde er zu einem späteren Zeitpunkt noch mal benötigen.

Als das Wetter draußen beständig schön war, ging Siggi zu ihrem Mann in die Küche.

»Sag mal, mein Hengst und drei Sternekoch, was hältst du davon, wenn wir uns ein Wohnmobil zulegen? Dann könnten wir an den Wochenenden oder im Urlaub aus unseren vier Wänden raus und sind trotzdem für uns. Was hältst du davon?«

Obwohl er ja wusste, dass sie den Camper schon hatte, gab er sich überrascht und fragte: »Sind die Dinger nicht teuer und was man da alles besorgen muss, damit alles drin ist, was man so benötigt.«

Er wollte gerade loslegen, mit einer Aufzählung von Lebensmittel, über Bettwäsche, bis hin zu Gartenstühlen, als Sigrid ihm erklärte: »Nein, so einen Superschlitten möchte ich doch gar nicht. Außerdem sollst du dann nicht kochen. Ein Wohnmobil ohne Stress. Also wegfahren, irgend-wohin und Essen gehen. Kein Geschirr, nur Kaffeemaschine und Humpen für unseren morgendlichen Kaffee.«

Hubertus hörte ihr zu. Sie pries das Wohnmobil an, wie einem Hungernden ein Stück Brot.

»Das WoMo, so sagt man abgekürzt dazu, hat eine Nasszelle mit WC, eine Spüle, Gasherd und Kühlschrank. Was sagst du dazu, einfach reinsetzen und Urlaub. Ich fände das wirklich schön, wenn wir mal ganz spontan an die Küste fahren könnten. So wie ich es mit der Freundin gemacht habe. Also dieser Rosi.«

Hubertus hörte sich diese Verlogenheit in aller Ruhe an. Ihm war klar, dass er nichts sagen durfte, da sie das Wohnmobil schon lange als „Lustbude" benutzte, um ihm Hörner, ja schon ein großes Geweih aufzusetzen. Er ließ sich nichts anmerken. »Wir fahren zu unserem Wunschort, ziehen die Vorhänge zu und sind dann allein, dann darfst du mich von allen Seiten nehmen. Den Strand oder die See besuchen wir danach. Ich stell mir das so schön vor. Den Camper und dessen Unterhalt bezahle natürlich ich, auch die Kosten, wenn wir unterwegs sind. Ist das nicht ein tolles Angebot? Komm, bitte lass es uns machen.«

Siggi würde kein Nein akzeptieren, denn schließlich war das Wohnmobil bereits in ihrem Besitz. *Komisch, sie hat doch noch gar nicht alle Kameraden durch? Sollte sie keine Lust mehr auf die enttäuschenden Lover haben? Hat sie erkannt, dass keiner derer, die sie einlud, um den Orgasmus des Lebens zu erleben, mir das Wasser reichen konnte. Oder, wollten die letzten Schützenbrüder, die sie noch nicht vernascht hatte, sich nicht aufs Fremdgehen einlassen? Sah sie im WoMo einen Kick für*

sich und mich, so auf die Art: warum nicht mal woan-
ders, als in den vier Wänden und in den Klubs?
»Dann solltest du diese Fahrzeuge ansehen gehen,
vielleicht findest du ja was Passendes«, war dann
alles, was Hubertus dazu sagte.
»Möchtest du nicht mit? Ist doch ein Mobil für uns
beide?«
Wieder hatte sie ihm einen Vorschlag gemacht, wo
sie ein Nein von ihm benötigte. Ein unbedingtes
nein. Um Sigrid nicht in Verlegenheit zu bringen
und sein Wissen zu verraten, sagte er: »Fahr du mal
alleine oder mit deiner Bekannten. Ich kenn mich da
ja sowieso nicht aus. Diese Rosi oder so, die hat
doch Erfahrung, fahr mit ihr. Ich habe auch auf dem
Bau viel zu tun.«
Natürlich hatte er nun das Wohnmobil in seinem
mörderischen Plan mit einbezogen. Dass es nun
näher ans Haus geholt wurde, kam ihm gelegen.

Siggi telefonierte abends mit der Freundin, die angeblich mit ihr in Holland gewesen war. Hubertus
hörte zu und er wusste nicht, ob er wütend sein soll
oder darüber lachen sollte. Er ahnte, mit wem seine
Frau telefonierte. Sie spielte ihm offensichtlich etwas vor. Als sie nach dem Auflegen erklärte, sie
werde am Freitag mit ihrer Freundin nach Vennhausen fahren und sich einige Wohnmobile anse-

hen, nickte Hubbi nur.

Kurz danach ergab sich die Gelegenheit für ihn, die seine Intuition bestätigte. Er konnte Siggis Handy nehmen, das sie auf dem Tisch liegengelassen hatte. Schnell tippte er herum und war dann auch schon in ihrer Anrufliste. Sie hatte mit diesem Andy telefoniert.

Also würde sie sich mit ihm einen schönen „Einkaufstag" am Rhein machen und er, der Ehemann mit dem Geweih auf dem Kopf, würde einmal mehr betrogen werden.

Ich bringe dieses Miststück um, dachte er und Zornesröte stieg ihm ins Gesicht. *Denkt die wirklich, ich bin so blöd und merke nicht, wie sie mich mit meinen Schützenbrüdern und diesem Andy hintergeht?*

Auch seine dunkle Seele wurde zornig und die innere Stimme hämmerte im Kopf: *Ja, töte sie,* brüllte sie voller Hass. *Wie lange willst du noch warten? Was muss sie noch tun, bevor sie ihre gerechte Strafe bekommt.*

Es kostete Hubertus seine ganze Kraft, um nicht nachzugeben, doch noch war es nicht soweit. Wie gerne hätte er getan, was die Seele und sein Kopf von ihm verlangten. Doch seine Vernunft siegte mal wieder. *Geduld, bald, ja schon bald, werde ich dieses*

Miststück töten, bis dahin benötigt es aber noch einiges an Vorbereitungen. Ich will doch den perfekten Mord. Keiner darf mir auf die Schliche kommen, deshalb ist es notwendig, dass der Plan wasserdicht ist, beruhigte er sich selbst.

Siggi kam freudendstrahlend nach Hause und umarmte ihren Hubbi stürmisch. Sie habe ein passendes Wohnmobil gefunden und auch gekauft. Hubertus ging ans Fenster und sah hinaus.
»Wo hast du es abgestellt?«, fragte er neugierig.
»Oben am Rather-Spiel-Verein«, antwortete sie.
Dort gab es eine Straße, in denen es Parkplätze gab, die nur wenige kannten. Auf ihrer Waldstraße war für ein Wohnmobil kein Platz. Jedenfalls nicht als Dauerparker. Vor ihrem Haus ging es, ein stückweit in die Einfahrt zu fahren, dann konnte man die Reisetaschen und andere benötigten Dinge ein- oder ausladen.

Hubertus zog sich Schuhe an und ging mit Siggi, die ihn drängte, zum Sportplatz hinauf und schaute sich das Fahrzeug an. Er ging um das Wohnmobil herum und machte den Eindruck, dass es ihm gefiel.
Siggi schloss die Türe an der Seite auf und stieg hinein. Hubertus folgte ihr. Sofort flogen seine Blik-

ke dorthin, wo er die Kameras montiert hatte. Sie bemerkte sie nicht, ging die Stufe hinauf und legte sich ins Bett. Anzüglich rekelte sie sich darauf und das Kopfkino ging in Hubertus Kopf an.

Schlampe, Hure, sie will es mit dir hier genauso treiben, wie mit deinen Schützenbrüdern.

Hubbi's Hände ballten sich zu Fäusten, die er in seinen Hosentaschen versteckte. *Ruhig Blut, es ist noch nicht so weit. Nur noch eine kleine Weile, dann werde ich dich töten, so, wie du es verdient hast.*

Hubertus lief es eiskalt den Rücken hinunter, als Siggi sich noch immer rekelnd sagte: »Ich freue mich schon darauf, mit dir das Bett auszuprobieren. Mal gespannt, was wir da so alles anstellen können. Sollen wir es jetzt gleich ausprobieren?«

Sie sah ihn dabei verführerisch an, doch er lehnte ab. So abgebrüht, war er nicht, dass er sich mit ihr in dem Bett vergnügte, indem sie bereits mit anderen mehr oder weniger ihren Spaß hatte.

»Nee, lass uns das doch als Urlaubsvergnügen. Sonst können wir direkt hierbleiben.«

Siggi zog einen Schmollmund, stimmte dann aber zu.

»Ja, mein Liebster, da hast du recht.«

Als Hubertus den Kühlschrank öffnete, in dem er schon einmal hineingeschaut hatte, als er die Kameras montierte, stand noch eine Sektflasche darin.

»Das ist ja praktisch. Da können wir gleich auf unser neues Urlaubsdomizil anstoßen«, lenkte er ab.

Siggi stutzte und stieg vom Bett herunter. Eilig zog sie ihren Minirock zurecht, der nach oben gerutscht war.

»Ja, die habe ich extra gekauft«, plauderte Siggi hastig und er sah ihr an, dass sie schon wieder log. Sie biss sich auf die Unterlippe. Ein klares Zeichen für Hubbi, dass sie einen Fehler gemacht hatte. Nämlich den, das Wohnmobil nicht ausgeräumt zu haben. All die Dinge, die ihr für die frivolen Stunden gedient haben, befanden sich bestimmt noch in den Schränken und Ablagen.

Du bist durch und durch verlogen. Ich sollte dich sofort umbringen, du falsche Schlange, dachte Hubbi wütend.

Hubbi wusste von dem Desinfektionsmittel im Kasten neben dem Bett. Von den Kondomen und den Einwegtüchern in den Ablagen über dem Bett. Fast tat es ihm leid, dass er sich nicht offenbaren konnte, um ihr danach die Kehle durchzuschneiden.

Auf einmal hatte es Siggi eilig. Wahrscheinlich hatte sie Angst, er würde die Schränke öffnen.

»Wir öffnen den Sekt, wenn wir unsere erste Tour machen«, sagte sie bestimmt.

Zu Hause breitete Siggi auf dem Esstisch eine Landkarte aus, die sie aus ihrem Arbeitszimmer geholt hatte. Mit einem roten Filzstift kreiste sie einige Städte an, die sie unbedingt mit dem Wohnmobil besuchen wollte. Auch Seen und die Küste wurden eingekreist. Bereits am nächsten Wochenende starteten sie in den ersten Kurzurlaub.

Durch Hubbi's Beruf konnten sie nicht jedes Wochenende unterwegs sein, so wie Siggi sich das gedacht hatte. Aber sie fuhren, so oft es möglich war und besuchten einige Städte. Hierbei entpuppte sich Sigrid als gute Städteführerin. Zu jeder Stadt, die sie besuchten, hatte sie sich im Internet Sehenswürdigkeiten herausgesucht und hierfür eine Route zusammengestellt.

Hubbi brauchte ihr nur zu folgen. Ihm gefiel es, dass Siggi bei der Planung auch kleine Pausen eingebaut hatte. Dass die immer in einem Biergarten oder einem sehenswerten Lokal stattfanden, fand er phänomenal. Zur Freude von Hubertus steuerte Siggi das Wohnmobil.

Hubbi wollte unbedingt nach Dänemark, dort gab es eine alte Freundin von ihm, die er gerne bei einem verlängerten Wochenendtrip treffen wollte. Siggi war nicht sehr davon angetan, doch als er ihr erklärte, die Dame sei eine Nachbarin und Freundin seiner Mutter gewesen, stimmte sie zu. Schließlich musste die Frau ja schon sehr alt sein, wenn sie damals, als Hubbi noch ein Kind war, neben Familie Meister gewohnt hat.

Hubertus freundete sich so langsam mit dem Wohnmobil an, verdrängte die amourösen Eskapaden seiner Frau darin, damit er sich in das Bett legen konnte. Wenn Siggi im Jenseits war, würde er das WoMo behalten. Es war recht günstig auf den Campingplätzen und noch billiger auf den großen Parkplätzen, so wie der am Rheinufer.

Eine Zeit lang dachte Hubertus, dass Siggi ihm wieder treu sei. Das änderte sich aber wieder, als er Überstunden und auch an den Wochenenden arbeiten musste. Manchmal sogar sonntags. Da allerdings in Privathaushalten. Stunden bringen Geld… meinte sein Chef nur, obwohl von Sonntagsarbeit nicht in seinem Vertrag stand. Der kleine Bonus wurde in bar ausgezahlt und Hubert fühlte damit seine Schwarzkasse auf. Siggi dagegen lud dann immer ihre „Freundin" ein und fuhr mit ihr und dem Wohnmobil durch die Lande. Angeblich! Denn wenn Hubertus die Videos herunterlud und ansah, wusste er, mit wem sie unterwegs war. Andy hatte anscheinend einen Bürojob oder war arbeitslos, denn er hatte an den Wochenenden immer Zeit für frivole und ausschweifende Treffen.

Dieser Andy könnte mir gefährlich werden, dachte Hubertus, als er sich die Videos ansah. Er war einige Jahre jünger als er selbst, schlank, etwas kleiner als Hubbi, in beiden Größen, aber Andy hatte Ausdauer und einiges drauf. Völlig überrascht wurde er, als er seine immer dominante Siggi ziemlich devot daliegen sah. Sie ließ sich von Andy fesseln, die Augen verbinden und sogar mit einer kleinen Peitsche ihr Hinterteil versohlen.

Solche Dinge hatte sie bei mir noch nie gewollt. Ob das ein neuer Kick für sie war? Und schon begann es in seinem Kopf zu arbeiten und er machte einen inneren Freudensprung.

Das ist es, dachte er. *So kannst du sie töten. Mach ein Spiel aus ihrer Ermordung, sodass sie erst ganz am Schluss bemerkt, dass ihr letztes Stündlein geschlagen hat.*

Der Plan nahm seine Endform an. Schon sehr bald wäre es so weit, dass Hubbi der trauernde Witwer wäre.

Das Rather Schützenfest stand an, auf dem Kirmes platz im Rather Broich. Natürlich gab es eine Parade und alle Schützen nahmen daran teil. Siggi, die nur als passives Mitglied in den Verein eingetreten war, zog nicht mit im Schützenzug. Sie blieb am Straßenrand stehen und schaute sich so den Umzug an. Neben ihr die anderen Ehefrauen der Schützen. Liebevolle, treue Frauen. Was man ja von vielen Männern des Vereins nicht behaupten konnte, wie sie festgestellt hatte.

Jeder einzelne der Schützen, den sie in ihrem Wohnmobil begrüßen konnte, schaute sie bewusst an. Hubertus, der sich absichtlich ziemlich am Schluss einreihte, sah, wie Siggi seine Schützenbrüder ansah.
Du Hure, was denkst du bei jedem Einzelnen? Vergibst du Noten? Wut kam auf. Doch er sah auch die Frauen derer, die Siggi ansah.
Ihr jubelt und winkt eurem geliebten Gatten zu. Ihm, dem Fremdgeher. Doch seid gewiss, ich werde jeden eurer Halodries zur Rechenschaft ziehen.
Im Vorbeigehen winkte er seiner untreuen Gattin zu, die lächelnd zurückwinkte. Er wusste von ihren Seitensprüngen. Sie wusste nicht, dass er es weiß.
Lächle deinen Liebhabern zu, noch wiegen sie sich in Sicherheit. Doch das wird sich bald ändern.
Mit am Ende entspannter Mine ging es ins Schützenzelt und Hubbi hatte die schlechten Gedanken weit nach hinten geschoben und man feierte bis

spät in die Nacht.

Schon kurz nach dem Fest forderte Hubertus Siggi regelrecht auf, doch mal wieder mit einer „*Freundin*" wegzufahren, da er in nächster Zeit viel Arbeit hatte, die auch am Wochenende gemacht werden musste.
Siggi war begeistert, konnte sie sich dann mit Andy vergnügen.

Schon bald war es soweit. Hubbi holte das Wohnmobil und stellte es in die Einfahrt. Wie immer, standen die Nachbarn hinter vorgezogenen Gardinen am Fenster und beobachtete die Sache. Es war wichtig für Hubbi, dass sie es mitbekamen, es gehörte zu seinem Plan, der nun seinen Anfang nahm.

Er trug die kleine Reisetasche zum Camper. Er kannte seine neugierigen Nachbarn, die den lieben langen Tag nichts anderes zu tun haben, als die Straße zu beobachten. So entging ihnen auch nicht, wie Hubert und seine Angetraute zu ihrem Wohnmobil gingen und Siggi alleine fortfuhr.
Sie ahnten, dass die holde Ehefrau nicht zum Blumenpflücken mit dem Wohnmobil wegfuhr. Hubbi machte auch hier gute Miene zum vermeidlich bö-

sen Spiel, denn die Nachbarn sollten später als Zeugen fungieren.

An seinem Geburtstag, ende September, war es soweit. Zu Ende war die Wartezeit. Es sollte endlich zur Ausführung seines Plans kommen. Die dunkle Seele jubilierte und wurde Rabenschwarz. Die Mordlust rauschte vor Freude wie ein wilder Fluss durch seine Blutbahnen.

Nachdem er Siggi ein vier Gänge Menü vorgesetzt hatte, sein Geburtstagsessen, gingen sie ins Bett und Hubert liebte seine Siggi, so wie er es schon lange nicht mehr getan hatte, dabei wurde er immer wilder und ja, er schlug ihr spielerisch auf den ausladenden Po. Siggi quietschte entzückt auf und erlebte einen der stärksten Orgasmen überhaupt.

Als Hubbi aufstand und die beiden seidenen Schals aus der Kommode nahm, erklärte er mit einem Lächeln: »Wir werden ein wenig in die Sado-Maso-Szene einsteigen. Nicht mit heftigem Schmerz, sondern mit Unterwürfigkeit. Das hat dir doch bei dem letzten Besuch in der *„Love Oase"* so gut gefallen, als wir dem Paar zugesehen haben. Deine Zunge fuhr lüstern über deine Lippen, als die Sklavin gelitten hat.«

Siggi sah ihn skeptisch und zugleich lüstern an. Sie konnte sich sehr gut an diesen Abend erinnern.

»Du musst keine Angst haben, Schatz, wir werden auch kein heißes Bienenwachs nehmen, wie es der Gebieter tat und es auf die Devote niedertropfen ließ. Weißt du noch, was er später zu uns sagte? - „Nur der Herr der Sklavin darf ihr Schmerzen zufügen und sie dabei nehmen. Danach war es erlaubt, die Sklavin zu liebkosen. Das ist der Sinn bei Sado-Maso, Zuckerbrot und Peitsche." - Aber soweit werden wir nicht gehen. Du sollst dich einfach nur fallenlassen und mir bedingungslos vertrauen.« Sigrid konnte sich zuerst mit diesem Gedanken der Unterwürfigkeit nicht recht anfreunden, sie dachte auch an Andy, der sie ständig beherrschen wollte. Ihre Neugier, was Hubbi vorhatte, war aber größer, als dass sie sich dem Entziehen könnte. Wusste sie doch, dass ihr Hubbi kein Schwätzer war und bestimmt nicht zu weit gehen würde, schließlich kannte er sie gut genug.

Als sie das Paar in Lack und Leder im Klub gesehen hatte, empfand sie eine besondere Lust in sich. Der Mann bestimmte, was gemacht wurde. Diese spannenden Momente, in denen der Herr die Dienerin streichelte, mit der Zunge verwöhnte und dann plötzlich mit der handlichen Peitsche ausholte und die Riemen ihren Bauch trafen, brachte sie zum Erschaudern und ein Kribbeln zwischen ihren Beinen machte sich bemerkbar. Der Herr ließ die Sklavin spüren, wie es ist, wenn man Durst hat, das Wasser vor einem steht, aber es unerreichbar blieb. Bezogen auf ihre Lust führte er sie bis kurz vor den Höhepunkt und befahl ihr dann mit harschem Ton, sich zusammenzureißen. Würde sie ohne seine Erlaubnis kommen, würde er sie bestrafen. Ihr Betteln und Flehen half nichts, er bestimmte den Rhythmus und wann es zu Ende war.

»Ich werden es nicht wie dieses Paar mit dir machen, sondern die Variante Bondage wählen, deshalb die Tücher, mit denen ich deine Handgelenke umwickeln werde und die Enden an den Bettpfosten befestigen.«

Er gab ihr einen Kuss und sagte mit rauher Stimme: »Vertraue mir, Liebes.«

Siggi willigte ein und ließ sich anbinden.

Sie fand es aufregend und prickelnd, ihm wehrlos ausgeliefert zu sein. Nicht, wie sonst, die treibende Kraft, sondern devot hinnehmen, was er mit ihrem Körper tat, war eine Spielvariante, die sie ausprobieren wollte.

Siggi bemerkte nach einigen ausgefallenen Spielchen nicht, dass es nicht zum Liebesspiel gehörte, als seine Hände ihren Hals umfassten. Er drückte sanft zu und sah sie lüstern an. Ihre Augen weiteten sich und die Lust in ihr erreichte eine neue Dimension. Sie wurde feuchter und rekelte sich auf den Laken.

Unglaube spiegelte sich erst dann in ihren Augen, als sie atmen wollte und er fester zudrückte. Siggi wollte es nicht wahrhaben, doch als sie ihre Hände freibekommen wollte, zogen sich die Seidenschals an ihren Handgelenken fester zu.

Hubbi geht eindeutig zu weit und das werde ich ihm heimzahlen, sobald er mich befreit und ich wieder Luft bekomme, dachte sie und Wut löste die Erregung ab.

Sein lächelndes Gesicht, bis eben für sie ein Ausdruck der Freude, weil er sie so beglücken konnte, verwandelte sich zu einer mörderischen Fratze. Siggi röchelte, ihre Augen wurden größer und endlich sah Hubbi die von ihm ersehnte Angst in ihnen aufflackern. Siggi wollte schreien, als die Luft mehr als knapp wurde und konnte es nicht.

Schrei, Schrei dir die Lust aus der Seele, hatte er ihr beigebracht, doch mehr als nur unverständliches Geröchel war nicht zu hören.

»Alles Gute zum Halloween, wenn auch etwas zu früh. Du bist mittendrin in dem grausamsten

Alptraum deines Lebens und hast jetzt bestimmt keinen Spaß mehr an diesem Spielchen«, flüsterte er ihr zu und seine Hände wurden zu Stahlklauen.

Siggis Kopf wurde rot, die Lippen liefen blau an. Mit den Beinen schlug sie um sich, doch sie erreichten Hubbi nicht, denn er saß auf ihrem Bauch und lockerte den festen Griff um ihren Hals nicht. Ihre krampfhaften Bewegungen wurden zu einem unkontrollierten Zucken. Ihr Körper versuchte, sich zu wehren, doch Hubertus ließ nicht locker. Die zweite Phase des Erstickungstodes wurde eingeläutet.

Hubbi sah Siggi ins Gesicht, jede Regung und Veränderung wollte er sehen. Er beugte sich zu ihr hinunter.

»Na, Siggi, fühlt es sich schrecklich an, wenn man langsam das Bewusstsein verliert? Du sollst aber auch erfahren, warum du in dieser Lage bist.«

Hubertus lächelte seine Frau teuflisch an. Aus ihrer Kehle drang ein Laut, der sich wie ein Seufzer anhörte.

»Das ist die Strafe dafür, weil du mir Hörner aufgesetzt hast. Weil du mich im Schützenverein lächerlich gemacht hast und weil ich von deinen amourösen Stelldicheins weiß, die du im Wohnmobil am Rhein getrieben hast. Aber nicht nur deshalb wirst du sterben. Nein, nicht nur deshalb, meine liebe

Siggi. Es ist auch die Quittung für dein jahrelanges Verhalten mir gegenüber. Ich war nur dein Fußabtreter, den du nach Lust und Laune bevormunden und zurechtweisen konntest. Hast mich behandelt wie einen Sklaven. Hast gelebt, wie es sich für eine reiche Frau geziemt und mich wie blöde arbeiten lassen. Ich habe alle deine Konten eingesehen und ja, ich werde bei jedem Euro, den ich ausgebe, an dich denken. Besonders auf den Kanaren, die du leider nicht mehr besuchen wirst, mein liebes Miststück. Deine Touren nach London, damit ist jetzt auch endgültig Schluss, Liebling.«

Der Sauerstoffmangel in Siggis Lungen machte sich noch mehr bemerkbar. Ihre Pupillen weiteten sich, ihr Mund schnappte auf und zu, wie bei einem Fisch auf dem Trockenen. Hubbi nahm all seine Kraft und drückte stärker zu. Das Zungenbein brach und Siggi verlor das Bewusstsein.

Tot war sie deshalb nicht, dies wusste Hubbi, weil er sich im Internet schlaugemacht hat. Viele Opfer wurden nach einer Ohnmacht wieder wach, wenn der Täter von ihnen zu früh abließ. Das hatte er auch in manchen Crime-Serien gesehen, die er ab und zu ansah, wenn Siggi mit dem WoMo unterwegs war und ihn betrog. Um dies zu vermeiden und um ganz sicher zu sein, behielt er seine Hände um ihren Hals und drückte minutenlang weiter zu. Schweißüberströmt ließ er nach einer gefühlten Ewigkeit von ihr ab. Hubertus sah in ihre gebrochenen Augen. Sie starrten glanzlos ins Leere.

»Fahr zur Hölle, Siggi, der Teufel wartet schon auf dich.«

Hubertus löste die Seidenschals an ihren Handgelenken und küsste seine Frau ein letztes Mal, bevor er sich vollends von ihr erhob.

»Du hast die höchste Stufe der Lust erreicht und sie hat dich das Leben gekostet. Ich habe vergessen, das zu erwähnen, als ich darauf hinwies, dass ich dich zu einem noch nie erlebten Orgasmus bringen würde. Und gib zu Liebling, du hast ihn erreicht.«

Da Siggi nicht mehr selbst antworten konnte, hob er ihren Kopf leicht an, indem er seine Hand an ihr Genick legte und bewegte sie, dass es aussah, als würde Siggi nicken.

Hubertus legte sich neben die Leiche und ruhte sich aus. Er malte sich aus, wie er als reicher Mann leben würde. Doch bis es so weit war, würde noch einige Zeit vergehen. Es gab noch einiges zu tun, bis er zum lustigen Witwer wurde.

Nach einer Weile stand er auf und ging unter die Dusche. Wollte er so seine Schuld abwaschen? Seine Seele, die sich in den Jahren mit Siggi verdunkelt hatte, wieder zum Leuchten bringen? Oder einfach nur den Schweiß abduschen?

Nach dieser Selbstreinigung fühlte er sich besser. Seine Seele hatte ihren schwärzesten Tag erlebt und noch würde sie dunkel bleiben, denn nun folgte ein weiterer, grausamer Teil seines Plans.

Eigentlich ist das gar nicht so schwer, jemanden zu töten, überlegte Hubertus, hielt sich aber an diesem Gedanken nicht lange auf.

Weiter Hubbi, weiter, jetzt kommt der schwierigste Teil. Siggi muss weg. Sie muss verschwinden, ohne, dass du selbst in Verdacht geratest, spornte er sich selber an.

Ein perfekter Mord bedarf äußerste Disziplin und Hubbi wusste, wie er vorgehen musste.

Als Erstes nahm er das Handy von Siggi und wollte es ausschalten. „Zurzeit nicht erreichbar", war der Sinn dieser Maßnahme. Den vierstelligen PIN von dem Gerät kannte er, doch würde der noch stimmen? Wenn er das Handy ausschaltet, sie den PIN geändert hätte, würde ein Teil seines Plans nicht funktionieren. Deshalb rief er die Funktion PIN-Änderung in den Einstellungen auf. Das System verlangte nun die Eingabe der alten vier Zahlen.

Dem kam Hubertus nach und gab die ersten vier Zahlen ihres Geburtstages ein. Nach dieser Eingabe wurde er aufgefordert, einen neuen Pin einzugeben. Doch das tat er nicht. Die Prüfung war ok, alles wie gehabt. Nun schaltete er es aus und war in der Lage, es jederzeit wieder zu aktivieren. Das Handy würde noch eine wichtige Rolle in seinem Plan spielen, deshalb legte er es nur zur Seite und warf es nicht weg.

Im Keller hatte er schon einiges vorbereitet. Immer wenn sein Weib sich herumtrieb und es mit anderen trieb, machte er sich daran, alles für den perfekten Mord vorzubereiten. Wie bei einem seiner Menüs hatte er sich ein *„Rezept"* ausgedacht und war nun mitten in der Zubereitung. Seine neue Leidenschaft, Krimis zu lesen, kam nicht von ungefähr. Eifelkrimis von Sabine Giesen oder die Krimis von Stephan Peters aus der Region, hatten es ihm besonders angetan. *„Die Gerresheimer Hexe"* war zwar eine Frau, die mehrere Morde begangen hatte, aber er glaubte eh daran, dass Frauen die besseren Mörderinnen sind. Man hört nicht viel von mordenden Frauen. Nicht weil es wenige gibt, sondern weil sie so gut sind und man ihnen nichts nachweisen kann oder sie erst gar nicht in Verdacht geraten.
Die Mordmethoden von der *„Gerresheimer Hexe"*

waren perfekt. Fast perfekt befand Hubbi und verfeinerte, was er gelesen hatte. Aus dem Krimi „*Sein Gelübde*" von der Autorin Sabine Giesen, entnahm er die Idee der Verwirrung seines Umfeldes. Die Idee, sich als Täter so auffällig zu benehmen, dass man schon wieder unauffällig erscheint, hatte er sich aus dem Thriller „*Familie Tod*" von Wine van Velzen aufgenommen. Von jedem Buch pickte er sich die benötigten Informationen heraus, um den perfekten Mord zu konstruieren. Er dankte im Geiste diesen hervorragenden Autoren/innen für ihre Hilfe. Sich bei ihnen schriftlich zu bedanken verwarf er aber.

Eine neue Axt und auch ein kräftiges Beil hatte er sich bei einem großen Baumarkt in Bar gekauft.

Da Siggi nicht so schwer war, trug er sie in den Keller. Zuerst wollte er sie die Kellertreppe herunterrutschen lassen, merken würde sie das nicht mehr, doch das hätte vielleicht Spuren hinterlassen. Und genau das hieß es ja zu verhindern. Nicht am Körper oder Kopf von seiner EX, wie er sieh schon bezeichnete, sondern an der Treppe. Die Spurensicherung in der heutigen Zeit ist mehr als nur hochkarätig einzustufen. Das wusste, beziehungsweise dach te er sich und verhielt sich entsprechend.

Ausziehen brauchte er sie ja nicht mehr. So konnte er sich sofort ans Werk machen, um Siggi für die Tiefkühltruhe vorzubereiten. Hubbi gönnte sich aber zuerst einmal eine Pause. Ein kaltes Bier und zwei Schnittchen gaben ihm neue Kraft und die benötigte er für das, was er vorhatte. Nach dieser Stärkung ging er zurück in den Keller.

Im ausgebauten Saunabereich befand sich auch der Dusch- und Entspannungsbereich in seinem Haus.
»In meinem Haus«, sagte er laut und die dunkle Seele bestätigte es ihm.
Nur zwei Stunden, wenn man das Liebesspiel mitrechnete, hatte er benötigt, um von arm auf reich zu kommen. Mit seiner redlichen Arbeit auf dem Bau hätte er dafür über 150 Jahre gebraucht, oder noch länger.

Nachdem er die kleinen Regale, Tischchen und Stühle aus dem Wellnessbereich weggeräumt hatte, fand sich genug Platz, um Siggi der Länge nach dort abzulegen. Noch einmal schaute er sich seine Frau an. Jetzt, wo sie schutzlos dalag, hatte sie ihren Glanz verloren. Ja, er fand sie auf einmal fast hässlich. Lediglich die Brustwarzen sahen zum Anbeißen aus. Kaum hatte er diesen Gedanken, kniete er nieder und biss mit voller Kraft hinein. Vergessen, dass er doch gerade ein Häppchen zu sich genommen hatte.

Welch ein Genuss und kaute die Warze zwischen seinen Zähnen. Nun tat es ihm fast leid, dass sie nicht mitbekam, wie sehr es ihn erregte und er ihre Schreie nicht hören konnte. Nur langsam ließ er von der Leiche ab. Die blutverschmierte Brust erinnerte ihn an seinen Plan, den er weiter vorantreiben musste.

Platz genug für Siggi war in der Truhe. Doch so, wie sie war, sollte sie nicht da hinein. Nein, das war nicht sein Plan. Der sah ganz anders aus.

Siggi war zwar tot, aber erkennbar. Jeder der die Truhe öffnet, erkennt sofort eine Leiche, die am Stück hineingelegt wurde. Das wäre alles andere, als ein perfekter Mord. *Das wäre dilettantisch und einem Hubertus Meister nicht würdig*, sinnierte seine innere Stimme.

Er hatte vor, Siggi verschwinden zu lassen. Stück für Stück. Schon morgen nach der Arbeit würde er damit anfangen, denn jetzt hatte er Wichtigeres zu erledigen.

Hubertus war klar, dass er sich jetzt Geld überweisen müsste, weil es sein kann, dass die Konten von Sigrid im Laufe der Ermittlungen gesperrt werden.

Genaues wusste er aber nicht. Hubbi hatte sich im Internet schlau gemacht und fand heraus, dass die Konten nur dann gesperrt würden, wenn das Gericht das anordnet. Im Falle eines Verbrechens, und der Täter in Untersuchungshaft landen würde.

Keine Leiche, kein Verbrechen, somit auch kein Täter. Aber, man weiß ja nie, wie es kommt, trotz ausgeklügelten Plans. Du musst vorsorgen, Hubbi. Schnell gehe nach oben ins Arbeitszimmer und tu, was du tun musst, trieb er sich selbst an. Die Überweisung machte er von Siggis PC aus. Noch lebte sie ja, noch war sie nicht weggefahren.

Mit Siggis Pin loggte er sich auf ihrem Konto beim Onlinebanking ein. Dann erhöhte er als erstes den Dauerauftrag an das Haushaltskonto auf 3.000 € und eine sofortige Überweisung von 5.000 €.

Das reicht erst mal meine, meine liebe Siggi. Ich weiß nicht, warum du das gemacht hast, und ich merke, dass ja erst, nachdem ich auf der Bank war. Schließlich habe ich ja kein Homebanking. Dazu bin ich zu altertümlich und gehe zu gerne an den Schalter.

Die Aktion hatte er mit Einweghandschuhen erledigt, denn Vorsorge war immer besser, als böse Überraschungen zu erleben.

Leider musste er an diesem Donnerstag besonders lange arbeiten. Um nicht aufzufallen, blieb er solange wie nötig. Soll doch niemand wissen, dass zu Hause eine ganz besondere Arbeit auf ihn wartete. Die zwar nicht mehr weglaufen würde, da war er sich sicher, aber eiligst erledigt werden müsste. Obwohl er die Heizung ausgeschalten hatte, war es nicht annähernd so kalt im Wellnessbereich, dass Siggi nicht verwesen würde. Der unangenehme Geruch, der dabei entstehen würde, wäre kaum auszuhalten und würde früher oder später durch das ganze Haus ziehen.

Endlich hatte er Feierabend und machte sich auf den Heimweg. Heim zu seiner „nun für immer treuen Siggi", als ihm mit schrecken Terese einfiel.
Die Putzfrau, die gute Seele.
Oh Gott. War es heute, dass sie kommt? War das jeden dritten oder vierten Donnerstag im Monat? Hubbi wusste es nicht genau. Schweiß brach bei ihm aus, mehr als nur Angstschweiß. Im Keller waren die Waschmaschinen und Trockner untergebracht. Terese warf immer beide Maschinen an.
»Ist keine Mühe, macht sich doch von alleine«, waren ihre Worte.
Hubert überlegte auf der Fahrt nach Hause, bei der die Geschwindigkeit immer mehr abnahm, *was ist wenn?*
Wenn Terese heute Morgen in die Wohnung gekommen

war, dann hat sie auch Siggi gefunden. Der Waschkeller liegt direkt neben dem Wellnessbereich. Oder habe ich die Türe zugemacht? Dann könnte es sein, dass sie da nicht hinein gegangen ist. Da sollte sie immer nur nach einem Hinweis sauber machen, weil wir diesen Raum und die Sauna nur selten nutzen. Ist das heute auch noch so?

Das hatte er mitbekommen, bzw. gehört, als Siggi ihr die Aufgaben erklärte. Zumindest war das am Anfang so.

Nehmen wir mal an, sie hat Siggi im Keller nicht gefunden, was ist dann mit dem Schlafzimmer. Ihre Sachen liegen dort herum, sinnierte er weiter. Ach, das ist eigentlich nichts Besonderes, dass Sigrid ihre Klamotten herumliegen lässt. Allerdings nie ihre Unterwäsche, das war ihr immer peinlich. Ist das der Terese aufgefallen? Und wenn ja, was machte das aus?"

Hubertus fuhr von der A3 auf die A44. Nun waren es keine 20 Minuten mehr und er wäre zu Hause.

Wer wird mich da wohl empfangen? Niemand oder die Polizei, fragte er sich. Du könntest abhauen. Mit der Vollmacht auf Siggis Konto könntest du längere Zeit verschwinden. Jedenfalls bis die Polizei es sperrt, mischte sich mal wieder seine innere Stimme in seine Gedanken ein.

Die perfekte Flucht hat es auch noch nie gegeben. Nein, das wäre zu stressig, dann lieber Gefängnis, gab er sich selbst die Antwort.

Wie wäre es mit *Tötung im Affekt, weil sie dir während dem Liebesakt von ihren Seitensprüngen erzählt hat, dich einen Schlappschwanz nannte oder weil du versagt hast?*, überlegte er, um nach einem Schlupfloch zu suchen.

Dann überlegte Hubertus, was er dann als Strafe zu erwarten hätte.

Gefängnis geht vorbei. 5 Jahre bei guter Führung sind ein Schiss in der Lebenszeit, die du noch vor dir hast, erklärte ihm die dunkle Seele. *Allerdings wäre dann aber auch das schöne Erbe futsch. Du könntest ihren Tod als Unfall hinstellen, damit könntest du womöglich durchkommen und all ihr Geld und ihre Immobilien erben.*

»Ich hoffe, Terese war nicht da«, murmelte Hubbi, der langsam Kopfschmerzen von all den Überlegungen und der Unterhaltung mit sich selbst bekam.

Er bemerkte, dass er nun schon auf der Oberratherstraße war und gleich in die Kanzlerstraße einbiegen würde. Die Ampel zeigte Rot und Hubbi musste anhalten. Ein letztes Mal flammte der Gedanke an Flucht auf, doch als die Ampel auf Grün schaltete, bog er links ab, und danach wieder links. Jetzt konnte er sein Haus sehen. Ihm fiel nichts Besonderes auf. Kein Streifenwagen, kein Krankenwagen, auch keine Ansammlung von Menschen.

Langsam näherte er sich seinem Zuhause. Je näher er dem Haus kam, bemerkte er, dass er nichts bemerkte, außer der Ruhe, die hier immer herrschte. Ebenso langsam, wie er fuhr, bog er seinen Wagen in die Toreinfahrt zu der Garage.
Nichts geschah.
Er stieg aus dem Auto; noch immer tat sich nichts. Doch eine unbändige Angst kam in ihm hoch, eine Angst, die er noch nie gefühlt hatte.
Jeden Moment werden sie aus allen Richtungen kommen und mich verhaften.
Doch nichts dergleichen fand statt, nur der Vorhang bei seiner alten Nachbarin bewegte sich leicht. Eigentlich auch nichts Außergewöhnliches. Hubertus konnte sich gerade noch zurückhalten, ihr zuzuwinken.
Die Seele verhielt sich ruhig. Auch sie war angespannt und harrte den Dingen, die vielleicht auf Hubbi zukommen würden.
Er ging zur Wohnungstüre. Sie war zweimal gesichert, so, wie er sie verlassen hatte. Er schloss auf und ging hinein, schaltete das Licht im Flur ein und schaute sich um.
Ein lauter Seufzer der Erleichterung entfuhr gleichzeitig ihm und der Seele in ihm.

Terese war nicht da gewesen. Seine Turnschuhe standen ungeordnet beim Kleiderständer, wie er sie ausgezogen hatte. Ein augenfälliger Hinweis, dass die Putzfrau nicht da war, sonst ständen sie im Schuhregal. Leicht taumelnd ging er in die Küche und öffnete sich noch dort eine Flasche Bier und nahm einen kräftigen Schluck.

Hubertus ging ins Wohnzimmer, erst dort setzte er sich und ihm war bewusst: *Das war haarscharf, Hubbi. Fast wäre dein perfekter Mord wie bei einem „Tatort Krimi" aufgeflogen.*

Nach und nach beruhigte sich Hubertus. Als er sich die zweite Bierflasche holte, sah er auf den Kalender, der an der Wand neben dem Kühlschrank angebracht war. Terese war vorige Woche da und käme erst Donnerstag in drei Wochen wieder. Die ganze Aufregung und all die Ängste waren umsonst gewesen.

Er spürte, dass in diesem Moment Siggi allgegenwärtig war, dass sie ihm diese grauenvollen Gedanken während der Fahrt gesendet hatte, um ein letztes Mal ihre Macht über ihn auszuüben.

Fast trotzig ging er in den Wellnessbereich hinunter. Er öffnete die Türe, da wusste er auch seine Antwort auf die Frage auf der Heimfahrt: Offengelassen oder zugezogen?

Siggi lag genauso da, wie er sie abgelegt hatte, nichts hatte sich verändert. Plötzlich hatte er Respekt, ja ein wenig Angst vor der Leiche, die vor ihm lag.

»Sie ist tot, Hubbi. Deine Siggi kann dich nie mehr drangsalieren. Sie wird dir keine Hörner mehr aufsetzen und du musst nicht mehr ihre keifende Stimme hören, wenn sie dir Vorwürfe machte, dass sie das meiste bezahlte«, sagte er laut zu sich selbst. *Sigrid ist tot, weil du dich endlich von ihr befreien konntest. Hörst du, Hubbi, sie ist tot, mausetot und sie kommt auch nicht mehr zurück.*

Die Angst und auch die Unruhe legten sich. Er zwang sich zur Arbeit, zwang sich, den Plan weiter auszuführen. Hubertus ging nach oben, zog sich um. Es würde eine blutige Angelegenheit werden. Mit einer erneuten Flasche Bier, die er mit in den Keller nahm, machte er sich ans Werk.

Wie er es vor hatte, zerteilte er Siggi nun in brauchbare Bratenstücke. In klein gemachte Gulaschstücke, Schnitzel und durch den Wolf gedrehtes Gehacktes. Mit Säge, Axt und dem großen Schlachtermesser zerstückelte er sein untreues Weib und entfernte die Haut auf der freigeräumten Werkbank.

Dabei half ihm das gekaufte Zerlege- und Schneidewerkzeug.

Wenn er einen Knochen mit der Axt zerkleinern musste, rief er auch schon mal ihren Namen, mit dem einem oder anderem Schimpfwort begleitet. Würde man ihn hören, wäre man der Meinung, er hätte das Touret- Syndrom. Die Seele kicherte jedes Mal und hatte ihren Spaß an Hubbi's Flüchen und Ausdrücken, mit der er seine tote Frau beim Ausschlachten bedachte.

Diese Aussetzer waren für die erlebte Heimfahrt und für all das, was ich in den Ehejahren erdulden musste, erklärte er, als er wieder die Axt ansetzte.

Doch Hubbi wäre eben nicht Hubbi, wenn er nicht zu der gewohnten Ruhe zurückfinden würde. Schon nach kurzer Zeit war er wieder voll bei Sinnen und ging sehr methodisch vor.

»Das werden die geilsten und leckersten Frikadellen, die je gegessen wurden« sagte er, als er weitere Fleischstücke von Siggi in den Trichter vom Fleischwolf stopfte.

Verschenke sie an die richtigen Leute, die es verdient haben, noch etwas von Siggi zu haben, stachelte ihn die innere Stimme an.

Viele der kleineren Knochen zermalmte er mit dem eisernen Wolf, den er noch von seiner Mutter hatte. Gußeisern und nicht kaputt zu kriegen. *Deutsche*

Wertarbeit.
Mit dem Mörser wurden aus Finger- Zehen- und weiteren Knochenstücken kleine Knochensplitter. Sie wurden in eine Plastiktüte von einem Discounter geschüttet.

Der Sinn dieser ganzen Fleischzerkleinerungsaktion lag darin, dass man eingefrorene Fleischstücke nicht von Rind und Schwein unterscheiden konnte. Deshalb musste man sich auf die Etikettierung verlassen. Sollte es eine kurzfristige Untersuchung geben, so wäre zumindest der erste Eindruck oder Blick in die Truhe unverdächtig. Hubbi hatte ja viele Etiketten von nachweislich gekauftem Fleisch auf dem Bauernhof und seinen Einkäufen im Supermarkt. Ein wenig der gekauften Ware hatte er an rumänische Arbeiter auf dem Bau verschenkt, die ihm sehr dankbar waren. Natürlich nicht roh, sondern als gemischten Braten oder als Gulasch. Frikadellen spendierte er ebenfalls, dazu auch die Brötchen und den Senf dazu. Für die Rumänen war Hubbi von da ab, der Held auf der Baustelle.

Auch bei den Versammlungen der Schützen und im Kegelverein brachte Hubbi schon mal eine Gulaschsuppe oder einen deftigen Eintopf, mit viel Fleischeinlage mit. Das hatte Siggi damals nicht gepasst aber Hubertus meinte, sie wolle doch nicht als geizig angesehen werden, da ja die Frauen der Schützen auch ab und zu Kuchen mitbrachten. Siggi gab sich geschlagen. Für die schlaffen Schützenmitglieder wollte sie sich nicht an den Backofen stellen, dann sollte Hubbi eben hin und wieder was mitbringen, erklärte sie ihm. Siggi bemerkte nicht, was sie mit ihrer Wortwahl anrichtete, denn Hubbi's Seele bis vor Wut in seine Eingeweide und er schnappte hörbar nach Luft. *Schlaffe* und *Glieder*, hatte sie gesagt, das verstand auch Hubertus und wusste genau, was Siggi meinte.

Doch das alles gehörte schon zu seinem Plan. Alle sollten sich an seine Fleischgaben gewöhnen.

Am Freitagabend musste Hubertus seine schweißtreibende Arbeit unterbrechen. Siggi sollte mit dem Wohnmobil auf Reisen gehen und dafür benötigte er Zeugen. Wer, als die neugierigen Nachbarn kämen dafür besser in frage?

Er ging nach oben, duschte, zog einen Jogginganzug an und packte Siggis Reisetasche. Schließlich ging sie auf Wochenendtour. Zumindest sollte es so aussehen.

Zahnbürste, Becher und Haarbürste und zwei Cremes kamen in den Kulturbeutel. So schaffte er im

Bad eine auffällige Lücke. Lediglich ihre Handtasche würde er später entsorgen. Das Wohnmobil holte er vom Park-platz am Sportplatz und parkte es vor seinem Haus. So konnte er die Reisetasche in das Wohnmobil bringen und hoffte, die Neugier der Nachbarn ließ ihn nicht im Stich.

Ihre Geldbörse mit all ihren Karten war bereits in der Handtasche. Wie gerne hätte er die behalten und wäre wie sie damit einkaufen gegangen. In den Läden, wo die Angestellten einem die Türe öffnen, die höflich und zuvorkommend ihre Kunden bedienten. Doch die dunkle Seele, die alles mit Spannung verfolgte, erinnerte ihn an den Plan. *Deshalb müssen solche Beweismittel verschwinden, Hubbi, du darfst keine Fehler machen.*
Eigentlich wollte er die Tasche irgendwann wieder auftauchen lassen. Dann, nach reiflicher Überlegung verwarf er diesen Gedanken wieder und hatte beschlossen, die Geldbörse zu vernichten. Das Geld nahm er an sich. Kredit- EC- und Krankenkassenkarten und den Personalausweis zerschnitt er sorgfältig. Der Inhalt landete in drei Müllbeutel, die er in verschiedene große Müllcontainer an der Raststätte Ohligser Heide entsorgte. Die leere Handtasche warf er auf einem anderen Parkplatz in einem der aufgestellten Müllcontainer. Das Handy und

das Ladekabel ließ er aber bewusst auf dem Wohn-zimmertisch liegen. Sie waren Teil seines Plans und konnten deshalb nicht entsorgt werden.

Nun wurde der weitere Plan *"Maskerade"* ausge-führt.

Da er um einiges größer, breiter und dicker als Siggi war, hatte er sich auf dem Trödelmarkt am Aache-ner Platz Kleider in seiner Größe besorgt. Der Ver-käuferin erzählte er, dass er die für seine Frau kau-fen würde, die wegen ihrer Gicht nur noch zu Hau-se sein konnte. Sie hätte ungefähr die gleiche Größe wie er und die Sachen würden schon passen. Die Verkäuferin lobte sein Verhalten und er bekam so-gar noch einen Sonderpreis, obwohl die Kleidung schon sehr günstig angeboten wurde. Auf der Himmelgeisterstraße in Düsseldorf Bilk, in einem großen Karnevalsgeschäft, hatte er eine passende Perücke gekauft. Es war zwar erst Ende September, doch an der Käuferschar hatte er gesehen, dass sich schon einige auf den 11.11. vorbereiteten.

Hubert bezahlte bar und achtete darauf, dass an der Kasse ein wenig Andrang herrschte, sodass die Kas-siererin später Schwierigkeiten hätte, zu sagen, wer denn wann da war oder was gekauft hat.

Zu Hause hatte er die Sachen anprobiert und fest-gestellt, dass man ihn sehr wohl als Sigrid erkennen könnte, wenn man nicht direkt vor seiner Nase stand. Im Auto, bei schlechter Sicht würde das aber funktionieren.

Als es am Freitag dunkelte, ging er hinaus zum Wohnmobil. Die Außenbeleuchtung schaltete er vorsorglich nicht ein. Bevor er einstieg und die Tür nicht gerade leise zuknallte, winkte er dem Hauseingang zu. Jeder, der ihn hinter den Vorhängen beobachtet, müsste der Meinung sein, Siggi winkte ihrem Ehemann zu, der dort stehen würde. Hubertus klappte die Sonnenblende nach unten, somit verdeckte er sein Gesicht und startete den Wagen. Er hupte kurz, so wie es Siggi in letzter Zeit immer gemacht hatte, bevor sie wegfuhr. Hubert hatte in den letzten Wochen darauf bestanden, dass sie ihm einen kleinen Abschiedsgruß zukommen ließ. Er fuhr erst davon, als er an den Fenstern der Nachbarn die wackelnden Vorhänge bemerkte. Der Wagen stand in Fahrtrichtung. Dadurch konnten die Anwohner nur einen kleinen Teil der Person ausmachen, die am Steuer des Wohnmobils saß. In den Seitenspiegeln sah er eines der Fenster, das sich öffnete und der Kopf der alten Nachbarin, die den besten Blick in die Einfahrt hatte, herausschaute. Da die Alte schon recht kurzsichtig war, hat sie sein Gesicht nicht erkennen können. Langsam fuhr er auf die Straße, im Glauben, dass sie eine brünette Frau am Steuer gesehen hatte.

Er hatte seinen Spaß bei der Scharade und konnte ein Lachen kaum verbergen, als Hubbi mit dem Camper in die nächste Straße abbog. *Die Leute sehen nur, was sie sehen wollen oder, wie in diesem Fall, sehen sollen*, gluckste Hubbi.

»Menschen waren schon immer manipulierbar. Man muss nur wissen, wie man es anstellt, ohne aufzufliegen«, murmelte er zufrieden. Die Seele, die in ihrem Inneren so schwarz wie ein Höllenschlund war, blieb schwarz, denn noch war Hubertus mit seinem Plan nicht fertig.

Zielsicher fuhr er das Wohnmobil zum Lehrufer in Düsseldorf am Rhein. Dort, wo es stand, als sie ihn mit den Schützenbrüdern Hörner aufsetzte. Zum Glück fand er einen Stellplatz. Das ist an einem Freitagabend nicht immer der Fall, doch Hubertus war zuversichtlich und wurde belohnt. Nicht weit von dem Edel-Restaurant „Rheinterrasse" hatte er das Wohnmobil parken können. An diesem „Liege-platz" parkten viele Kurzurlauber aus den umliegenden Ländern ihre mobilen Behausungen.

Besonders die Holländer belagern an den Wochenenden die Stellplätze am schönen Rhein. Zu Fuß

kann man hier die Altstadt und auch die Einkaufs-
meile von Düsseldorf, der Kö, erreichen. Für viele
Besucher ein Muss in Düsseldorf.

Als er hinten in das Wohnmobil eingestiegen war,
roch er den Duft von Siggis Parfüm. *„Murano*
Exclusive – Arabesque", der 100 ml Flakon für 250,- €.
Der Duft einer Pharaonenfrau, Kleopatra gleich und
so wollte sie ja auch sein, die Herrscherin über die
Männer, die in ihr Reich kamen. Hubbi atmete den
Duft tief ein, doch er konnte keine Unterwürfigkeit
dabei empfinden, was seiner dunklen Seele gefiel.

Nachdem er die Türe geschlossen und die Gardinen
zugezogen hatte, entledigte er sich der Verkleidung,
zog die im Vorfeld deponierte Kleidung an und war
wieder ein Mann.

Die Verkleidung würde er in den, in der Nähe des
Ausgangs stehenden, großen Kleidercontainer vom
Roten Kreuz entsorgen. Da der rege genutzt wurde,
standen oft Tüten davor, was einigen nahen An-
wohnern nicht gefiel. Folglich leerte das Rote Kreuz
den Container 14-tägig und nicht mehr monatlich.
Bis die Suche nach Siggi begann, wären die Klamotten für die Scharade bereits in Afrika oder sonst wo.
Unauffindbar für die Polizei konnte sich Hubbi nicht
verkneifen und war stolz auf seine Ideen. Noch
einmal überprüfte er die Verteilung der Sachen von
Siggi. Er war zufrieden und räumte nur wenig um.

Er hatte sich schon, bevor er in das Wohnmobil einstieg, Einweghandschuhe angezogen. Auch wenn er Ehemann und damit allgegenwärtig sein könnte, wollte er nicht unnötige Beweise dalassen. Da wieder sein Gedanke: *Sicher ist sicher. Die Kripo wird bestimmt nach deinen Fingerabdrücken suchen und auch finden. Schließlich bist du ja öfters mit Siggi in Urlaub gefahren.* Hubbi war das klar, dennoch wollte er keine neuen oder gar zu viele Spuren hinterlassen.

Im Innern des Wohnmobils sah es dann auch bald so aus, als wenn Siggi sich ein wenig eingerichtet hätte. Allerdings konnte man auch annehmen, sie hätte Besuch erwartet. Bereit ihr Doppelleben auszuleben, von dem ihr treuer Ehemann nichts wusste. Das war jedenfalls die Meinung von Siggi und Hubert hatte alles getan, dass sie bis kurz vor ihrem Tod auch so blieb. Schließlich gehörte das zu seinem Plan, zu ihm, dem gehörnten Ehemann.

Sorgfältig entfernte Hubertus die angebrachten Kameras. Die von der Kripo würden die Dinger bestimmt finden, wenn sie das Wohnmobil gefunden haben und untersuchten. Dann würden sie unangenehme Fragen stellen. Nein, das sollte nicht sein. Die Kameras würde er in einem Kanalschacht entsorgen. Bei ihrer Größe kein Problem, da die durch die Deckelschlitze passten. Überhaupt bestand sein Plan, alles, was wegmusste, auf viele einzelne Stellen zu verteilen. Dazu gehörten eben auch die teuren Kameras. Aber das musste sein. Alles, was gefunden und mit ihm in Verbindung gebracht wurde, könnten Verwicklungen auslösen, mit denen die Polizei ihn überführen könnte. Also weg damit.

Mit der Aussicht auf das Erbe von Siggi nicht wirklich ein Verlust. Außerdem hatten die Kameras ihren Zweck erfüllt. Er hatte genug Material, um fast die gesamte Schützenschar bloßzustellen. Doch damit wartete er noch ein wenig. Der richtige Zeitpunkt war noch nicht gekommen. Noch nicht, doch er hatte auch für diese Aktion einen perfekten Plan ausgeheckt.

Nachdem er sich versichert hatte, alles so hergerichtet zu haben, wie er es sich gedacht hatte, verließ Hubbi das Wohnmobil. Die Gardinen ließ er zugezogen. Bevor er aus dem Wohnmobil ausstieg, versicherte er sich, dass keine Passanten in der Nähe waren. Als dies der Fall war, stieg er aus, schloss die Türe ab und ging mit schnellen Schritten davon. *Das ist schon mal perfekt abgelaufen,* lobte er sich selbst.

Nach der Entsorgung der Mülltüte mit der Verkleidung, dem Fallenlassen der Schlüssel für das WoMo und der Kameras über einem Kanaldeckel und damit deren dauerhaften Verschwindens, war er sich sicher, nun in Ruhe an die Kasematten gehen zu können, um ein gepflegtes Alt zu trinken. Aus dem einem Alt wurden dann doch sechs und Hubertus fuhr leicht beflügelt mit der Bahn nach Hause. Er konnte sicher sein, dass er zu Hause nicht behelligt wird oder gar noch gefordert.

Ohne aufsehen auszulösen, erreichte er sein Haus und setzte sich hinten auf die Terrasse.

So, Hubertus, diesen Teil des Plans hast du erledigt. Doch sei auf der Hut und werde nicht übermütig, mahnte seine innere Stimme.

Schon vor 14 Tagen hatte Hubertus bei seinem Chef angekündigt, dass er an diesem Wochenende freihaben wollte. Diese freie Zeit benötigte er, um Siggi endgültig verschwinden zu lassen. Zumindest von der Bildoberfläche. Er trank noch ein Bier, sah in den Garten, auf seinen Rasen, dachte, er sollte ihn bald mähen und ging dann müde aber glücklich zu Bett.

Zum ersten Mal seit langer Zeit schlief er ruhig und lange. Der Wecker musste diesmal sein Werk verrichten. Schon früh war er am nächsten Morgen wieder im Keller. Noch gab es jede Menge Arbeit zu erledigen. Nach vielen Stunden und unfeinen Spitznamen, Schimpfwörtern und eine Menge Schweiß, war es geschafft.

Siggi war bereit für die Truhe.

Die Haushaltswaage und der Rechner halfen ihm, die richtigen Etiketten zu drucken. Die Einkaufszettel von der Metzgerei in Hösel hatte er sorgfältig aufbewahrt. Damit war es ihm ein Leichtes, aus dem Oberschenkel von Siggi einen Nackenbraten von einer Sau aus einem Bauernhof aus Westfalen zu machen. Fleischstücke aus dem Bauch wurden zu leckerem Rindergulasch einer glücklichen Kuh aus Niedersachsen. Die Etiketten mit dem Fleisch von Siggi bekamen hinter dem Herkunftsort des Fleisches einen großen schwarzen Punkt. So konnte Hubert das Menschenfleisch von dem der Tiere aus der Metzgerei unterscheiden, denn davon waren noch einige Päckchen eingefroren. Die werden auch in der Truhe bleiben. Schließlich wollte er ja auch noch was Essen. Siggi gehörte nicht auf seinem Speiseplan.
Das perfekte Zerkleinern eines Menschen hatte er in dem Thriller „*Haifisch Jagd*" von Michael Schönberg gelesen. Er merkte sehr schnell, dass dieser Autor

sich auskannte.

Ob der im wirklichen Leben Pathologe ist, sinnierte er und danke ihm im Geiste für die Tips.

Hubertus fiel sein Einkauf in Düsseldorf ein, als der Verkäufer Herr Obser die Messer empfahl. *Ja, der versteht schon was von der Ware, die er verkauft,* erinnerte sich Hubbi. Die Messer hatten ganze Arbeit geleistet und waren noch immer scharf. Fast tat es ihm leid, auch diese zu entsorgen, denn nichts was mit Siggis Tod zu tun hatte, durfte bei ihm bleiben. Auch die Axt und die Säge werden entsorgt. Die Blutspuren, für das menschliche Auge unsichtbar, würden die Spurensicherung finden. Und dass die irgendwann auftauchen werden, war so klar wie der Tod von Siggi, seinem geliebten Eheweib.

Die zerkleinerten, mit dem Mörser fast zu Krümeln gemahlenen Knochen würde er auf dem Spazierweg am grünen See verteilen. Dort lagen zwar bisher nur winzige Teile von Muschelschalen, doch die geriebenen Knochensplitter eines Menschen fallen hier bestimmt nicht auf. Schön am Rande des Wegs verteilt, damit sich Menschen und Tiere nicht an den immer noch spitzigen Knochensplitter verletzten.

Da bist du, mein so sehr geliebtes Weib, zwar nicht an

173

der Nordsee, sondern nur am Grünen See. Dort kannst
du bis in die Ewigkeit verweilen. Bist immer an der fri-
schen Luft, lernst Leute kennen, die an dir vorbeigehen
und erfüllst auch noch einen guten Zweck: „Wegbegren-
zer", dachte Hubertus mit einer gewissen Schadens-
freude.

Siggis Innereien legte er in eine Einwegtüte. Nicht,
ohne sie vorher in mundgerechte Rabenmäuler zu
zerschneiden. Die würde er am grünen See den
hungrigen Raben anbieten. Er war sich sicher, dass
sie davon nichts übrig lassen würden, wenn doch,
würden die Elstern die Reste bekommen.

Mit einigen Fleischstücken vom Metzger hatte er
die Vögel schon des Öfteren gefüttert. Sobald er an
die Stelle kam, waren die Raben nicht weit. Die Tüte
käme in eine der großen, verzinkten Mülltonnen, in
denen die Wochenendbesucher ihre Sachen vom
Picknick oder Grillen entsorgten. Da fiel der Geruch
von altem Fleisch nicht auf.
Die Haare von Sigrid kamen in eine der drei Ze-
mentsäcke, die er von einer Baustelle mitgebracht
hatte. Einer davon war noch halb gefüllt. Der zer-
trümmerte Schädel, das Gehirn und ein paar Orga-
ne, kamen ebenfalls in die Säcke. Magen und Därme
waren nach seiner Meinung nach auch nicht zum

Verzehr für Menschen geeignet, aber auch nicht für Raben oder Fische. Er wollte diese Teile nicht noch einmal in die Hand nehmen. Sein Würgegefühl war sofort wieder da, wenn er nur daran dachte.

Du musst sie nicht mehr anfassen, Hubbi. Vielleicht solltest du den Zement anrühren, der in einem der Säcke war und auf die Stücke gießen. Dadurch werden die Säcke zwar schwerer zu tragen sein, aber die Ratten würden die Überreste nicht sofort riechen. Wenn diese Biester einmal da waren, blieben sie, bis es nichts mehr zu holen gab. Dies könnte ein Arbeiter veranlassen, nachzusehen, was die Ratten so anzieht. Wenn du aber den Zement darüber leerst, könnte er den Geruch binden.

Hubbi überlegte ein wenig, kam dann zu dem Schluss, dass er das für zu überzogen hielt.

Da hast du zwar eine gute Idee mein geliebtes Ich, doch so schwer werde ich es mir nicht machen. Es reicht, wenn sie vom Restzement in dem Sack bedeckt sind. Außerdem wird der noch in einen Zweiten gesteckt.

So konnte auf der Baustelle, in einem der großen Container zwischen Bauschutt und anderem Abfall, Siggis Reste ihre letzte Ruhestätte finden.

Für unwürdig empfand es Hubertus nicht, einen Teil von Siggi so zu entsorgen, als er kurz darüber nachdachte. *Richtig, Hubbi, es ist nicht unwürdig. Sie hat es nicht anders verdient, als unter Schutt zu kommen.*

175

Doch Hubertus bemerkte, dass er darüber nachdachte, ob das alles richtig war, was er tat. Sollte seine Seele sich da melden?

Die Gedanken: *Sie kommt ja vielleicht auch unter die Erde, wahrscheinlich auf der Mülldeponie in der Knittkuhl, einer außerhalb der Stadt Düsseldorf gelegenen Entsorgungsstelle,* wurden abgelöst von: *Oder in die Verbrennungsanlage, was sie auch verdient hätte.*

Schon nach einem Wochenende und zwei weiteren Abenden war von Siggi nichts mehr zu sehen. Zumindest keine erkennbaren Körperteile.

Den Duschraum im Keller hatte er gründlich gereinigt, denn dort hatte er sie ausbluten lassen. Zum Schluss hatte er die Kacheln mit einem Säure- Fliesenreiniger bearbeitet. Die beiden Kanister hatte er von den Monteuren der Sanitärfirma erhalten, die ihnen den Wellnessbereich eingebaut hatten.. Regelmäßige Anwendungen waren nötig. Um Schimmelpilze und Sporen vorzubeugen, die sich in feuchten Räumen gerne bildeten. Den Abfluss behandelte er besonders gründlich. Dafür hatte er von der Baustelle eine schärfere Säure, als er besaß, mitgenommen.

Hatte er doch darüber gelesen, dass sich hier immer Reste absetzten und die Spezialisten von der Mordkommission sich diese Stelle besonders vornahmen.

Den Tip hatte er aus dem Buch „*Gnadenloser Psycho-path*" von Wine van Velzen, entnommen. Der in dem Thriller zwei Frauen in einem Verlies auf einem Metalltisch „*bearbeitete*", und dabei besonders auf Spurenvernichtung geachtet hat. Hubertus stellte erneut fest, die gesunde Mischung aus Krimis, Thrillern und den Geschehnissen darin, ihm halfen, den perfekten Mord zu begehen. Und um den perfekten Mord ging es ja hier.

Schon am nächsten Tag, bei einem sonntäglichen Spaziergang verteilte er, wie er es vorhatte, das Innere von Siggi auf der Rabenwiese am grünen See. Wie auf Kommando und wie ja schon geübt, kamen sie an, die hungrige schwarze Aas-Meute. Immer mehr fanden sich ein und fielen über die Fleischstücke her, die Hubertus ihnen zuwarf. Auch einige Elstern versuchten ihr Glück, etwas zu erhaschen, was ihnen aber nicht immer gut bekam. Schnell wurden sie zu Gejagten und suchten das Weite.
Hubbi hatte gut aufgepasst und war sich sicher, dass niemand gesehen hatte, wie er die „Rabenparty" mit den Häppchen fütterte. Aus einer sicheren Entfernung sah er sich das Gezanke um die Beute an. Ihre Schreie waren kaum zu ertragen und die Rabenwiese war übersät von dem schwarzen Vo-

gelvolk. Lange dauerte das Schauspiel nicht an, dann war der Teil von Siggi, den Hubbi hier verteilte, verschwunden. Nach dieser Aktion ging er zurück zum Auto und holte seine Tüte mit den Knochensplittern.

Am See auf dem Umrundungsweg angekommen, stach er mit einem Messer ein Loch in den Boden der Tüte. Gerade mal so groß, dass die Knochensplitter herausrieseln konnten. Mit der Hand konnte er das Loch jederzeit von außen auch wieder verschließen, wenn er jemanden kommen sah. An diesem Morgen traf er aber niemanden. Mit behäbigen Schritten ging er einmal um den See und verteilte in Abständen die Knochensplitter. *Hier werden Siggis Knochen noch verweilen, wenn du selbst schon längst unter der Erde bist Hubbi.* War da ein wenig Wehmut zu spüren.

Am gleichen Morgen fuhr Hubertus zu einem nahen gelegenen Rastplatz auf der A3. Nun kam Siggis Handy ins Spiel. Seinen Wagen parkte er neben einem LKW. Das Handy von Siggi hatte er auf der Unterseite mit einer speziellen Klebemasse versehen. Obwohl so ein Zeug zuhauf auf dem Bau herumlag, da sehr vieles anstelle angebohrt, heutzutage geklebt wird, besorgte er sich den aus einem

Bauhaus.

Nachdem er sich versichert hatte, dass die Gardinen in der Fahrerkabine zugezogen und der Fahrer wahrscheinlich schlief, bückte er sich und klebte das Handy unter die Ladefläche, etwas entfernt von dem Ersatzreifen. Da müsste schon einer genau hinsehen, um das Handy zu finden. Wieder ein Schritt in die richtige Richtung, wie er sich auszudrücken pflegte.

Italienisches Kennzeichen stellte er fest, als er sich das Nummernschild ein wenig genauer ansah.

»Gute Reise, mach deine Sache gut und führe die Polizei ein wenig um die Nase, sprich Landschaft herum.«

Hubbi hoffte, dass die Reise lange, lange andauern würde. Vollgeladen war der Akku, dafür hatte er gesorgt. Der Ton und die Helligkeit waren ausgestellt und auf Energiesparmodus eingestellt. So würde das Handy noch eine ganze Weile funktionieren und vom Satellitensystem verfolgt werden können.

»Liebe Polizei, sie ist unterwegs, und hat bestimmt ihr Handy mit. Ohne das Ding geht sie nie aus dem Haus. Könnt Ihr sie nicht orten? Sie fehlt mir so«, murmelte er in seinem Wagen und ein Lächeln legte sich auf seine Lippen.

Gerne wäre er jetzt in das Restaurant eingekehrt und hätte ein Häppchen zu sich genommen. Doch das musste er sich verkneifen, um keinen Beweis zu liefern, je an diesem Ort gewesen zu sein. Schließlich gab es auf solchen Rastplätzen Kameras. Mit hängendem Magen fuhr er nach Hause.

Als Hubert von seinem morgendlichen Ausflug nach Hause kam, stand, wie so oft, die Nachbarin Frau Zinnenkauf am Zaun und grüßte ihn. Hubert grüßte freundlich zurück, nicht aber ohne ihr auch einen schönen Tag zu wünschen.
»Ist ihre Frau mal wieder unterwegs?«
»Ja, sie hat mit ihrer Freundin doch dieses schöne Fleckchen Erde an der Küste von Holland entdeckt. Es sei ihr gegönnt, hat sie doch in ihrer ersten Ehe so was nicht machen können. Und einer muss ja arbeiten.«
Die Alte ist neugierig und will mehr erfahren, sei auf der Hut, Hubbi. Sage ihr nur, was sie später erzählen soll.
»Sie ist aber oft und lange unterwegs, Herr Meister«, kam auch schon die Feststellung.
»Ach finden Sie? Ich empfinde das gar nicht so. Sie ist doch erst am Freitag los. Die Küste von Holland ist ja nicht gleich hier um die Ecke und mit dem Camper dauert das ja auch länger. Alles gut, Frau Zinnenkauf, es sei Siggi vergönnt.«

Damit ließ es Hubert auch gut sein und ging ins Haus.

Die nächsten drei Tage ließ er vergehen, ohne dass er etwas unternahm. Donnerstags rief er Siggi auf ihrem Handy an. Am anderen Ende ging jedoch niemand dran.

Wie eigenartig, ihr wird doch nichts passiert sein, greinte die Seele und dunkle Wolken quollen aus ihrem Inneren.

Hubertus hinterließ keine Nachricht. Das tat er nie, bisher hatte sie sich dann immer gemeldet, wenn sie glaubte, das tun zu müssen. So war es auch die nächsten zwei Tage. Keine Antwort auf seine Anrufe.

Nach einer Woche entschied sich Hubertus, die Polizei zu informieren. Er glaubte, so langsam sollte der Ball ins Rollen kommen, damit das Erbe nicht allzu lange auf sich warten ließ.

Die nächste Polizeidienststelle war in Düsseldorf-Mörsenbroich, auf der Wilhelm Rabe Straße. Er fuhr hin und teilte seine Sorgen einem Polizisten mit. Der Beamte nahm einige Formulare und stellte Fragen über Fragen. Dabei kamen auch einige unangenehme Fragen auf. Wie die Ehe wäre, ob seine Frau schon mal alleine auf Reisen wäre? Als er das mit ja beantwortete, kamen weitere Fragen auf, wohin, wie lange, ob alleine oder in Begleitung? Am Ende entschied der Beamte, da sie ja des Öfteren unterwegs sei, man noch abwarten sollte.

Die Vermisstenanzeige war aufgenommen, viel würde aber nicht geschehen. *Während er sich sorgt, liegt sie wahrscheinlich in den Armen ihres Neuen,* dachte der Polizist. Die Schilderungen von Hubertus über den Lebensstil von Sigrid trugen nicht dazu bei, sie sofort zur Fahndung auszuschreiben.

»Ihre Frau wird sich eine Auszeit nehmen, Herr Meister. Sie glauben nicht, wie viele Menschen jeden Tag verschwinden, nur weil sie für eine Weile aus ihrem Alltag ausbrechen wollen. Meistens tauchen sie nach einigen Wochen wieder reumütig auf. Warten Sie noch zwei Wochen ab, sollten Sie dann immer noch kein Lebenszeichen von ihr bekommen haben, können Sie gerne wieder aufs Revier kommen«, erklärte der Polizist und stand auf.

Das Gespräch war für ihn beendet. Hubertus erhob sich ebenfalls und ging mit hängenden Schultern und gesenkten Kopf hinaus.

Sehr gut, Hubbi. Zeige ihm, wie sehr es dich mitnimmt, dass deine geliebte Frau verschwunden ist, feixte die innere Stimme.

Armer Teufel, dachte der Polizeibeamte.

Wieder zu Hause, machte Hubert sich ans Kochen und Braten.
Gulaschsuppe vom Feinsten hatte er seinen Kameraden zur nächsten Versammlung versprochen. Die wollte er dann auch auf dem Schießplatz zum Übungsschießen präsentieren. Aus dem Kühlschrank nahm er zwei „Gulaschpakete", die er bereits aufgetaut hatte. Auf dem kleinen Markt, der immer samstags auf dem Parkplatz vor der Müllerwiese stattfand, hatte er Paprika, Zwiebeln und Suppengemüse gekauft. Weitere Zutaten hatte er zu Hause. Ungarische Gulasch-suppe vom rheinischen Schwein und von der Westfalen Kuh. Das Brot selbst zu backen, wozu er sehr gut in der Lage gewesen wäre, war ihm dann doch zu viel. Das kaufte er dann doch beim Rather Bäcker auf der Oberratherstraße. Bis in die Nacht hatte er in der Küche gestanden, um seine Kameraden und wohl auch Siggi glücklich zu machen.

Am nächsten Abend nahm er den großen Topf, verschloss ihn sorgfältig und fuhr damit zum Schützenhaus auf dem Rather Kirmesplatz. Den großen Topf hatte er vor einiger Zeit im Internet ersteigert. Olivgrün und voll funktionsfähig. Ein Schnäppchen aus dem Bundeswehrbestand, der erneuert wurde. Ideal für sein Vorhaben.

»Was willst du denn damit?«, fragte ihn Sigrid damals kopfschüttelnd. »Eine Armee versorgen? Ich glaube, jetzt verwechselst du unseren Haushalt mit einer Großküche. Glaube mal ja nicht, dass ich die mit meinem Geld versorge. Es reicht mir, wenn ich dich mit durchfüttern muss.«

Das saß mal wieder. Hubertus wurde mal wieder daran erinnert, dass er von Siggi abhängig war, doch er blieb äußerlich ruhig. Er dachte daran, wie er sich zusammenriss, sich beherrschte, wie in ihm der Hass größer wurde. Er ertrug diese Xanthippe kaum noch. Sie, die das Geld, das Sagen hatte und wie sie ihm ständig unter die Nase rieb, dass er von ihr finanziell abhängig war und demütig zu sein hatte.

»Nein, der ist für den Krönungsball Ende des Jahres. Ich habe mich bereit erklärt, das Essen dafür zuzubereiten. Gulaschsuppe. Natürlich zahlt das der Verein. Die Kosten für das Essen holen wir durch den Verkauf der Suppe wieder rein. Der Topf war nur jetzt im Angebot, da musste ich zuschlagen«, hatte er gelassen erklärt und seine wahren Gefühle versteckt.

Hubbi fand in die Gegenwart zurück und schüttelte den Kopf. *Sie ist tot, mausetot. Diese Suppe, die du mitbringen wirst, wird mit spezieller Fleischeinlage sein. Bring Siggi unter die Meute, besser gesagt, in ihre Mägen.*

In der Schießhalle servierte er seinen Schützenbrüdern die besondere Gulaschsuppe.
Die Kameraden waren von ihr begeistert. Nichts blieb übrig, der Rest wurde mit dem Brot aus dem Topf aufgesogen. Hubertus erntete sehr viel Lob und er sagte ihnen:
»Alles eine Frage der Zutaten und die sind wirklich ausgewählt. Schön, dass ich euch damit eine Freude bereiten konnte.«
In Wirklichkeit hatte Hubertus ihnen zugesehen, wie sie einen Teil von Siggi genüsslich verspeisten, und Ekel würgte ihm in der Kehle. Damit er nichts Essen musste, übernahm er den Ausschank und das Verteilen der Suppe. So bekamen seine Kameraden und Kameradinnen nicht mit, dass er sich mehr am Bier hielt.
Ja, jetzt ist euch Siggi so nahe, wie ihr es immer gewünscht habt. Ganz tief in eurem Innern, war seine Schadenfreude, als er sah wie es ihnen mundete.
Hubertus brachte nur eine Woche später zum Königsschießen jede Menge Frikadellen mit. Da er sie

mit etwas Brühe angemacht hatte, wurde der eigentliche Geschmack von Menschenfleisch ein wenig unterdrückt. Eine Geschmacksnote, die keiner der Herrschaften kannte, sie aber begeisterte. Dadurch kamen seine falschen *„Hähnchenfrikadellen"* schnell in aller Munde. So und auch so.

Den *„Rinderbraten"*, den er am nächsten Abend briet, rochen die Nachbarn in der Umgebung und richteten die Nasen entsprechend aus dem geöffneten Fenstern aus. Doch nur die beiden Nachbarn links und rechts von Hubert, bekamen je ein Stück von Siggi ab. Dabei auch seine „Kronzeugin" Frau Zinnenkauf.

»Den Braten müsst ihr aber bald aufessen, da das Fleisch ja schon mal eingefroren war.«

Damit wollte er verhindern, dass davon etwas übrig blieb.

Wieder war „sicher ist sicher" hoch aktuell.

Natürlich dachte Hubertus auch an die Rumänen, die in den Wohncontainern bei der Großbaustelle hausten. Die nahmen mit Freuden Hubbi's Braten, und ein paar Tage später auch seinen Eintopf, mit ordentlicher Fleischbeigabe, an und bedankten sich überschwenglich bei ihm. Da es zwölf Mann waren, waren auch die Portionen dementsprechend groß und der Inhalt in der Gefriertruhe nahm schneller ab, als er erhofft hatte. Bald wäre von Siggi nichts mehr übrig und das war ja, was er wollte. Seine Frau wäre verschwunden, verdaut und würde nie mehr auftauchen. Seine Kegelbrüder bekamen natürlich auch etwas von Siggi in ihr Inneres. Speziell die, die in beiden Vereinen waren.

An einem Montagabend, es waren in der Zwischenzeit schon drei Wochen seit Siggis Verschwinden vergangen, fand er eine Vorladung im Briefkasten. Er solle in der *Vermisstensuche Sigrid Meister* in Mörsenbroich zur Polizeistation kommen und aussagen. Da er die Anzeige nicht gestoppt hatte, wurde die Polizei dann doch aktiv.

Schon drei Tage später saß er in einem Büro, das bestimmt einem Kripobeamten gehörte, mutmaße Hubertus.
Typische Zeichen: Trenchcoat am Kleiderständer. Eine billige Kaffeemaschine auf dem breiten Fenstersims. Der Schreibtisch mit gestapelten Akten belegt. Dahinter saß ein Beamter, der genüsslich eine Tasse Kaffee trank.

»Guten Tag, Herr Meister. Mein Name ist Kommissar Biesenbach und ich ermittele in dem Fall, ihrer vermissten Frau, Sigrid Meister.«

»Guten Tag, Herr Kommissar.«

»Bitte setzen Sie sich«, und bevor sich Hubertus hingesetzt hatte: »Herr Meister, hat sich ihre Frau in der Zwischenzeit bei Ihnen gemeldet oder haben Sie etwas von ihr gehört, eine Nachricht bekommen oder überhaupt ein Lebenszeichen?«

»Nein, nichts. Überhaupt nichts, sie geht auch nach wie vor nicht an ihr Handy.«

»Haben Sie was unternommen, um sie ausfindig zu machen?« Dabei schaute der Kommissar ihn genau an.

»Freunde und Bekannte sind alle informiert, dass sie sich bei mir melden sollen, sobald einer von ihnen was hört, wenn Sie das meinen, Herr Kommissar«.

Der Kripobeamte beugte sich leicht vor und kniff die Augen zu schmalen Schlitzen.

»Und?«

»Nichts, keiner hört oder weiß etwas.«

»Geben Sie mir bitte die Handynummer ihrer Frau.«

Der Kommissar griff sich einen Kugelschreiber und sah Hubertus auffordernd an. Der reagierte leicht gereizt.

»Hören Sie, die habe ich direkt bei der Vermisstenanzeige aufgegeben, damit die Polizei sie finden kann. Ihr könnt doch ein Handy orten, oder nicht?«

Der Beamte blätterte in der dünnen Akte, die er vor sich liegen hatte, wurde aber nicht fündig.

»Die Nummer, bitte, Herr Meister!«

Hubertus nannte die Zahlen und der Kommissar schrieb sie auf, danach tippte er die in das Telefon, das auf dem Schreibtisch stand. Hubertus konnte die Anspannung im Raum förmlich riechen. Er ermahnte sich, die Ruhe zu bewahren und sich jedes Wort zu überlegen, das er dem Beamten sagen würde. *Bleib wachsam, Hubbi, vielleicht hat die Polizei etwas gefunden und der Kommissar will prüfen, ob du was mit Siggis Verschwinden zu tun hast.*

Genau wie bei Hubertus kam ein Freizeichen und wenig später sprang der Anrufbeantworter an.

»Sie geht nicht ran«, erklärte der Beamte frustriert und legte auf.

»Das habe ich Ihnen doch gerade eben gesagt, schließlich habe ich mehrfach versucht, meine Frau zu erreichen«, brauste Hubertus auf.

Er empfand es als beleidigend, dass der Kommissar es selbst versuchte. *Das heißt, er traut dir nicht, Hubbi. Bleibe ruhig und zeige, dass du Angst hast, Siggi könnte etwas passiert sein.*

Der Beamte merkte sehr wohl, dass Hubert sein Verhalten missbilligte.

»Herr Meister, unsere Arbeit unterliegt einer bestimmten Regelung. Und die halte ich ein. Das hat nichts damit zu tun, dass ich denke, ich würde Ihnen nicht glauben.«

Hubertus nickte zaghaft, was sollte er sonst tun.

„Herr Meister«, begann der Kommissar etwas versöhnlicher, »Sie erwähnten vorhin, es bestehe die Möglichkeit, ein Handy orten zu lassen. Das ist im Prinzip möglich, allerdings nicht so einfach, wie Sie das annehmen.«

Kommissar Biesenbach nahm seine Kaffeetasse, die er sich auffüllen wollte. Bevor er aufstand, sah er zu Hubertus.

»Möchten Sie auch einen Kaffee?«

»Nein Danke, aber was für ein Problem gibt es bei der Ortung?«

»Das Orten ist nicht das Problem, Herr Meister. Es ist die Genehmigung, es machen zu dürfen. Datenschutz, Sie verstehen? Ich werde versuchen, dass sie genehmigt wird. Derweil werden wir eine Suchmeldung nach Ihrer Frau starten.«

Er ging zur Kaffeemaschine und füllte seine Tasse auf.

»Wissen Sie, wo sich der Fahrzeugbrief des Wohnmobils befindet?«

Bewusst hatte sich der Beamte zeitgelassen, bevor er diese Frage stellte. Er wollte sehen, wie Hubert darauf reagierte.

»Nee, den wird Sigrid, also meine Frau, aber bestimmt im Arbeitszimmer aufbewahren. Also, ich habe zu Hause nicht danach gesucht, wenn Sie das wissen wollen. Aber der Fahrzeugschein ist im Wohnmobil, den muss man ja dabeihaben, falls man in eine Kontrolle kommt. Ist ja nicht anders, wie bei einem PKW.«

Kommissar Biesenbach fiel nichts Verdächtiges an dieser Antwort auf. So hätten wohl die meisten Menschen geantwortet. Wieder sah er in die dünne graue Akte vor sich.

»Das Kennzeichen des Wohnmobils ist D-SM 666, richtig?«

»Ja.«

Hubbi wollte noch etwas vom Komfort oder vom Preisniveau erzählen, hielt sich aber dann doch zurück, als sich sein Verstand meldete.

Halte deine Klappe. Antworte und gut ist, denke daran, dass der Kommissar eine Spur verfolgte. *Dein Drang, dich mitteilen zu müssen, bringt dich noch in Teufelsküche, du Idiot, also antworte nur auf die Fragen und bleibe auf der Hut.*

Der Beamte las wieder in der Akte und runzelte dabei die Stirn, dann sah er auf und blickte Hubertus in die Augen.

»Ihr Eheleben war, äh… ist sehr speziell, Herr Meister«, und weiter: »Es gibt nicht viele Paare, die sich in einem Swingerklub kennenlernen und dann auch noch heiraten.«

Aufpassen Hubbi, Aufpassen was du antwortest, und Hubbi antwortete nicht auf diese Hypothese. Hubertus war ja nicht blöd und zog nur die Augenbrauen nach oben.

»Speziell würde ich nicht gerade sagen, Herr Kommissar, eher ungewöhnlich, aber auch nicht so selten, wie man allgemein annimmt.«

Jetzt hob Biesenbach eine Augenbraue an.

»Siggi und ich haben uns in einem Swingerklub kennengelernt, das ist richtig. Doch schon bald trafen wir uns auch privat und wir haben uns ineinander verliebt. Da wir beide Sex und Liebe trennen können, haben wir weiterhin diese Klubs besucht. Es war ein Kick für uns, wenn Sie verstehen, was ich meine, Herr Kommissar. Es peppte unser Liebesleben etwas auf. Aber wir hatten auch Regeln aufgestellt, an denen wir uns halten.«

Du redest schon wieder viel zu viel, Hubbi. Ich sagte, du sollst nur antworten und nicht dein Eheleben vor dem Kommissar ausbreiten, tönte es in seinem Inneren.

Für einen kurzen Moment stieg Zorn in Hubertus auf. Sein Inneres begann damit, ihn zurechtzuweisen. Genauso, wie es Siggi getan hatte.

»Was für Regeln haben Sie und ihre Frau aufgestellt, Herr Meister«, hakte der Beamte neugierig geworden, nach.

Hubertus fuhr sich mit der Hand übers Gesicht.

»Mir ist es peinlich, über unser Liebesleben zu sprechen, Herr Biesenbach. Eigentlich reden wir mit anderen nicht über unsere sexuellen Vorlieben und Neigungen. Ich erzähle Ihnen das nur, dass Sie einen besseren Einblick in unser Leben bekommen.«

Der Kommissar nickte, und schrieb etwas in die Akte.

»Nun, was für Regeln haben Sie aufgestellt?«

Hubertus bemerkte, dass er beim Verhör ein wenig zu viel erzählt hatte, woraus nun diese Fragestellung kam.

Du bist ein Dummkopf, Hubbi. Nur weil du so ein Schwätzer bist, musst du nun noch mehr Fragen beantworten.

»Wir schworen, uns niemals außerhalb der Klubs mit jemandem zu treffen. Alles, was wir dort taten, blieb auch dort. Keine Freundschaften und Bindungen mit den anderen Swingern aufbauen. Alleinige Besuche in den Klubs nur mit Einverständnis des anderen. Ein Fremdgehen wäre es nur dann, wenn man sich heimlich an einem anderen Ort mit jemandem treffen und Sex haben würde. Wir versprachen uns, immer mit offenen Karten zu spielen. Keine Lügen, keine Heimlichkeiten.«

Hubertus überlegte kurz, dann fügte er hinzu:

193

»Wir sind uns treu, Herr Kommissar. Siggi und ich, wir lieben uns. Auch wenn die meisten Menschen nicht verstehen, wie wir unsere Bedürfnisse ausleben.«

Biesenbach hatte zugehört. Obwohl er das Paar nicht verstehen konnte, denn er war streng katholisch, musste er einsehen, jeder lebte nach seiner Fasson. Er brach das Thema erst mal ab, dachte sich aber seinen Teil dazu.

Er sagte Hubertus noch einmal, er solle die Unterlagen seiner Frau durchsehen. Das wäre kein Misstrauensbruch, sondern diene der Aufklärung ihres Verschwindens.

„Herr Meister, ich möchte ehrlich zu Ihnen sein. Ich denke nicht an ein Verbrechen, ich bin der Meinung, Ihre Frau hat die Regeln gebrochen, die sie gemeinsam aufgestellt haben. Vielleicht hat sie sich in einen anderen Mann verliebt und hat sie verlassen. Oder sie ist in der Midlife-Crisis und fragte sich *„das soll alles gewesen sein"*. Vielleicht macht sie sich mit einem Callboy eine schöne Zeit und liegt mit ihm irgendwo an einem Strand mit einem Cocktail in der Hand.«

Hubertus war sprachlos, wie hätte er auf diese Verdächtigungen reagieren sollen. Mit Empörung? Oder hätte er Biesenbach zurechtweisen und ihm verbieten sollen, so etwas von seiner Frau zu behaupten?

»So ist meine Siggi nicht, Herr Kommissar. Sie liebt mich«, stammelte er und wirkte wie ein gebrochener Mann dabei. Hubert sah den Kommissar unauffällig an und bemerkte, wie er ein mitleidvolles Gesicht auflegte.

Biesenbach räusperte sich und schien leicht verlegen. *Vielleicht bin ich zu weit gegangen*, überlegte er. *Der Mann scheint von der Treue seiner Frau überzeugt zu sein.*

»Wie von mir empfohlen, möchte ich Sie bitten, die Unterlagen ihrer Frau durchzusehen. Jeder Hinweis kann helfen, sie zu finden oder ihren Aufenthaltsort ausfindig zu machen. Machen Sie sich Notizen und melden Sie sich, wenn Sie etwas finden, dass hilfreich wäre. Wir melden uns natürlich ebenfalls bei Ihnen, sollte sich etwas tun. Die Fahndung geht heute noch raus, Herr Meister.«

Er blätterte noch mal die wenigen Seiten in der Akte durch, dann sah er auf.

»Sie haben nicht zufällig ein Foto ihrer Frau dabei, auf dem man sie gut erkennt und das noch nicht sehr alt ist?«

Das hatte Hubertus ganz vergessen. Er wollte das Bild dem Beamten geben, als er in das Büro kam und sich gesetzt hatte. Vorsorglich hatte er es zu Hause in seine Geldbörse gesteckt.

»Doch, Herr Kommissar, ich habe immer ein Foto von Siggi in meinem Geldbeutel, es wurde vor zwei Monaten aufgenommen. Das tausche ich des öffteren aus.«

Schon erwischte er sich wieder bei der Plauderei. Hubertus fischte er heraus und gab es ihm.

»Großartig, dann werde ich es kopieren und an die Streifenpolizisten und an die Grenzübergänge senden lassen.«

Er sah sich das Foto genauer an. Sigrid Meister war zwar nicht mehr ganz taufrisch, aber immer noch eine attraktive Frau, stellte er fest. Kurz blickte er zu Hubertus und schüttelte unbewusst mit dem Kopf. *Was findet so eine Frau an einen Mann wie Hubertus Meister?*, dabei setzte er sich ungewollt leicht in Positur.

Für einen Augenblick dachte er, die Frau zu kennen. Es fiel ihm aber nicht ein woher und da er täglich Leute kennenlernte, verschwendete er keine weiteren Gedanklen daran.

»Wollen wir hoffen, dass die Sache einen guten Ausgang hat, wie auch immer er aussehen wird«, schloss er die Befragung und stand auf.

Damit war das *Verhör* vorerst beendet und Hubertus fuhr nach Hause.

Im Arbeitszimmer sah er die Unterlagen von Siggi durch, auch an ihrem Rechner öffnete er die Ordner. Er suchte nichts Bestimmtes, denn was er wissen musste, war ihm bereits bekannt. Ihr Vermögen, die Immobilien, die Konten und ihre Stände, davon wusste er und ein Lächeln stahl sich auf seine Lippen, als er daran dachte, bald als reicher Witwer sein Leben genießen zu können.

Es ging ihm nur darum, sollte es eine Hausdurchsuchung geben, wäre es offensichtlich, dass er den Rat des Kommissars befolgt hatte.

An ihre Konten ging er nicht. Damit war klar, dass als letztes Siggi an ihren Konten war. Danach war sie ja verschwunden. Das Passwort für den PC von Siggi war im bekannt, schließlich kam es öfters vor, dass sie was falsch eingestellt hatte und er es richten muss.

Viel wichtiger war es für ihn, dass er an sein Tablet ging. Besser gesagt an seine externe Festplatte.

Dort warteten die Videos aus dem Wohnmobil auf ihn. Hubertus fand, es wurde Zeit, seinen Rachefeldzug gegen die Schützenbrüder zu starten. Seine dunkle Seele, die aber nicht mehr tiefschwarz war, trieb ihn an, konnte es kaum erwarten, dass Hubbi den nächsten Schritt zu erledigte.

Auf den Filmen konnte er einige Kameraden erkennen, wie sie von Siggi bearbeitet wurden oder sie sich auf und unter ihr vergnügten. Die Fotos brannten in seine Seele und schwärzten sie wieder dunkler. Eifersucht und Verlangen schmerzten sehr in seiner Brust.

Von den Videos zog er je drei Fotos, die Siggi und die Schützen in eindeutigen Stellungen zeigten. Er druckte sie auf Hochglanzpapier aus. Die Adressen hatte er auf der Mitgliederliste stehen und druckte sie auf das Kuvert. Er überlegte, ob er etwas dazu schreiben sollte.

Die eindeutigen Fotos reichen aus, Hubbi.

Wer weiß, ob man nicht am Schreibstil erkennen kann, ob du die Briefe geschrieben hast. Vorsicht Hubbi. Vorsicht.

Das war ein Argument, dass er nicht von der Hand weisen konnte. Sollte die Polizei diese Briefe bekommen, warum auch immer, würde es bestimmt einen Schriftgutachter geben, mit dem die Polizei in solchen Fällen zusammenarbeitet. Er fand es zwar schade, dass er den Frauen der Fremdgeher, die diese Briefe bekommen würden, nicht mitteilen konnte, dass ihre Männer nur armselige Würstchen waren und seine Siggi sehr unzufrieden mit ihren Leistungen war. Aber die Fotos würden wohl auch ausreichen, dass es zu heftigen Ehestreiten, vielleicht sogar Trennungen und Scheidungen kommen würde. Diese Aussichten versöhnten Hubertus, weil er den aufschlussreichen Brief nicht schreiben würde.

Man kann nicht alles haben, dachte er und war dennoch zufrieden, wie gut ihn seine innere Stimme beriet.

Alle Briefumschläge, mit je drei Fotos darin, frankierte er mit Briefmarken, die er schon vor einer Woche aus dem Automaten vor einer Poststelle gezogen hatte.. Wo er sie einwerfen wollte, wusste er auch schon. In der Nähe des Rheinufers! *Da hattet ihr euren Spaß und von der Stelle werdet ihr wieder „Spaß" bekommen.*

Dort, wo auch die Parkplätze für die Busse und Wohnmobile waren, gab es ganz in der Nähe einen aufgestellten Briefkasten. Da würde er sie einwerfen und sie konnten ihre Empfängerinnen spätestens am Samstag erreichen. Danach wollte er einen kleinen Spaziergang zum Fortuna-Büdchen machen. Ein leckeres Alt, würde ihm bestimmt gut schmekken. Und wer weiß, vielleicht würde er sogar Rudi, den Radfahrer wieder treffen.

Auf dem Weg überlegte er, wie er den Kommissar zum Wohnmobil führen könnte, ohne sich zu verraten. So langsam vermisste er das Fahrzeug und er hätte gern ein Wochenende genutzt und wäre mit ihm weggefahren.

Am Dienstag konnte er kaum den Feierabend auf der Baustelle abwarten. Den Rumänen hatte er ein deftiges Gulasch mit sehr viel *Siggifleisch*, Zwiebeln und Paprika mitgebracht, die sich überschwenglich bei ihm bedankten. Sie luden ihn ein, nach Feierabend in den Container zu kommen, damit sie gemeinsam das Geschenk essen könnten.
Hubertus drehte sich sofort der Magen um und seinem spürte er heftige Ablehnung.
»Tut mir leid, Kumpels, ich habe nachher Stammtisch mit meinen Schützenbrüdern und ich werde da was essen müssen. Einer unserer Kameraden bringt deftigen Leberkäse mit. Das kann ich mir nicht entgehen lassen. Aber ein anderes Mal komme ich gerne auf eure Einladung zurück. Dann kochen wir was Gutes aus eurer Region.«
Die Arbeiter nickten verständnisvoll und einer von ihnen klopfte ihm auf die Schulter.
»Du bist guter Mann und guter Freund, Hubertus. Du immer willkommen in unserer Bude«, erklärte er freundlich und Hubbi schluckte die bittere Galle hinunter, die seine Kehle überschwemmte.

Hubertus rasierte sich nach dem Duschen und legte einige Tropfen von dem Parfüm auf, das Siggi ihm letztes Weihnachten geschenkt hatte. *Jean Paul Gaultier – le male*, der Herrenduft, den die meisten Frauen sehr anziehend fanden.

Gut gelaunt und mit großer Erwartung fuhr er zum Stammtisch. Er war früh dran, doch der Vorstand und zwei weitere Kameraden waren schon da. Er begrüßte die Männer mit Handschlag und sie fragten sofort, ob Siggi noch immer vermisst wird. Über Hubertus Augen konnte man bis tief in die dunkle Seele sehen und sein Blick wurde sorgenvoll und düster. Leise verneinte er und sagte noch: »Die Polizei sucht nach ihr und dem Wohnmobil, mehr kann man anscheinend nicht machen.«

Mitleidig sahen die Schützen ihn an.

»Die Siggi wird schon wiederkommen. Die ist ein Prachtweib und lässt sich nichts gefallen. Ihr wird schon nix passiert sein«, sagte der Vorstand und nickte dabei heftig mit dem Kopf, um glaubhaft zu wirken.

Eigentlich dachte er das gleiche, wie die anderen Schützen. Sigrid hatte ihren Ehemann verlassen und genoss, wahrscheinlich gerade eben, ihre Freiheit mit einem schmucken jungen Mann, der sich von ihr aushalten lässt.

Hubbi wusste das, spielte aber mit und erwiderte:

»Ja, du hast recht, sie weiß sich schon zu wehren, meine Siggi. Sie kommt bestimmt bald wieder nach Hause und wird dann eine Menge zu erzählen haben.«

Langsam füllte sich der Raum und die Mitglieder trafen nach und nach ein. Einige Frauen waren an diesem Abend nicht mitgekommen, was Hubertus nicht verwunderte, denn ihre Ehemänner hatten eine leidvolle Miene aufgesetzt und waren recht wortkarg. Immer wieder sahen sie zu Hubertus. Wenn er ihrem Blick begegnete, sahen sie beschämt weg. Anders war es bei zwei Frauen, die von ihm Post bekommen haben. Sie sprachen, wenn überhaupt, mit ihren Männern mit eisiger Stimme oder fauchten sie an und bedachten sie dabei mit eiskalten Blicken. Die Stimmung war zum Zerreißen gespannt, jeder konnte sie spüren. Doch keiner von den anwesenden Fremdgehern und den gehörnten Frauen sagten etwas zu dem Thema, dass offensichtlich in ihren Köpfen rauchte und sie schier zum Wahnsinn trieb.
Geschieht den geilen Böcken recht. Hoffentlich lassen sich ihre Frauen von ihnen scheiden und sie zahlen für sie den Unterhalt, das wäre dann ein sehr teures Schäferstündchen gewesen. Aber die Schützen haben ihr reizende Frauen betrogen, weil sie lieber mit ihren Schwänzen

dachten, statt mit ihrem Hirn.

Hubert wusste auch, dass es bei einigen ja noch nicht mal ein Stündchen war. Ein Besuch in einem Bordell wäre dann auf jedenfall günstiger für sie gewesen.

Vielleicht sind sie einfach nur schwach und armselig. Siggi war eine Augenweide und konnte die Männer um den Finger wickeln. Sie hat jeden bekommen, den sie wollte, dachte Hubbi.

Der Stammtisch löste sich dann auch bald auf. Es wollte keine rechte Stimmung aufkommen und auch die Gespräche waren nur mühsam und kurzgehalten. Die Schützen, die nicht wussten, was da ablief, begriffen die Stimmung nicht und atmeten auf, als immer mehr gingen. Einige fragten Hubertus nach Siggi und er erklärte ihnen, dass Selbe, wie dem Vorstand. Auch ihr Mitleid hielt sich in Grenzen und sie konnten kaum verbergen, was sie dachten.

Hubertus verabschiedete sich vom Rest und ging nach Hause.

Die Überlegung, wie er Kommissar Biesenbach zum Wohnmobil führen konnte, löste sich von alleine und das in zweifacher Weise. Zum einen nahm ihm das am nächsten Tag eine der betrogenen Ehefrauen ab. Nicht gerade die Hellste von ihnen, denn wer geht mit eindeutigen Fotos, auf denen der Ehemann in flagranti zu sehen ist, zur Polizei? Schon gar nicht, wenn kein Brief mit einer Geldforderung für das Schweigen des brisanten Inhalts verlangt wurde? Nun, eine von den Damen tat es, obwohl ihr eine Freundin davon abriet.

»Ich wollte melden, dass ich was weiß von dem Verschwinden der Frau Meister.«
»Frau Meister?«

»Ja die Frau von Herrn Meister ist doch verschwunden, die Sigrid aus unserem Verein.«
»Bitte warten Sie einen Moment. Ich schau mal wer Ihnen da weiterhelfen kann.«
»Nee, das sehen Sie falsch, ich kann Ihnen weiterhelfen.«
»Ja oder so. Bitte warten Sie aber trotzdem.«
Nach ein paar kurzen Telefongesprächen
wandte er sich wieder der Frau zu.
»Sie werden hier gleich abgeholt. Haben Sie ihren Personalausweis dabei?« Als die Frau nickte, bat er sie, ihm diesen auszuhändigen.
»Wenn Sie das Haus wieder verlassen, bekommen Sie ihn wieder.«
Frau Wolters wurde nach oben zum Kommissariat K4 von einer jungen Polizistin begleitet.

Vor dem Büro von Martin Biesenbach stoppte sie kurz, klopfte an und öffnete dann die Türe.

Kommissar Biesenbach bat die Frau herein und bot ihr einen Stuhl an.

»Bitte setzen Sie sich Frau?«

»Wolter, Elisabeth Wolter. Das habe ich dem Beamten unten aber auch schon gesagt. Außerdem hat er ja auch meinen Ausweis.«

»Also Frau Wolter, was haben Sie denn zu berichten.«

Anstelle, das sie nun anfing zu erzählen, legte sie dem Kommissar 3 Bilder auf den Tisch.

»Was hat es sich mit den Bildern auf sich Frau Wolter?«

»Da sehen Sie meinen Karl-Heinz und die Frau vom Hubertus Meister.« Sie zeigte mit dem Finger auf eins der Bilder. »Das ist die Sigrid«, erklärte sie voller Empörung. »Die wird doch vermisst, hat der Hubert erzählt.«

Biesenbach sah sich die Fotos an, auch er erkannte Sigrid Meister darauf. Sie trug sexy Dessous und hatte das brünette Haar hochgesteckt. Einige Strähnen hatten sich gelöst und fielen ihr wellig auf die Schultern. Obwohl Sigrid Meister einige Jahre älter als er selbst war, fand der Kommissar, dass die Frau eine ungeheuerliche, erotische Ausstrahlung besaß.

Selbst auf dem Foto war dies zu erkennen.

»Wissen Sie, Frau Wolters, wann, wo und von wem diese Bilder gemacht wurden?«

Die Frau starrte ihn an und schüttelte den Kopf.

»Ich weiß es nicht, Herr Kommissar. Der Karl-Heinz sagte es mir auch nicht und wir hatten einen riesengroßen Krach daheim. Der Karl-Heinz sagte nur, die Sigrid hätte ihn verführt.«

»Aha, so war das also«, antwortete Biesenbach.

Er hatte bereits nach den ersten Sätzen der Frau bemerkt, dass sie leicht unterbemittelt war. Sie war eine sehr einfache Frau, sehr einfach gestrickt, mit keinem hohen IQ. Dementsprechend fuhr er mit der Befragung fort.

»Also, der Karl-Heinz, ihr Ehemann, wurde von der Sigrid Meister verführt. So weit richtig, Frau Wolters?«

»Ja, Herr Kommissar. Das sieht man ja schon daran, was die anhat, oder? Mein Mann trägt nur Baumwolle, der ist nicht so verdorben, wie die da.«

Dabei zeigte sie wieder auf eines der Fotos.

Biesenbach kniff sich unterm Schreibtisch in den Schenkel, damit er nicht loslachte.

Die arme Frau kann einem eigentlich nur leidtun. Wie kann man nur so naiv sein, dachte er und wurde wieder ernst.

»Haben Sie den Hubert Meister angerufen und ihm

von den Fotos erzählt?«

»Nee, das wollte ich dem Hubert nicht antun und auch der Karl-Heinz sagte, der braucht das nicht wissen.«

Der Kommissar machte sich ein paar Notizen und die Frau Wolters erzählte weiter:

»In der Nachbarschaft erzählen die auch, dass die Sigrid Tod ist, und da wollte ich melden, dass mein Karl-Heinz nichts damit zu tun haben kann. Sie können ja sehen, dass die Frau noch lebt, als mein Karl bei ihr war und er hat gesagt, dass sie auch noch lebte, als er von ihr wegging. Ich glaube meinem Karl und ich weiß von der Ruth, dass ihr Mann auch bei diesem Luder war. Eine Woche Später und deshalb kann mein Karl nichts getan haben.«

Nach und nach erfuhr Biesenbach, dass es noch mehr Frauen aus dem Verein so ergangen war, wie der Frau Wolter. Er öffnete die Türe zum Nebenbüro und erklärte der jungen Kommissar-Anwärterin, dass sie ein Protokoll aufnehmen sollte und sämtliche Namen und Adressen von den Mitgliedern des Schützenvereins notiert, die Frau Wolter nennen könnte.

Das Schicksal bestimmte, dass am selben Tag die Streifenpolizei auf dem Parkplatz am Rheinufer eine Stichprobe machte, ob sich Dauerparker eingenistet hatten. Das Wohnmobil stand nun schon mehrere Wochen am selben Fleck und das Ticket war längst abgelaufen. Eine kurze Abfrage des Kennzeichens und schon wusste der Polizist, dass das Wohnmobil zur Fahndung ausgeschrieben war.

Dann ging es Schlag auf Schlag. Kommissar Biesenbach wurde informiert. Eiligst verabschiedete er sich von Frau Wolters. Nicht ohne sie in das Büro seiner Kollegin zu bringen.
»Die Kollegin wird jetzt ein paar Fragen an Sie stellen, Frau Wolters. Erzählen Sie ihr alles, was Sie mir erzählt haben.«
Er ging zurück in sein Büro, nahm den Autoschlüssel und rief zwei Kollegen an, die ihr Büro im gleichen Gang wie er hatte. Sie trafen sich am Parkplatz der Polizeifahrzeuge und stiegen in den Wagen, den Biesenbach immer fuhr, wenn er im Einsatz war. In kürzester Zeit waren die drei Beamten am Rheinufer.
Sie besahen sich das gesuchte Wohnmobil erst mal nur von außen. Kurz überlegte Biesenbach, ob er Hubertus Meister anrufen sollte, der den Ersatzschlüssel bringen sollte, falls er ihn überhaupt hatte. Dann entschied er sich für den Abschlepp-dienst, der eine Stunde später kam und das Wohnmobil zum eingezäunten Parkplatz, der zum Polizeirevier

gehörte, abschleppte. Die Spurensicherung sollte das Fahrzeug öffnen und er würde mit ihnen hineinsehen. Es könnte ja sein, dass die Vermisste tot darin lag. Wäre dies nicht der Fall, würde die *SpuSi* Fingerabdrücke, DNA und andere Spuren sichern, erst dann würde er Hubertus Meister anrufen und zum Revier bitten.

Zwei Tage später war es soweit. Kommissar Biesenbach rief Hubertus um neun Uhr morgens auf seinem Handy an. Wie er erwartet hatte, war er auf einer Baustelle. Als er hörte, dass man das Wohnmobil gefunden hatte und es sich beim Polizeirevier befand, schluckte Hubertus. Er wusste ja, dass man es irgendwann finden würde, aber so unverhofft damit konfrontiert zu werden, verschlug ihm erst mal die Sprache.

Was stehst du stumm wie ein Fisch da, Hubbi. Sie haben das WoMo, jetzt musst du nachfragen, was mit Siggi ist, damit du glaubhaft wirkst, schließlich wird nicht nur das Wohnmobil vermisst.

Hubertus atmete stoßweise, der Kommissar konnte es hören. Er war gespannt auf Meisters Antwort, denn er traute dem Mann nicht. Irgendwas war faul an ihm und er wollte rausfinden, was es war. Er wusste nicht, ob er was mit dem Verschwinden seiner Frau zu tun hatte, aber er traute es ihm zu. Schließlich hat er seine Hausaufgaben gemacht und wusste, wie reich Sigrid Meister war und wer sie nach ihrem Tod beerben würde. So was war immer verdächtig, man musste die Tat nur nachweisen können und dann fuhr Meister in den Knast ein und das schöne Erbe wäre weg.

Achtung Hubbi. Achtung.
Nachdem er sich eine kurze Auszeit gegönnt hatte, sagte er: »Was ist mit meiner Frau, Herr Kommissar? Haben sie auch Siggi gefunden? War sie im Wohnmobil? Ist sie verletzt und liegt im Krankenhaus? Hat es einen Unfall gegeben? Nun sagen Sie doch etwas, Herr Kommissar, was ist mit meiner Frau?«
Dass du immer gleich übertreiben musst, Hubbi. Du solltest nur nach Siggi fragen und ob es ihr gut geht. Hubertus ignorierte seine innere Stimme und horchte auf die Stimme des Kommissars.
»Ähm … nein, Herr Meister. Wir haben nur das Wohnmobil sichergestellt, von ihrer Frau fehlt nach wie vor jede Spur.«
»Wie kann das denn sein? Siggi ist doch mit dem Camper weggefahren. Wo er ist, muss doch auch sie sein. Ich verstehe das nicht. Wo ist denn meine Frau, wenn nicht im oder beim Wohnmobil? Wo haben Sie es überhaupt gefunden?«
»Ich bitte sie ins Revier zu kommen, Herr Meister.

Dann können wir über alles in Ruhe sprechen. Wäre es möglich, dass sie noch am Vormittag kommen könnten?«

Hubertus erklärte ihm, dass er nicht der Chef sei, sondern nur ein Angestellter. Und der könne nicht mal eben die Arbeit niederlegen.

»Ich muss meinen Chef anrufen, wenn er es genehmigt, komme ich gleich, wenn nicht, dann erst um 16.30 Uhr, nachdem ich Feierabend gemacht habe.«

»Also gut«, hörte er den Beamten. »Ich hoffe, Sie kommen noch am Vormittag, denn ich habe anderes zu tun, als auf Sie zu warten.«

Biesenbach beendete das Gespräch, ohne sich zu verabschieden.

Hubertus merkte, dass er hier den Kommissar verärgert hatte und sich selbst in unrechtes Licht gerückt hatte. Was gibt es wichtigeres als Siggi oder ihr Verschwinden. Jeder normale Mann würde alles stehen lassen und zum Revier rennen. Und hätte gesagt: Ich komme sofort, Herr Kommissar. Ich rufe nur eben meinen Chef an, damit er Bescheid weiß.

Nachdem das Wohnmobil auf dem Polizeiplatz stand, bat der Kommissar die Leute von der SpuSi nach Halterungen, Löcher oder anderes zu suchen. Er zeigte ihnen die Fotos, die Frau Wolters ihm dagelassen hatte. Der Winkel ließ vermuten, dass die

Kameras oben und an der Seite angebracht worden waren, denn die Einrichtung zeigte deutlich, dass die Bilder im Wohnmobil aufgenommen wurden. Die SpuSi fand schnell Reste von Klebeclips, die genau an den Stellen waren, wo sie aufgrund der Blickwinkel passten.

Hatte Hubbi seine Hausaufgaben nicht gemacht?

Die Fotos hatte Biesenbach danach in die Akte gelegt und darüber nachgedacht, warum Frau Wolters das Kuvert mit dem eindeutigen Beweis, dass ihr Mann sie mit Sigrid Meister betrog, bekommen hat.

Derjenige, der die Kameras angebracht und die Fotos verschickt hat, muss ein und dieselbe Person sein. Da es keine Forderung für ein Schweigegeld gibt, ist es keine Erpressung.

Der Kommissar machte sich nebenbei Notizen, die ihm bei seinen Überlegungen halfen.

Die Person wollte anscheinend nur die Frau des Fremdgehers informieren. Wer käme dafür in frage? Der Kommissar rieb sich die Augen. Sofort dachte er an Hubertus Meister. *Wäre der Mann in der Lage, so etwas durchzuführen? Dazu benötigt es einiges Wissen, was Technik angeht. Wenn er es war, wo hatte er die Kameras her?*

Er notierte sich die Frage, da nur wenige Geschäfte diese Art von Überwachungskameras anboten, wer, wo, wann und an wen? Alles eine Frage der Zeit und wer gekauft hat, der ist verantwortlich für die Fotos und wer weiß für noch was. Außerdem sind solche Geräte nicht gerade billig.

Er schrieb in sein Blöckchen, dass er den Umsatz von Herrn Meisters Konto nachprüfen wollte.

Wenn er nichts zu verbergen hat, gibt er uns seine Kontoauszüge von den letzten Monaten, wenn nicht, bleibt er mein Verdächtiger Nummer eins und ich hole mir eine gerichtliche Verfügung.

Der Kommissar schenkte sich einen Kaffee ein, der bitter und stark war, so wie auf allen Polizeistationen.

Dann kam Biesenbach ein neuer Gedanke.

Was, wenn Hubertus und Sigrid Meister ein perverses Spiel trieben? Da er von ihren sexuellen Neigungen wusste, schien das nicht ganz abwegig zu sein. Wieder schrieb er etwas auf in sein verknittertes Blöckchen.

Was gab es noch für Möglichkeiten, überlegte Biesenbach.

Sigrid Meister hat die Kameras selbst angebracht, um den Schützenbruder von Hubertus bloßzustellen, gab er sich selbst die Antwort. *Was, wenn er nicht der einzige Bruder war, mit dem die Meister es trieb? Haben andere Frauen ebenfalls Fotos bekommen, wenn ja, bereits früher als Frau Wolters und dieser Ruth? Könnte eine der Frauen die Meister entführt oder getötet haben?*

Es wurden immer mehr Fragen, zu denen der Kommissar keine Antworten hatte. Dennoch wollte er diesen Fall lösen, der immer mysteriöser wurde.

»Ich werde mir die Mitgliederliste geben lassen und die Herrschaften aufs Revier bitten. Wer weiß, was dann noch herauskommt. Und ich werde Hubertus Meister mit den Fotos konfrontieren. Mal gespannt, ob er von dem amourösen Rendezvous seiner Frau mit Herrn Wolters wusste«, sprach er leise, während er eine weitere Notiz schrieb und danach den Aktendeckel schloss.

Natürlich konnte Hubertus die Baustelle verlassen, nachdem er seinen Chef angerufen hatte.

Mit einem flauen Gefühl und auch mit Neugier im Magen fuhr er zum Revier. Unten bei der Anmeldung erklärte er dem diensthabenden Polizisten, dass Kommissar Biesenbach in erwartet.

Der kam nach dem Anruf in den Vorraum, in dem Hubertus wartete.

»Schön, dass Sie doch so schnell kommen konnten, Herr Meister«, sagte Biesenbach, als er Herrn Meister die Hand gab.

»Herr Kommissar, was ist mit meiner Frau? Wo ist Siggi? Was ist mit ihr?«

»Ihre Frau war nicht im Camper, als wir ihn gefunden haben, auch sonst keiner. Alles deutet darauf hin, dass es hier keine Gewalttat gegeben hat. Es scheint eher so, dass Ihre Frau nicht lange da gewesen war und vielleicht auf jemandem gewartet hat.«

»Auf wen soll Siggi denn gewartet haben?«

Hubertus Gesicht hatte einen fragenden Ausdruck angenommen. »Ich verstehe das alles nicht, Herr Kommissar.«

»Dazu komme ich später, wenn wir in meinem Büro sind, Herr Meister.«

Biesenbach war jetzt erst mal wichtig, was mit dem Camper ist und ob Hubertus da weiterhelfen konnte.

»Wir gehen jetzt erst mal hinter das Gebäude, dort steht das Wohnmobil ihrer Frau. Die SpuSi hat einige Fingerabdrücke gefunden, die wir noch zuordnen müssen. Deshalb bitte ich Sie, wenn wir hier draußen fertig sind, die ihre abzugeben«, erklärte der Beamte, während sie zum Camper gingen.

Fragend sah Hubertus den Kommissar an. Der bemerkte es und erklärte: »Wir brauchen ihre Prints und auch ihre DNA damit wir sie von den anderen unterscheiden können, alles Routine, Herr Meister.«

Diese Aussage beruhigte Hubbi etwas, denn sie war logisch. Schließlich war er oft genug in dem Wohnmobil, wenn er mit Siggi damit unterwegs war.

»Wie viel unterschiedliche Fingerabdrücke und

DNA haben die Leute von der Spurensicherung denn gefunden?«

Kommissar Biesenbach überlegte, dann sagte er: »Einige, Herr Meister.«

Der Kommissar entfernte das breite Klebeband an der Seitentür und zog sie auf.

»Gehen Sie hinein, Herr Meister. Ich möchte, dass Sie sich umsehen und mir sagen, ob Ihnen irgend etwas auffällt.«

»Was soll mir auffallen? Ich meine, auf was soll ich achten, Herr Kommissar?«

»Sehen Sie sich einfach nur um. Wenn etwas verändert wurde oder anders ist, dann werden Sie es auch bemerken und können es mir sagen.«

Hubertus stieg in das Wohnmobil, der Kommissar folgte ihm.

Hubertus sah sich um.

»Die Bettwäsche und das Laken sind nicht mehr da«, stellte er fest.

»Die sind im Labor«, antwortet der Kommissar knapp.

Auf der Matratze waren mit einem blauen Stift Kreise gemalt worden. Hubbi sah zu Biesenbach.

»Spermaflecken«, war seine kurze Antwort, »Deshalb brauchen wir ja auch ihre DNA. Zu Ihrer Information muss ich Ihnen auch sagen, dass Sie das ablehnen könnten, aber erstens, macht Sie das verdächtig und zweitens werde ich dann die Zustimmung per Gericht einholen. Sie sehen, es ist besser, Sie stimmen dem zu.«

Hubertus schaute den Kommissar an, als wäre der von einem anderen Stern. Denn Hubertus freute sich doch über diese Maßnahme. So würden doch alle „Geweih-Liebhaber" erkannt und verhört werden. «

Hubertus nickte, gleichzeitig kam die Frage:

„Spermaflecken? Soll das heißen, Siggi war mit fremden Männern hier?", und als er keine Antwort bekam, sagte er weiter: „Die können doch auch von mir sein, schließlich haben wir des Öfteren, ich meine wir waren zusammen in Urlaub mit dem Wagen."

Der Kommissar sagte nichts dazu, sondern forderte Hubertus erneut auf sich umzusehen.

»Ihre Handtasche ist nicht da«, sagte er und hoffte, es klang überrascht.

»Das haben wir auch bemerkt. Dennoch glauben wir nicht, dass Ihre Frau einfach nur durchgebrannt ist.«

Vorsicht, Hubbi. Der Bulle will, dass du einen Fehler machst, damit er dich festnageln kann. Vorsicht

»Wieso nehmen Sie an, Siggi sei etwas zugestoßen?

Gibt es Beweise dafür, die Sie mir verschweigen?«

»Von „zugestoßen", habe ich nichts gesagt, Herr Meister.«

»Aber Sie sagten doch, dass Siggi nicht durchgebrannt ist. Dann kommt doch nur noch ein Verbrechen in frage, oder nicht?«

»Merkwürdig ist, dass scheinbar alle ihre Sachen in dem Wohnmobil sind, bis auf die Handtasche, in der sich vermutlich auch ihr Handy befindet. Wissen Sie, was ihre Frau zu ihrem Ausflug alles mitgenommen hat?«

Hubertus tat so, als überlegte er und antworte, so wie wohl jeder Mann antworten würde:

»Nee, aber ihre Handtasche war bestimmt dabei. Was sie alles in der Reisetasche mitschleppt, wenn sie auf Tour geht, das weiß ich nicht. Nee, keine Ahnung.«

»Es sieht jedenfalls so aus, als hätte sie eiligst das Wohnmobil verlassen.«

Hubertus ließ das unkommentiert, denn seine innere Stimme riet ihm zu schweigen.

»Gehen wir in mein Büro und unterhalten uns dort weiter.«

Der Kommissar stieg aus dem Camper, wartete, dass auch Hubertus herauskam, und klebte das Band wieder an die Tür.

»Wann kann ich das Wohnmobil zurückhaben,

Herr Kommissar? Ich meine, da ja alle Spuren gesichert sind, steht dem doch nichts im Wege, oder ist das nicht so?«
»Wir werden Ihnen Bescheid geben, wenn es so weit ist, Herr Meister.«

Ein junger Mann kam ins Büro und bat Hubertus um eine Speichelprobe. Ohne zu zögern, öffnete er den Mund. Danach nahm er ihm die Fingerabdrükke ab.
»Bin ich jetzt in ihrer Datenbank registriert?«, fragte Hubertus.
»Wenn wir die DNA und Prints eines Verdächtigen abspeichern, bleiben die zehn Jahre in der Datenbank. Handelt sich es aber um erkennungsdienstliche Daten, werden sie gelöscht, sobald der Fall abgeschlossen ist«, klärte ihn der junge Beamte auf.
Gut zu wissen, meinte Hubertus, ohne wirklich daran Interesse zu haben.

»Sagen Sie, Herr Kommissar, wie und wo haben Sie das Wohnmobil gefunden?«
Kommissar Biesenbach schaute ihn an, wartete einen Moment, bevor er erklärte:
»Er stand am Rheinufer auf einem Parkplatz für Busse und Wohnmobile. Es war gute Polizeiarbeit, mit guten Leuten und Kombinationsvermögen.«

Hubbi riss die Augen auf.

»Was?«, rief er so laut, dass der Kommissar leicht zusammenzuckte. »Siggi hat gar nicht die Stadt verlassen? Seit Wochen stand das Wohnmobil am Rheinufer und erst jetzt wurde es gefunden? Wie kann das sein, Herr Biesenbach? Wenn Siggi nicht weggefahren ist, wo ist sie dann hin? Wo ist meine Frau, Herr Kommissar und wieso können Sie sie nicht finden? Was ist mit der Handyortung? Da müssten Sie doch schon etwas erreicht haben, schließlich ist es angeschaltet, oder etwa nicht?«

Hubertus fasste sich an sein Herz, war krebsrot im Gesicht angelaufen und schnaufte, wie ein Walroß.

Hubertus sah sich den Kommissar aus dem Augenwinkel an.

Du bist der beste Schauspieler auf der Welt, Hubbi, gurrte sein Inneres.

Kommissar Biesenbach war über Hubertus Ausbruch sichtlich erschüttert und starrte ihn sprachlos an. Es dauerte, bis er sich gefasst hatte und reagieren konnte.

»Wir tun alles, um Ihre Frau zu finden, Herr Meister. Aber wenn ich ehrlich bin, wissen wir nicht mal, ob Ihre Frau entführt wurde oder gar tot ist. Es gab bisher keine Lösegeldforderung an Sie. Auch könnte Ihre Frau Sie verlassen haben und meldet sich deshalb nicht. Sie müssen mir schon glauben, dass wir jeder Spur nachgehen, und sollten wir etwas finden, werden Sie es erfahren.«

Hubertus wischte sich mit dem Taschentuch den Schweiß von der Stirn und sah den Kommissar böse an. *Nicht zu sehr auffallen Hubbi!*

»Da ist noch etwas, über das ich mit Ihnen sprechen muss, Herr Meister.«

Hubertus versteifte sich und spitzte die Ohren. *Was kommt jetzt,* fragte er sich. *Egal, was es ist, Hubbi, bleib wachsam und erlaube dir keinen Fehler, denn dann ist das schöne Erbe futsch und du landest im Knast.*

Kommissar Biesenbach wollte Hubertus jetzt mit den Fotos konfrontieren und seine Reaktion sehen. Er öffnete die Akte und zog die drei Hochglanzfotos heraus. Hubbi warf schon beim ersten Blick darauf klar, was er da sah, dennoch tat er überrascht und so, als ob er nicht sofort erkennen würde, was er da vor sich hat.

Biesenbach schob sie über den Tisch, bis sie direkt vor Hubertus lagen.

Das ist der Karl-Heinz, erkannte ihn Hubertus sofort, tat aber erst mal weiter unwissend.

Zaghaft nahm er eines der Fotos in die Hand und sah es sich an. Der Kommissar ließ ihn nicht aus den Augen.

»Was ist das?«, fragte er den Beamten und blickte

weiter auf das Bild.

»Erkennen Sie jemanden auf diesem Foto?« Er schob die beiden anderen noch ein Stück näher zu Hubertus. »Oder auf diesen?«

Du musst dich völlig überrascht geben, Hubbi, sonst merkt er, dass du die Fotos bereits gesehen hast.

»Nun, Herr Meister, erkennen Sie wer auf den Fotos zu sehen ist und wo die Aufnahmen gemacht wurden?«

Hubert legte das Bild zurück auf den Tisch und schob alle drei von sich weg.

»Das ist meine Frau Sigrid und mein Schützenbruder Karl-Heinz Wolters«, stammelte er und machte dabei einen verstörten Eindruck.

»Es sieht so aus, als wurden die Fotos im Wohnmobil gemacht«, fügte er mit brüchiger Stimme an.

»Ihrem Verhalten nach zu urteilen, wussten Sie nicht, dass sich Herr Wolters und Ihre Frau im Camper trafen und, äh … und, also … man sieht ja, was sie darin taten.«

Hubertus war im Stuhl zusammengesackt und starrte den Kommissar an.

Er sieht aus, wie ein geprügelter Hund, dachte Biesenbach und das erste Mal empfand er Mitleid für ihn.

»Ja, das sehe ich und um ihre zweite Frage vorweg zu beantworten. Nein, davon wusste ich nichts.«

Hubertus schüttelte den gesenkten Kopf und rieb

sich die Hände, er schluckte mehrmals, dann fragte er leise.

»Was hat das zu bedeuten, Herr Kommissar? Woher haben Sie diese Fotos und was machen Sie jetzt mit Kalle? Also Karl-Heinz. Haben Sie mit ihm schon gesprochen?«

»Nein, habe ich noch nicht, werde ich aber noch. Da fällt mir ein, ich würde gerne die Mitgliederliste des Schützenvereins haben. Können Sie mir die Adresse des Vorstandes geben, damit ich ihn darum bitten kann?«

Hubertus nickte schwach, dann sah er auf.

»Denken Sie, Siggi hat mit mehreren meiner Kameraden ein Verhältnis, Herr Kommissar?«

Der zuckte die Schultern.

»Das wird sich noch herausstellen, Herr Meister. Die Fotos brachte uns vor zwei Tagen Susanne Wolters, die Ehefrau von ihrem Freund Karl-Heinz«, erklärte er und Hubertus starrte ihn weiter an. Diesmal fassungslos.

»Wissen sie, warum sie die Fotos hergebracht hat? Hat ihr Mann was mit dem Verschwinden von Siggi zu tun. «

Der Kommissar zuckte wieder mit den Schultern.

»Frau Wolters weiß, dass Ihre Frau vermisst wird. Als sie die Fotos zugeschickt bekam, dachte sie, ihr Mann könnte in Verdacht geraten, etwas mit ihrem

Verschwinden zu tun zu haben. Deshalb kam sie her, um mich von seiner Unschuld zu überzeugen.«

»Und? Glauben Sie das auch, dass Kalle damit nichts zu schaffen hat?«

»Wie gesagt, Herr Meister, wir ermitteln in allen Richtungen, mehr kann ich nicht sagen.«

Hubertus gab ihm die Adresse und den Namen des Schützenvorstandes. Schwerfällig stand er auf und nachdem der Kommissar keine weiteren Fragen an ihn hatte, schlurfte er wie ein alter Mann zur Tür. Dort blieb er stehen und drehte sich um.

»Egal, was meine Siggi gemacht hat, ich liebe sie und ich will, dass Sie sie finden. Ich werde ihr alles verzeihen, Herr Kommissar. Siggi ist mein ein und alles, ohne sie bin ich nichts.«

Biesenbach konnte nicht glauben, was er hörte, konnte er sich so in dem Mann getäuscht haben?

Auf dem Weg nach Hause, bedankte er sich bei seiner inneren Stimme, die ihm geraten hatte, für die Fotos gesondertes Papier zu kaufen. Er hätte im Leben nicht geglaubt, das die Kripo die Bilder in die Hände bekommt.

Das war wieder knapp. Die Spurensicherung hätte sich gefreut.

Zwei Tage später konnte Hubertus das Wohnmobil abholen. Davor sollte er allerdings noch mal ins Büro des Kommissars kommen, da der noch Fragen an ihn hatte.

Biesenbach hatte Auszüge der Konten von Sigrid in der Akte liegen. Den juristischen Beschluss hatte ein Richter unterzeichnet, als er in knappen Worten das Verschwinden von Frau Meister erklärt hatte, und dass es noch einige Ungereimtheiten gab, die den Ehemann verdächtig wirken ließen. Denn obwohl er Hubertus Verhalten noch immer im Kopf hatte, wollte er ihn nicht ganz von der Angel lassen.

»Kommen Sie rein, Herr Meister und setzen sich. Ich habe da nämlich noch eine Frage, geht ganz schnell, da brauch ich Sie dafür nicht extra noch mal herbitten. Ich meine, Sie wieder zu einer Befragung einladen zu müssen.«

Der denkt wirklich, du bist bescheuert und meint, du erkennst nicht, was er vorhat. Er will dir ans Leder, Hubbi. Lege deine Unwissenheitsmaske auf und lass ihn erst mal reden, dass du weißt, auf was er hinauswill.

»Sagen sie mal, Herr Meister, haben Sie Zugriff auf die Konten ihrer Frau?«

»Ich glaube ja, aber ich habe das noch nie genutzt.«

»Wie meinen Sie das, ich glaube ja«, hakte der Beamte nach.

»Siggi, überweist mir jeden Monat Geld auf das Haushaltskonto, deshalb brauche ich nicht an ihre Konten zu gehen.«

»Ist es nicht furchtbar, von einer Frau ausgehalten

zu werden?«

»Worauf wollen Sie hinaus? Ich habe einen Job und verdiene nicht schlecht. Das Geld von Siggi habe ich nicht wirklich nötig. Weil ich mich aber an den Kosten des Haushaltes beteilige und ich den Einkauf übernommen habe, überweist sie mir einen Teil dafür. Ein Deal, den ich am Anfang unsere Ehe mit ihr vereinbart habe. Aber mal eine Gegenfrage, kaufen Sie selbst ein und kochen Sie zu Hause?«

Der Kommissar antwortete nicht, schüttelte aber den Kopf. Er sah sich den Mann an, der an diesem Tag sehr souverän wirkte. Nichts an seiner Haltung und Art erinnerte an den gebrochenen Mann, als er erfahren hatte, dass seine Frau es mit einem Schützenbruder von ihm trieb.

Mittlerweile wusste Biesenbach, dass es noch einige weitere Brüder gab, die ein Tête-à-Tête mit Sigrid Meister hatten. Auch deren Ehefrauen haben je drei Fotos bekommen, auf denen Sigrid Meister und die Männer in eindeutigen Posen im Wohnmobil zu sehen waren. Dies würde er Hubertus erst später mitteilen. Jetzt galt es, den Mann in die Enge zu treiben.

Hubertus redete weiter und schien nicht bemerkt zu haben, was im Kopf des Kommissars vorging.

»Dann können Sie auch nicht wissen, was das kostet und wie viel Arbeit das ist und der Lohn dafür wird von Siggi überwiesen, genauso wie der Anteil am Einkauf.«

Die Worte, *eigentlich könnte es ein wenig mehr sein,* konnte er gerade noch für sich behalten. Schon wäre für den „Schlauberger" ein weiteres Motiv vorhanden.

»Gibt es noch Verwandte seitens ihrer Frau?«

Warum fragt er das, Hubbi? Will er dir gleich ein Motiv offenbaren, warum du Siggi getötet haben könntest? Das will er bestimmt, Hubbi, deshalb höre ihm gut zu und verzettle dich nicht beim Antworten.

»Einen Bruder. Ihre Eltern sind schon lange tot und weitere Geschwister hat sie nicht. Warum fragen Sie das?«

»Weil Sie der Alleinerbe sein werden, sollte ihrer Frau etwas zugestoßen sein. Der Bruder bekommt bestenfalls einen Pflichtteil«.

Ich habe es geahnt, Hubbi. Du bist immer noch sein Verdächtiger Nummer eins. Er will dich überführen und hofft, dass du einen Fehler machst.

»Und weiter? Macht mich das in ihren Augen verdächtig? Glauben Sie, ich habe meine Frau umgebracht?«

»Ein Motiv, Herr Meister. Sie haben zumindest ein Motiv, ihre Frau verschwinden zu lassen.«

»Ok, nehmen wir an, ich würde auf das Geld meiner Frau scharf sein.«

Sofort richtete sich Biesenbach im Stuhl auf. Damit bezeugte er unbewusst, dass er ganz Ohr ist.

Hubertus versteifte sich und hielt den Atem an.

Rede dich jetzt bloß nicht um Kopf und Kragen, Hubbi. Der Biesenbach ist schlauer, als du annimmst.

Hubertus ließ sich nicht beirren, es machte ihm zu sehr Spaß, den Kommissar an der Nase herumzuführen.

»Lassen wir uns überlegen, wie ich es geschafft habe, dass meine Frau wegfährt, ich zu Hause bleibe, um sie dann doch wieder zu treffen, um sie dann verschwinden lassen?«

Biesenbach wurde sauer. Damit, dass Hubert in die Offensive geht, hatte er nicht gerechnet.

»Sie sollten meine Fragen beantworten, Herr Meister und nicht ich, die Ihren.«

»Ich meinte ja nur, Herr Kommissar. Ich bin mir sicher, dass Sie darauf eine Antwort haben.«

Doch der Krimimann ging nicht darauf ein.

»Eifersucht ist auch ein Faktor, den ich nicht außeracht lasse, Herr Meister. Obwohl Sie und ihre Frau ein …, sagen wir mal, äh … außergewöhnliches Sexleben führten, könnten Sie trotzdem eifersüchtig gewesen sein. Schließlich ist Ihre Frau sehr attraktiv und es gab bestimmt genügend Bewerber, die an Ihrer Stelle sein wollten.«

»Herr Kommissar, in Ihrer Akte steht doch meine Aussage, dass wir, also meine Frau und ich, gemeinsam in Swingerklubs gegangen sind und uns sogar in einem kennengelernt haben. Und da war nicht immer ich ihr Liebhaber. Und sie nicht immer meine Geliebte. Soweit zu dem Thema Eifersucht.«

Nun machte Hubertus eine kleine Pause, bevor er weitersprach.

»Da ich nicht wusste, dass sie außerhalb der Klubs es mit meinen Schützenbrüdern treibt und das erst durch Sie erfahren habe, ist das bestimmt kein Motiv. Ich bitte Sie, das ist doch jetzt an den Haaren herbeigezogen. Ich wusste nichts von dem Wohnmobil, bis sie es mir unter die Nase hielt. Das hat doch die Nachfrage bei der KFZ-Stelle im Landratsamt ergeben.«

Sichtlich außer sich stoppte der Kommissar die Rede von Hubertus. Er erkannte, dass er so nicht weiterkam. Zu viele Unwahrscheinlichkeiten, die er ein-sehen musste.

»Kommen wir noch mal zurück zum Vermögen Ihrer Frau. Sie wussten, dass sie sehr reich war. Laut ihren Umsatzanzeigen auf ihren Konten ließ sie es sich sehr gut gehen. Friseurbesuche, Maniküre, teure Parfüms und Kleidung, sie gab monatlich mehr aus, als Sie verdienen, Herr Meister.«

»Ja und, sollte mir das etwas ausmachen? Siggi ist

eine sehr gepflegte und attraktive Frau und hat das Geld dafür, dies zu unterstreichen. Was sie dafür ausgab, weiß ich nicht, denn wie gesagt, ich habe nicht nach Kontoauszügen gesucht. Es ist ihr Geld und sie kann damit machen, was sie will.«

Biesenbach versuchte noch eine längere Zeit, Hubertus aus der Fassung zu bringen und ihn wegen des Geldes zu einer Antwort zu bewegen, die er gegen ihn nutzen konnte, doch Hubertus hatte den Ermittler schon längst durchschaut, und blieb ruhig.

Nach einer Stunde konnte Hubertus dann endlich gehen. Er sollte sich aber zur Verfügung halten. Nachdem Hubertus den Kommissar fragte, ob er mit dem Wohnmobil einige Tage vereisen könnte, sprach nichts dagegen. Er sollte nur in Deutschland bleiben und über sein Handy erreichbar sein. Hubertus stimmte dem zu und verschwand.

Hubertus war zufrieden mit dem Verhör, das ja offiziell nur eine Befragung war, weil man ihm nichts nachweisen konnte. In Sachen Geld war er bestimmt überzeugend gewesen, vor allem war er aber jetzt sicher, dass Biesenbach nichts gegen ihn in der Hand hatte.

Gut gemacht, Hubbi. Gut gemacht.

Hubertus hatte sich unbezahlten Urlaub genommen. Krankschreiben lassen, wollte er sich nicht. Sein Chef und die Kollegen hatten Verständnis, schließlich wussten sie alle von Siggis verschwinden und wie sehr das alles Hubertus mitnahm. Wie auch die Schützenbrüder und deren Frauen, so wie auch die Nachbarn und der Kegelklub glaubten nach den ganzen Wochen ohne ein Lebenszeichen von Siggi, nicht mehr, dass sie durchgebrannt war. Die wildesten Geschichten kursierten, allerdings mit vorgehaltener Hand, denn niemand wollte sich öffentlich äußern. *Die Siggi ist bestimmt tot. Der Hubbi ist schon Witwer und weiß es noch nicht. Die Siggi wurde überfallen, dann erschlagen oder erstochen. Dem Hubbi seine Frau lebt nicht mehr, man muss nur noch ihre Leiche finden.*
So und ähnlich sprachen die Leute. Hubertus wusste dies, tat aber so, als würde er davon nichts mitbekommen.

Er fuhr mit dem Wohnmobil nach Hause und parkte es oben beim Sportplatz, wo es immer stand, wenn er und Siggi, nicht damit unterwegs waren.
Da er nun unbezahlten Urlaub hatte, überlegte er, in den Schwarzwald zu fahren. Von der Küste hatte er erst mal genug. Er benötigte einen Tapetenwechsel und einen Ort, den er nicht mit Sigrid in Verbin-

dung brachte.

In der Post war ein Brief von den Düsseldorfer Stadtwerken. Siggi wurde darin aufgefordert die Zähler Gas und Strom abzulesen und sie per Mail oder mit dem Rückumschlag den Stadtwerken zurückzuschicken.
Im Aktenschrank suchte er nach dem Ordner, wo die letzte Ablesung war. So konnte er die Zahlen sehen und er wusste, wie er sie eintragen musste.
Ein Ordner hatte auf dem Schild HDI, Allianz, Stadtwerke, UVK und weitere Bezeichnungen stehen.
Siggi hatte ihn nach Firmen sortiert und so fand Hubertus auch schnell die Unterteilung Stadtwerke.
Merkwürdig. Das sind doch Unterlagen von einer Bank.
Hubbi las: „PUBLIK BANK BAHAD", daneben die Kontonummer und der Pin, um sich im Onlinebanking einzuloggen. Und als er sich in die Unterlagen weiter vertiefte, stellte er fest, dass hinter einem der Dokumente eine EC-Karte in einer aufgeklebten Etuifolie steckte und darunter auch eine Pin-Nummer aufgeführt war.
Das gibst doch nicht, dachte er und sprach es zeitgleich aus.

Siggi konnte sich schlecht Zahlen merken, schon gar

nicht lange IBAN Nummern, deshalb schrieb sie diese mit samt den Pins auf. Hubertus stach der Namen einer Bank ins Auge und stutzte.

Seine ersten Gedanken, sich das Konto-online anzusehen, widersprach seine innere Stimme.

Nein, das sollte ich nicht machen, denn wenn es hier eine Untersuchung gibt, und das wird so sein, werden sie auch die PCs untersuchen. Untersuchen von Spezialisten. Und schnell werden sie sehen, was du da dir da alles angesehen und unternommen hast. Finger weg Hubbi. Vorsicht.

Schnell erkannte er, dass das wirklich keine gute Idee war, auch wenn er die Neugier kaum zurückhalten konnte.

Er beschloss, am nächsten Tag an den Düsseldorfer Hauptbahnhof zu fahren und dort ein Internetcafé aufzusuchen.

Gesagt getan. Das Hotel rief er an und Informierte es, dass er einen Tag später anreisen würde.

In dem Internetshop war nicht viel los. Eine der freien Kabine wurde ihm zugewiesen und nach dem er 5,- € eingeworfen hatte, konnte er auch schon loslegen.

Hubertus fand die Seite und loggte sich in das mysteriöse Konto ein. Als er die Umsatzanzeige anklickte, stieß Hubertus einen heiseren Schrei aus und fasste sich an sein Herz, das wild zu klopfen begann. Die Seele wurde wieder rabenschwarz und hüpfte vor Freude durch Hubbi's Synapsen, die die Informationen verarbeiteten.

»Da sind über 200.000 Dollar auf dem Konto«, krächzte Hubertus, dessen Hals trocken geworden war.

Dieses Luder war noch reicher, als ich angenommen habe, dachte Hubbi. *Und sie hat mir auch das verheimlicht. Vielleicht ahnte sie, dass ich sie irgendwann umbringen würde, wenn ich wüsste, wie Reich sie ist und mich trotzdem wie ein Pferd ackern lässt. Sie dachte vielleicht, dass ihr Leben dann keinen Pfifferling mehr wert wäre.*

Nun, in gewisser Weise hatte sie ja Recht behalten. Hubertus wusste nicht, ob Siggi so gedacht hatte, aber möglich wäre es gewesen.

Denke nach, Hubbi, wie kannst du an das Geld kommen? Darüber machte er sich natürlich Gedanken. Hubertus scrollte in der Umsatzanzeige hinunter. Seit Jahren wurde nichts abgehoben oder eingezahlt. Dann endlich kamen Einträge, meistens Einzahlungen. Und wer war der Einzahler, der hohen Beträge? Niemand anderes, als Siggis erster Ehemann Ferdinand. Jeden Monat wurden Beträge um die 10.000 € eingezahlt.

Woher hatte der das viele Geld, fragte sich Hubertus.

Aus Erzählungen von Siggi wusste er von dem Handel mit Aktien und Immobilien. Da hat er scheinbar in die schwarze Kasse eingezahlt.

»Oh Siggi, da hast ihn nicht nur zu Höchstleistung angetrieben, weil du einen Orgasmus haben wolltest? Du hast ihn mit der Liebespille umgebracht.« Hubertus wurde klar, er hatte eine Mörderin getötet.

Bekommt man dann mildernde Umstände, wenn man der Justiz geholfen hat, einen Mord aufzuklären?
Der Neureiche brach nun die Internetaktion ab und fuhr nach Hause. Hier wollte er in Ruhe überlegen, wie er weiter vorgeht. Mehrmals schrie er im Auto seine Lebensfreude über diesen neuen Reichtum heraus.

Wieder in seinem Haus und einem kühlen Getränk, dachte er darüber nach, wie er an das Geld kommen könnte. Stellte es sich aber nicht so schwierig vor. Karte, Pin. Mehr benötigt eine Geldausgabe nicht. Den Betrag würde er nach und nach prüfen. Er hatte eine Abhebung von 2.000 € gesehen. Das würde doch reichen, um seine kleinen Wünsche zu befriedigen.

Ein geheimes Konto, von dem niemand etwas weiß.

Der, der es eingerichtet hat, ist Tod. Ob er Siggi, die Nachlass Empfängerin, über das Konto informiert hat oder seine Gattin wie er durch Zufall das Konto entdeckte, blieb unaufgeklärt. Hubbi beschloss sich nach seinem Urlaub den Ordner Nachlass genauer anzusehen. Im Urlaub würde er an einem Bankautomaten eine Abhebung tätigen. Karte, Pin, Geld und fertig.

Er machte sich auch Gedanken über Kommissar Biesenbach und dessen Verdacht, dass er für das Verschwinden von Sigrid Meister verantwortlich wär. Da Siggi nur als vermisst galt und nichts auf ein Verbrechen hinwies, könnte der Beamte eine Hausdurchsuchung bei einem Richter einholen. Die Polizisten und die SpuSi würden das Haus auf den Kopf stellen. Und vielleicht auch die Akten durchsuchen. Im Ordner für Versicherungen und weiteren Verpflichtungen, wären die Dokumente sicher aufgehoben. Er legte aber Karte und Zugangsdaten nicht in den Ordner zurück. Er trug in den Jahreskalender vor dem Geburtstag, Gedenktag die Pin-Nummer getarnt als 6-Stellige Nummer ein.
Das machte er dann auch mit dem online Zugang. Die Karte versteckte ebenfalls in einer seiner unzähligen CDs. Diesmal in der Hülle von den Beatles
Sie würden den Rechner mitnehmen und meinen eigenen

wahrscheinlich auch, darüber war sich Hubbi im Klaren.

Selbst wenn er den Verlauf löschen würde und den Ordner in den Papierkorb verschiebt, werden die was finden. Die haben ihre Techniker können gelöschte Daten und Verläufe wiederherstellen. Mit speziellen Programmen holen die alles heraus. Die können zu 100 % nachweisen, auf welchen Internetseiten Siggi und du waren und jedes Dokument zurückholen. Jeder Rechner speichert ab, auch wenn man der Meinung ist, es wäre durch das Löschen *nichts mehr zu finden.*

Hubertus überlegte. An Siggis Rechner war er zuletzt, da „Lebte" Siggi noch. Jedenfalls für die Öffentlichkeit. Da er vorher des Öfteren an Siggis Rechner war, lag daran, dass er der „Problemlöser" war. Nach ihrem Verschwinden mied er es, den Rechner anzumachen. Letztmalig nach der Aufforderung vom Biesenbach, nach Hinweisen zu suchen. Er war sich sicher, dass er sich wegen des Rechners von Siggi keine Sorgen machen müsste.
Sein Rechner lebte. Fast täglich war am Rechner. Internet und auch Mail mit Freunden, Kameraden Kegelbrüder.

Gut das er die Videos auf sein kleines Tablet überspielt hatte. Dass er die Kontospionage in einem Internetcafé erledigt hatte. Es gab keine Internetbesuche auf Dinge, die darauf hinweisen, dass er Werkzeug oder Hilfsmittel für eine Mordtat hinwiesen. Das hatte er alles über sein Smartphone erledigte, aber erst wenn er den Chip getauscht hatte. Den hatte er wieder entnommen und seinen Alten wieder eingelegt. Der Chip war hinter der CD der Gruppe Kraftwerk. „Wir sind die Roboter". *Eine passendere CD für solch ein Geheimnis gibt es nicht,* dachte sich Hubertus.

Das Austauschen der Festplatten, was er ohne Probleme hinbekommen würde, konnte er sich so sparen. Wäre auch sehr ungewöhnlich gewesen und hätte ihn mehr als nur verdächtig gemacht. Das Handy von Siggi war auf reisen und auf seinem Handy hatte er nichts zu verbergen.
Beruhigt darüber, wohl auch hier alles richtig gemacht zu haben, sah er einer Hausdurchsuchung und den daraus resultierenden Maßnahmen gelassen entgegen.

Nachdem er zwei Tage in seinem Urlaubsort in der Nähe vom Feldberg im Schwarzwald verbracht hatte, rief Kommissar Biesenbach ihn an und bat Hubertus, in sein Büro zu kommen. Natürlich fragte

Hubbi nach, ob es so wichtig wäre, dass er dafür seinen Urlaub abbrechen müsste. Alle Fragen, weswegen er kommen sollte, beantwortete der Kommissar nicht, sondern drängte ihn, am besten gleich herzufahren.

Da er auch neugierig war, setzte er sich in seinen alten Daimler und fuhr gradewegs zum Polizeirevier. Dass er den vollen gebuchten Preis bezahlen musste, störte ihn zwar, erledigte das aber ohne sich aufzuregen. Am Geld lag es ja nicht mehr. Hubertus zerbrach sich mehr den Kopf darüber, warum er so eilig nach Düsseldorf zurückkehren sollte.
Wenn Biesenbach einen Beweis hätte, dass du Siggi getötet hast, würde er mit einem Aufgebot zu dir ins Hotel kommen, dir Handschellen anlegen, dir deine Rechte vorlesen und dich festnehmen. Schließlich wusste er deine Urlaubsadresse. Da er dies nicht gemacht hat, wird er irgendwas gefunden haben, dass er dir mitteilen will.
»Ja, das wird es sein«, murmelte Hubertus und achtete dabei auf den Verkehr.

Wie immer begrüßte der Kommissar Hubertus sehr freundlich, doch der wusste, dass dies nur gestellt war und ihm Vertrauen einflößen sollte. Nachdem er Platz genommen hatte, fragte Hubertus aufgeregt: »Was gibt es Neues, Herr Kommissar, von dem Sie mir berichten möchten, aber am Telefon nichts mitteilen wollten? Haben Sie erfahren, wo sich meine Ehefrau aufhält, oder hat sie sich gemeldet?«

»Nicht so hastig, Herr Meister, ich habe Informationen ja, die sind teils, teils. Also gut und schlecht.«

»Was? Wie soll ich das verstehen? Können Sie nicht deutlicher werden?«

»Also, wir haben das Handy von ihrer Frau orten können.«

»Das ist doch eine gute Neuigkeit«, rief Hubertus freudig aus und strahlte übers ganze Gesicht. „Wo ist Siggi? Geht es ihr gut?«

Der Kommissar sah Hubertus mitleidig an.

»Nun, das ist nicht so einfach zu erklären, Herr Meister.«

Hubertus hörte auf zu grinsen, nachdem der Kommissar herumdruckste.

»Aber, ich … ich meine, wo ihr Handy ist, da wird auch Siggi sein oder etwa nicht? Sie ist mit dem Handy mehr verheiratet, als mit mir.«

»Ganz so einfach ist die Sache nicht, Herr Meister.« Dann schoss er urplötzlich eine Frage ab und sein Blick wurde lauernd.

»Wann ist Ihre Frau mit dem Wohnmobil von zu Hause weggefahren?«

Dass Hubertus sich ärgerte, musste er nicht spielen.

»Aber das habe ich Ihnen doch schon alles mehrmals erzählt und meine Nachbarin doch auch schon bestätigt. Aber gut, ich wiederhole mich gerne noch einmal, wenn es Ihnen hilft. Es war Freitag, der 29. September gegen 18.30 Uhr.«

»Ja, so haben Sie das auch in ihrem ersten Aussagen angegeben. Die Auswertungen haben ergeben, dass das Handy ihrer Frau zu diesem Zeitpunkt ausgeschaltet war.«

Der Kommissar nahm die graue Akte, auf der „Sigrid Meister" stand und schlug sie auf.

»Übrigens, Sie haben gar nicht danach gefragt, wo wir das Handy ihrer Frau geortet haben?«

»Ehrlich gesagt, Herr Kommissar das ist mir vollkommen egal. Wichtig ist, dass sie es haben und noch mal meine Frage: Wo ist meine Frau?«

»Herr Meister, ich sagte Ihnen ja, ich habe gute und schlechte Nachrichten. Also erst mal weiter mit den guten Nachrichten."

Hubertus war jetzt nicht ganz klar, wie er reagieren sollte? Aufspringen und dem Kommissar an die Gurgel springen, um die Antwort zu bekommen? Ruhig sitzen bleiben, weil er ja eh als Mörder schon alles weiß?

Er entschied sich für den Mittelweg. Resigniert sagte er deshalb zu dem Kommissar: »Da Sie mir anscheinend nicht sagen wollen, was mit meiner Frau ist, nehme ich an, dass Sie es nicht wissen. Ist das so?«

Biesenbach blieb äußerst ruhig und erklärte: »Zunächst einmal darf ich erwähnen, dass die Datenschutzbehörde meinen Antrag auf Ortung für das Handy Ihrer Frau genehmigt hatte. Ich hatte die Suche unter der Rubrik „Straftat" angemeldet und das hat dann funktioniert.«

Der Kommissar lehnte sich kurz zurück und schien sich selbst zu loben. Hubertus allerdings sprang von dem Stuhl auf, schlug beide Hände auf die Tischplatte und beugte sich über den Schreibtisch.

»Wunderbar, Herr Kommissar, einfach wunderbar, doch Sie sagten noch nicht, wo Sie es geortet haben und auch nicht, wo die Schwierigkeit oder das Problem ist, dass das Handy von Siggi ausgeschaltet war? Viel wichtiger ist für mich immer noch zu erfahren, wo sie das Handy geortet oder gefunden haben und ob es bei meiner Frau war. Wenn ja, will ich endlich wissen, wo sie ist und wie es ihr geht.«

Keine Emotionen, Hubbi, keine negativen Emotionen. Du weißt alles, er weiß nichts. Ruhig, ruhig. Beherrsche dich, gib ihm nichts in die Hand, dass er gegen dich ausspielen kann.

Hubertus konnte sich soweit beherrschen, dass er dem Kommissar nicht an den Kragen ging. Tief atmete er ein und sagte dann gefährlich leise: »Und noch was, Herr Kommissar, wenn sie Ihr Verhalten mir gegenüber nicht ändern, werde ich gegen Sie Beschwerde einreichen. Schließlich bin ich unschuldig und vermisse meine Frau, die Sie nicht finden können. Ihre Empathie und Ihr ganzes kognitives Verhalten lassen sehr zu wünschen übrig und ich hoffe, ich habe Ihnen nun klargemacht, dass ich im gewissen Sinne ein Opfer und kein Verbrecher bin, obwohl Sie mich so behandeln. Also noch mal meine Frage, wo ist meine Frau?"

Hubertus setzte sich wieder auf den Stuhl. Biesenbach war jedoch dermaßen beeindruckt von Hubertus, dass es ihm die Sprache verschlug.

»Also gut, Herr Meister, keine Spielchen mehr meinerseits« erklärte der Kommissar angesäuert und verschränkte die Arme. Ein Disziplinar-verfahren von der Aufsichtsbehörde, war das letzte, das er wollte.

»Fakt ist, wir haben das Handy Orten können. Der Standort war zwischen zwei Sendemasten, bevor es endgültig ausgeschaltet wurde.«

»Was heißt das jetzt wieder?«

»Das letzte Ortungssignal haben wir bekommen, da bewegte es sich auf der Autobahn Richtung südlicher Landesgrenze. «

Ruhig sah Hubertus den Ermittler an.

»Da stimmt was nicht«, sagte er leise. »Warum meldet sie sich nicht?«

»Genau, Herr Meister, da stimmt was nicht. Sie sprechen genau das aus, was ich auch vermute und deshalb sitzen wir hier.«

Er nahm ein Blatt aus der Akte und fasste zusammen: »Also noch mal zurück zum Abreisetag. Da war, wie festgestellt wurde, das Handy ausgeschaltet. Erst am nächsten Tag, samstags um 9.17 Uhr wurde es wieder eingeschaltet. Allerdings in Stand-by-Modus. Es befand sich zu diesem Zeitpunkt auf dem Rastplatz „Ohligser Heide". Dort blieb es bis zum 2. November 06.00 Uhr und wurden dann auf der A3 in Richtung Frankfurt bewegt.«

»Herr Kommissar«, unterbrach ihn Hubertus, „Sie reden immer nur von dem Handy. Aber da ist doch dann auch meine Frau. Das Handy bewegt sich doch nicht von alleine und ich habe Ihnen ja schon versichert, dass meine Frau ohne Handy, wie ein Mann ohne seinen … na Sie wissen schon, ist.«

»Später, Herr Meister, dazu sage ich Ihnen später was. Jetzt erstmal weiter mit dem Handy. Also, immer wieder verließ das Fahrzeug, wir nehmen an, ein LKW, die Autobahn und fuhr wahrscheinlich verschieden Firmen an, wo auf- oder abgeladen wurde. Das überprüfen wir noch. Anhand der Bewegungen werden wir die Firmen finden und so auch das Fahrzeug bestimmen können. Und dann werden wir feststellen und nun komme ich auf Ihre Frage zurück, ob Ihre Frau mit in dem Fahrzeug war.«

Der Kommissar erwartete scheinbar ein Lob wegen seiner genialen Kombination, doch Hubertus tat ihm den Gefallen nicht, sondern schwieg.

»Das letzte Signal kam gestern Abend, Herr Meister.«

Nun war Hubertus neugierig.

»Und wo war das?«

»In einem Industriegebiet in Bologna, was dann auch dafür spricht, dass sich das Handy in einem LKW befand.«

«Wieso befand? Ist es dort nicht mehr?«

»Das wissen wir nicht, Herr Meister. Entweder ist der Akku des Handys leer oder es wurde ausgeschaltet. Kein Sendemast in und um Bologna fängt ein Signal von ihm auf.«

Hubertus starrte den Kommissar an. Was sollte er dazu sagen? Dass der Akku im Stand-by-Modus überhaupt so lange gehalten hat, wunderte ihn. Er hätte viel früher mit der Abschaltung gerechnet.

»Was ist denn nun mit Sigrid? Haben Sie veranlasst, dass man das Fahrzeug sucht und meine Siggi findet. Es sieht ja so aus, als wäre sie mit einem LKW-Fahrer unterwegs. Ok, das werde ich überleben,

Hauptsache sie kommt wieder zurück zu mir.«

Der Kommissar schüttelte mit dem Kopf und fuhr sich über das Haar, das ungekämmt aussah.

»Ich sagte bereits, durch das Aus des Signals finden wir den genauen Punkt nicht und in Italien ist es schwer, entsprechende Beamte zu motivieren, die nach einer Vermissten suchen. Italiener sehen das viel lockerer, wenn eine Frau durchgebrannt ist. Vor allem, wenn ein Landsmann eine Frau erobert hat, dann ist Stolz und nicht Missmut angesagt. Nein, Herr Meister, da kommen wir erst mal nicht weiter. Wir bleiben aber dran. Sobald das Handy wieder ein Signal ausstrahlt, sind wir wieder im Spiel, bzw. in der Ortung.«

Hubertus schlug im Geiste einen Purzelbaum und lachte gehässig. *Darauf kannst du lange warten, du Dummkopf. Der Akku ist leer und das Handy ist tot. Genauso mausetot wie Siggi.*

»Sagen Sie Herr Kommissar Biesenbach ich fasse mal zusammen. Sie holen mich aus dem Urlaub, um mir mitzuteilen, dass Sie das Handy geortet haben, aber nicht genau wissen, wo es sich befindet. Sie Wissen, nein, Sie vermuten, dass das Handy mit einem LKW transportiert wurde oder noch wird, wissen aber nicht, ob meine Frau dabei ist, oder das Handy sich von selbst auf eine Reise begeben hat?

Ist das so in etwa richtig?«

Obwohl der Kommissar sich im Recht sah, das er Verdächtige wann immer es von Nöten hält vorzuladen, besonders in diesem Fall, sah er ein, dass er die Sache ein wenig überzogen hatte.

»Sie haben natürlich die Möglichkeit, einen Antrag auf Entschädigung zu stellen, wenn Sie Auslagen hatten. Entsprechende Formulare können Sie sich unten von dem Beamten geben lassen. Es tut mir leid, wenn ich die Sache so verstärkt angehe, aber es liegt mir am Herzen, ihre Frau wiederzufinden. Das ist ja auch in Ihrem Interesse, nehme ich an?«

»Ja das ist es, da können Sie sicher sein. Aber mit einem Antrag wegen Aufwandsentschädigung kommen Sie mir diesmal nicht davon. Ich bin wirklich Sauer. Ich bin 400 Kilometer gefahren, um zu erfahren, dass ich nichts erfahre über den Verbleib meiner Frau. Super, vielen Dank. Kann ich jetzt gehen und Ihnen sollte klar sein, einen neuen Urlaub kann ich übrigens mit einem Formular nicht beantragen.«

Nachdem er keine Antwort und auch keine Anmerkung seitens des Beamten hörte, stand er auf und verließ das Büro. Beim Verlassen des Präsidiums verzichtete er auf das Entschädigungsformular.

Da Hubertus in Kirchzarten, seinem Urlaubsort, nicht dazu gekommen war, die Karte und den Pin von dem Malaysia-Konto auszuprobieren, fuhr er am nächsten Tag mit der Straßenbahn nach Ratingen. Schließlich hatte er ja noch Urlaub und so wollte er Bank und Biergarten verbinden.

An einem, von außen, zugänglichem Geldautomat startete er sein Abenteuer „Malaysia". Er steckte die Karte in den Kartenschlitz. Kurze Zeit später wurde er aufgefordert, seine Geheimzahl einzugeben. Auch das er tat er und wartete. Dann kam die Aufforderung, er solle den Betrag eingeben. Hubert überlegte kurz und gab 500 ein. Wieder kurze Wartezeit, dann meldete sich das System mit dem Hinweis, dass ihn die Auszahlung 4 € kosten würde. Natürlich stimmte Hubertus dieser Gebühr zu. Wieder warten, dann hörte Hubert ein Rappeln im Gerät und Freude kam auf. Denn dieses Geräusch kannte er nur zu gut. Geld wurde bereitgestellt. Seine EC-Karte kam heraus und dann öffnete sich der Auszahlungsschacht. Hubert hätte laut jubeln können. Ja, da kam „Sein" Geld heraus. Jetzt war er sicher, dass er um 200.000 € reicher war. Mit diesem Glücksgefühl ging er zum Marktplatz in Ratingen. Er suchte sich ein Wirtshaus, setzte sich in eine Ecke alleine an den Tisch und bestellte sich ein Alt.

Noch immer grübelte er über Siggis Tod nach und leise Trauer mischte sich in sein Herz. Hätte er das Konto vorher entdeckt, dann hätte er Karte und Nummer an sich genommen, und Siggi erklärt, dass er das für sich beanspruchen würde. Als Ehemann hätte er Anrecht auf den Zugewinn. Und da es sich um schwarzes Geld handeln würde, könnte sie ja zur Polizei gehen und ihn anzeigen. Das sie dann hätte nicht sterben müssen, läge ja auf der Hand. Beide Reich alles gut. Doch so einfach machte es ihm die innere Stimme nicht. Die Stimme, die er oft als die Stimme seiner Seele erkannte.

Werde jetzt bloß nicht rührselig, Hubbi. Du wolltest Siggis Tod. Wie lange hast du an deinem Plan gearbeitet und jetzt, kurz vorm Ziel, tut es dir leid?

»Du hast mir diese Gedanken eingehaucht. Wenn du mir nicht die Eifersucht und die Gier geschickt hättest, wäre es niemals so weit gekommen«, sprach er leise in sein Bierglas. Er spürte eine innere Gegenwehr.

Ach, jetzt bin ich schuld? Wer hat denn ständig genörgelt, weil Siggi das Geld verwaltete und nur Peanuts rausrückte? Und als du das mit den Schützen herausgefunden hast? Was glaubst du, wessen Wut in deinem Blut kochte? Na, was denkst du wohl, welche es war? Deine, Hubbi, ganz alleine deine Wut und deine Eifer-

sucht waren es.

»Du hast beides geschürt. Wenn du mir nicht ständig in den Ohren gelegen hättest, wäre es nicht so weit gekommen.«

Du willst deine Schuld nicht eingestehen, Hubbi. Du hast mich gefüttert, gemästet hast du mich. Durch dich bin ich dunkler und dunkler geworden. Wenn du das nicht getan hättest, wäre ich nicht so schwarz, wie ich es heute bin. Alles, was du getan hast, war deine eigene Entscheidung. Du wolltest es so. Wer hier wen verführt hat, ist wohl offensichtlich. Ich war eine gute, freundliche Seele, bis du mir deine boshaften Happen zugeworfen hast. Ja, ich gebe zu, ich habe sie gern angenommen und je dunkler ich wurde, um so mehr genoss ich deine Schandtat. Du hattest auf einmal das Geld im Visier. Eine Eigenschaft, die du früher nie hattest und dafür hast du alles getan. Vergiss nicht, du hast Siggi getötet und nicht ich. Gib nicht mir die Schuld, denn die solltest du tragen und nicht ich.

Hubertus spürte die inneren Stiche, die in sein Herz bohrten. Er war sich sicher, die innere Stimme hat recht. Er ist für sein Verhalten, für die Tat verantwortlich und hoffte nun, zu seinem alten Ich zurückkehren zu können.

Der Schankwirt stand am Tresen und trocknete Gläser ab. Leise hörte er den Mann in der Ecke, wie er anscheinend mit sich selbst sprach. Als Wirt hatte er schon die merkwürdigsten und schrillsten Gäste in seinem Lokal bewirtet. Deshalb war es für ihn auch nicht verwunderlich, dass ein Mann Selbstgespräche führte. Ganz im Gegenteil. Er fand, solch eine Unterhaltung mit sich selbst könnte einem guttun und brachten die Menschen wieder auf die richtige Spur. Es sei denn, der Kerl ist schizophren. Kurz blickte er zu Hubertus hinüber, dessen Glas leer war und der sah ihn an.

»Darf es noch eins sein, Kumpel?«, rief er rüber und Hubertus nickte dem Wirt zu.

Eine knappe Woche später, wurde Hubertus durch das permanente klingeln an der Haustür geweckt. Verschlafen setzte er sich im Bett auf und sah zum Wecker auf den Nachttisch. 7.12 Uhr.

»Verdammt«, murmelte er müde, »wer ist das denn, am heiligen Sonntag?«

Er stand auf, zog eine Jogginghose und ein Shirt an und ging hinunter. Als er die Tür öffnete, sah er Kommissar Biesenbach und vier weiter Beamte davorstehen. Zwei Streifenwagen blockierten die Einfahrt.

Er hatte zwar damit gerechnet, dass der Kommissar irgendwann auftauchen würde, um das Haus zu durchsuchen, aber nicht so schnell.

Was war der Grund, warum schon jetzt?

Ruhig, Hubbi, ruhig. Noch weißt du nichts. Warte ab,
was dieser Biesenbach sagt.

»Herr Meister, dürfen wir hereinkommen?«

», Ja, ja natürlich.«

Hubertus trat zurück, ließ sie hinein und die Beamten folgten ihm ins Wohnzimmer.

»Was ist passiert, Herr Kommissar? Haben Sie meine Siggi gefunden?«

Mit aufgerissenen Augen und zitternden Händen sah Hubertus den Beamten an.

Der Kommissar schien nicht zu wissen, wie er anfangen sollte, und blickte hilflos seine Kollegen an. Sie wichen seinem Blick aus. Dann platzte es ziemlich unglücklich aus ihm heraus.

»Wir haben Hinweise, dass ihre Frau nicht mehr am Leben ist, Herr Meister. Es tut mir leid, Ihnen das mitteilen zu müssen.«

Dass er an der Art und Weise, wie er solche Nachrichten zu Überbringung hatte, noch arbeiten musste, bemerkten nicht nur seine Kollegen, sondern auch Hubertus.

Der Kommissar beobachtete die Reaktionen von ihm.

Hubbi setzte sich erst mal in den Fernsehsessel, und

alle Beamte konnten ihm ansehen, dass er mit solch einer Nachricht nicht gerechnet hat. Schon gar nicht zu so einer frühen Stunde.

Das war ja wirklich so. *Was haben die gefunden, dass sie dir dies mitteilen konnten?*
Der Kommissar setzte sich auf das Sofa und blickte ihn Hubertus in die Augen.
»Es deutet alles darauf hin, dass Ihre Frau ermordet wurde.«
»Oh Gott, ermordet? Wieso ermordet. Sie sagten doch, sie sei mit einem Italiener durchgebrannt, wie kann sie dann ermordet worden sein? Das ist ja schrecklich. Bitte, einen Moment, bitte, ich … ich«, völlig durcheinander brach Hubertus Stimme ab.
Sein Körper erschlaffte und er sank in sich zusammen. Obwohl er nicht weinen konnte, so waren seine Augen mehr als feucht. Eine anwesende Polizistin, die Hubertus an der Tür gar nicht als Frau wahrgenommen hatte, näherte sich Hubbi und fragte ihn, ob er ein Glas Wasser haben möchte. Hubertus sah sie an und schüttelte leicht seinen Kopf.
»Herr Meister schaffen Sie es, mir einige Fragen zu beantworten?«, erkundigte sich Biesenbach mit seiner schroffen Art.
»Was gibt es jetzt noch zu reden du Panzer von einem Menschen. Sie kommen daher und erzählen

mir, dass meine Frau ermordet wurde, obwohl Sie im Präsidium ganz anders geredet haben.«

»In meinem Büro habe ich Ihnen mitgeteilt, wo wir das letzte Signal vom Handy Ihrer Frau geortet haben. Wir nehmen an, dass es sich in einem LKW befand oder noch befindet. Sie bringen da einiges durcheinander, Herr Meister. Aber ich sehe auch, dass Sie sehr geschockt wirken. Wenn Sie wollen, rufen wir einen Arzt.«

»Gehen Sie weg, lassen Sie mich allein. Mein Gott, meine Siggi, meine arme Siggi.«

Obwohl Hubertus wusste, dass Siggi nicht mehr lebte, traf ihn diese Nachricht mehr, als er angenommen hatte, und sie machte ihm die Geschehnisse bewusster. Ihm wurde klar, dass er Siggi wirklich geliebt hatte. Hubertus verstand nicht, wie seine Frau seine Seele so verdunkeln konnte, dass sie ihn zum Mörder hat werden lassen.

Hubertus begann am ganzen Körper zu zittern und trockene Schluchzer lösten sich von seinen Lippen.

»Oh Gott, oh Gott«, wimmerte er und endlich weinte er. Hubertus weinte um Siggi, um seine Seele und um sich selbst.

Dem Kommissar und seinen Kollegen ließ es nicht kalt, als sie den Mann zusammengefallen im Sessel sitzen sahen. Die Polizistin ging in die Küche und kam mit einem Glas Wasser zurück.

»Trinken Sie das, Herr Meister, dann wird es Ihnen wieder besser gehen«, sagte sie und beugte sich zu Hubertus hinunter. Sie musste an sich halten, ihm nicht über den Kopf zu streicheln oder ihn in den Arm zu nehmen. Mitleidig dachte sie:

Ich verstehe nicht, dass Biesenbach im Wagen so euphorisch und überzeugt davon war, dass der arme Mann seine Frau getötet hat. Kein Mensch kann sich so verstellen oder schauspielern. Wir alle sehen doch, wie dieser Mann leidet und wie schwer ihn die Nachricht getroffen hat. Der hat niemals seine Frau umgebracht und schon gar nicht so, dass man nur Knochenreste von ihr finden konnte.

Hubertus trank das Wasser, dann sah er Biesenbach an. »Wo ist sie? Wann kann ich meine Siggi sehen? Muss ich sie nicht identifizieren?«

»Das ist im Moment noch nicht möglich, die Todesursache wird noch untersucht.«

Biesenbach sah Hubertus an und wartete auf eine Reaktion. Doch Hubbi saß nur teilnahmslos da. Die Fragen hatte er nur gestellt, weil er dachte, er müsse dies fragen.

Der Kommissar sah sich um und dachte, irgendwie kommt mir dieses Haus, diese Zimmer bekannt vor. Bevor er weitere Gedanken daran vertiefen konnte, wurde er von Herrn Meister unterbrochen:

»Wo haben sie meine Frau denn gefunden? Bitte geben Sie mir Informationen, schließlich geht es doch hier um meine Frau. Ich muss doch wissen, was mit ihr ist, Herr Biesenbach. Sie müssen mir alles sagen, ich bin ihr Mann.«

Er ging nicht darauf ein, sondern sagte, während er ein Bogen Papier aus der Innentasche seines Sakkos zog: »Herr Meister, dürfen wir uns im Haus umsehen?«

»Ist mir vollkommen egal, ich will zu meiner Frau.«

»Danke, wir hätten auch einen Durchsuchungsbefehl« und wedelte leicht mit dem Papier in seiner Hand und ignorierte Hubertus Bitte.

Wieder beobachte Biesenbach Hubertus. Mit einem Handzeichen schickte er nun die drei Beamten los, das Haus zu durchsuchen. Die Frau blieb im Raum.

»Wir werden nach Hinweisen suchen, die uns bei diesem Mordfall weiterhelfen könnten. Das ist ein ganz normaler Vorgang. Nehmen Sie es nicht persönlich.«

»Ich habe Ihnen doch schon gesagt, das ist mir egal, verstehen sie?« und etwas lauter: »Tun Sie, was Sie wollen, es ist mir egal. Ich will zu meiner Frau, ich will sie mit eigenen Augen sehen, damit ich glauben kann, dass sie nicht mehr lebt.«

Hubertus schaute den Kommissar an und erwartete eine Antwort, doch der schüttelte nur den Kopf.

»Leider geht das nicht, Herr Meister. Vielleicht werden Sie den Leichnam ihrer Frau nie sehen. Wir sind erst am Anfang unseren Ermittlungen. Aber so viel, kann ich Ihnen sagen, wir haben nur Teile ihrer Frau gefunden.«

Hubertus wurde bleich vor Schreck. *Was könnte die Polizei gefunden haben?*

»Was heißt das jetzt schon wieder? Verdammt noch mal, sie sagten doch letztens, keine Spielchen mehr und nun geht das schon wieder los. Was ist los, Reden Sie mit mir nicht in Rätseln, hören Sie, sie?«, dann hielt Hubertus inne.

Der Kommissar nahm sich von der aufgebrachten Rede von Herrn Meister nichts an.

»Kennen Sie den „Grünen See" an der Volkerdey?«

Obwohl er sehr aufgebracht war, antwortete Hubertus: »Ja, den kennen Siggi und ich gut, wir gehen dort manchmal spazieren.«

Bewusst hatte er den Satz so formuliert, dass der Beamte glauben musste, er hatte noch immer nicht verstanden, dass seine Frau tot ist.

»Wir haben Knochenreste von Ihrer Frau auf dem Rundweg am See gefunden.«

»Sie haben was gefunden? Habe ich richtig verstanden? Sie haben Knochen gefunden, Knochen von meiner Frau?«,

Hubertus Stimme wurde schrill. »Sie sagen, Knochenreste wurden von ihr gefunden, das würde ja bedeuten, jemand hat ihren Körper verstümmelt und ihn so misshandelt, dass Sie Knochenteile finden konnten? Oder wie soll ich das verstehen, ich meine, wieso wurden Knochenreste von meiner Siggi gefunden? Knochenreste, Herr Kommissar. Bitte, sagen Sie mir, was das bedeutet und was man ihr angetan hat.«

Da Hubertus Stimme lauter wurde und sich dermaßen schrill anhörte, kamen zwei Beamte ins Wohnzimmer. Der Kommissar winkte sie weg. Er benötigte keine Hilfe.

»Was glauben Sie, was ich schon alles erlebt habe, da ist das hier noch harmlos?«

»Harmlos nennen Sie das, wenn sie mir mitteilen, dass sie Knochen von meiner Frau gefunden haben?«

»Tut mir leid, Herr Meister, so wie Sie es aufgefasst haben, habe ich es nicht gemeint.«

»Es ist mir egal, wie Sie es gemeint haben, Sie ungehobelter Mistkerl. Es kommt drauf an, wie ich es aufgefasst habe. Sie sind in meinen Augen ein Eisklotz und Empathie scheint Ihnen ein Fremdwort zu sein. Das habe ich Ihnen schon einmal gesagt, Herr Biesenbach. Diesmal werde ich mich bei Ihrem Vorgesetzten über Sie beschweren. Sie sind zu weit gegangen mit Ihrem losen Mundwerk, mit ihrem Hang zum wesentlichen, egal um was oder wen es geht.«

Hubertus stand auf und ging in die Küche. Dort setzte er sich mit einer Flasche Bier hin und dachte an seine Siggi. *War es falsch? War alles falsch?*

Das war das Letzte, was der Kommissar wollte und er ärgerte sich selbst über diesen unüberlegten Satz. Er sprach hier nicht nur mit seinem Verdächtigen, sondern auch mit einem Mann, dem der Tod seiner Frau nahe zu gehen schien.

Langsam ging er Hubertus nach.

»Hören Sie, Herr Meister. Es tut mir wirklich leid, wenn ich Ihnen zu nahegetreten bin. Ich habe einen, wahrscheinlich bestialisch ausgeführten Mord aufzuklären, und ich bin deswegen seit gestern Morgen auf den Beinen. Bitte entschuldigen Sie, wenn meine Sätze roh klingen, aber Sie wollen doch sicher auch, dass wir den Mörder schnappen, und er seine gerechte Strafe bekommt, oder nicht?«

Hubertus hörte nicht wirklich zu. Er dachte sich, dass Beschwerden nie gut waren, besonders wenn es Menschen betraf, die ein Leid zu verarbeiten hatten. Und schon beim letzten Mal hatte der Kommissar eingelenkt.

Bevor Hubertus etwas antworten konnte, kam einer der Polizisten ins Wohnzimmer und flüsterte dem

Kommissar etwas ins Ohr. Sofort spannte sich der Körper des Kommissars an und er sah zum Hausherrn, der die Szene beobachtete.

Der Kommissar forderte die junge Polizistin auf, Herrn Meister nicht aus den Augen zu lassen und ging mit dem Beamten in den Keller. Nach unendlichen langen Minuten kam er zurück, stellte sich vor Herrn Meister in Positur und sagte mit bestimmter Stimme: »Herr Meister, Sie stehen im Verdacht, ihre Frau Sigrid Meister ermordet zu haben. Ich werde Sie mit ins Präsidium nehmen.«
Was ist jetzt los, dachte Hubertus und auch die Polizisten.
»Es kann sein das Sie dort ein paar Tage bleiben müssen. Bitte packen Sie sich einige Sachen ein und leisten Sie keinen Widerstand.«
Lächerlich, was ich da gerade gesagt habe. In Wirklichkeit glaubte er nicht, dass Herr Meister einen Fluchtversuch anstreben würde.
Der jungen Beamtin gab er den Auftrag, ihn nach oben zu begleiten. Die Polizisten kam der Aufforderung nach und stieg ebenfalls die Treppen hinauf. Ob sie den kraftvollen Hubertus allerdings aufhalten könnte, hatte sie große Zweifel.
»Nicht das Sie umfallen, wenn ich mich umziehe?«
Die Beamtin blieb regungslos und so kam es, dass

Hubertus sich umzog und die Beamtin einen nackten Hubbi zu sehen bekam.

Sie tat unbeeindruckt und doch glaubte Hubbi ein »OH« gehört zu haben. Schnell hatte er ein paar Sachen zusammen gesucht und die Beamtin folgte Hubertus auch ins Bad, nachdem er signalisiert hatte, dort nur Waschzeug und Zahnbürste zu holen. Dass die Polizistin noch unerfahren war, bemerkte er, da sie nicht wusste, geht sie nun vor ihm die Treppe hinunter, und läuft so Gefahr, dass er sie von hinten angreift? Oder doch hinter ihm, mit der Gefahr das er einen Fluchtversuch startet? Sie entschied sich für das Zweite, in dem Glauben, das der Kripomann das Notwendige schon erledigen werde.

Natürlich machte Hubertus keine Anstalten für das eine oder das andere, und als sie unten angekommen waren, zwinkerte er der Beamtin zu:
»Ich würde Ihnen nichts antun wollen und können. So ist Hubbi nicht.«
Wohlwollend nickte die Beamtin zurück.
Biesenbach nahm derweil sein Handy und tippte eine Nummer ein. Als jemand das Gespräch annahm, sprach er hastig: »Biesenbach hier, hallo Daniel. Könntest du und dein Team kommen? Wir haben im Haus von der Sigrid Meister eine große

Gefriertruhe im Keller gefunden und es ist Fleisch darin."

Der Kommissar horchte und nickte.

»Ja, genau, es geht um den Fall mit den gefundenen Knochenteilen am Grünen See.«

Er gab die Adresse durch und beendete den Anruf.

In diesem Moment erinnerte sich Biesenbach, woher er diese Adresse kannte und warum er damals hier war. Doch weiter vertiefte er diese Gedanken nicht, jetzt gab es wichtigeres zu tun.

»Die Spurensicherung wird kommen und einiges Untersuchen und Proben mitnehmen, die im Labor dann ausgewertet werden.«

»Ich habe nichts zu verbergen. Mein Reich soll nun ihr Reich sein. Sagen Sie den Leuten, dass sie aber wieder aufräumen, die Putzfrau kommt erst in zwei Wochen.«

»Ich gehe davon aus, dass Sie auch nichts dagegen haben, wenn wir ihr Handy und die Rechner von Ihnen und den ihrer Frau auswerten. Wir hoffen, auf dem Rechner Ihrer Frau Hinweise zu finden.«

Sie haben nichts und werden auch nichts finden, ich war sehr vorsichtig und habe alle Spuren beseitigt, sagte er sich selbst, damit er die Ruhe bewahren konnte.

Hubbi legte sich ein sanftes Lächeln auf, in Betracht

der Information des Todes von Siggi, wirklich nur ein sanftes.

Noch bevor die SpuSi eintraf, waren er und der Kommissar auf dem Weg zum Revier.

Dort saß Hubertus einige Stunden in einem kleinen Raum. Verschiedene Personen stellten ihm Fragen. Mal schnell hintereinander, mal so schnell wie eine Schnecke sprintet. Einmal brachte ihm ein Polizist zwei Hamburger und zwei Dosen Cola. Angewidert aß er das Fastfood, weil er Hunger hatte. Den angebotenen Kaffee lehnte er ab. Wusste er doch aus dem „Tatort", dass der schon länger im Warmhaltemodus vor sich her dümpelte.

Dann, nach einer Ewigkeit kam Kommissar Biesenbach in den Raum.

»Sie können gehen, Herr Meister. Am besten sie ziehen für zwei Tage in dieses Hotel.«

Er reichte ihm einen Zettel, auf dem eine Adresse stand. Als Hubbi nicht wirklich Begriff was er wollte:

»Wir haben hier in Mörsenbroich im Vogelsanger Weg 36 ein Zimmer für sie gebucht, denn die Spurensicherung ist noch nicht ganz fertig in Ihrem Haus. Ich werde Sie anrufen, wenn Sie wieder zurückkommen dürfen.«

»Haben Sie kein Zimmer, sorry, keine Zelle mehr frei?«

»Vorsicht Herr Meister, wir können auch anders!«, sagte er mit scharfer Stimme und ging.

Hubertus stand vom Stuhl auf, wartete einen Moment, doch als niemand kam, nahm er die Reisetasche, die Biesenbach mit hereingebracht hatte, und verließ das Gebäude.

Vor dem Haus stand ein Polizeiwagen und der Fahrer bat ihn einzusteigen.

Das er mit einem Polizeiwagen zu einem Hotel gefahren wurde, passte Hubertus überhaupt nicht.

»Danke, ich werde zu Fuß zum Hotel gehen, Sie können fahren.«

Der Polizist öffnete die hintere Türe des Wagens und sagte: »Einsteigen!«

Bereits am nächsten Morgen, rief ihn der Kommissar an.

»Sind Sie in dem Hotel, dass wir für Sie ausgesucht haben, Herr Meister?«

»Ja, bin ich, wo sollte ich denn sonst sein?«, kam die schnippige Antwort von Hubertus.

»Ich habe einen Wagen zu Ihnen geschickt, der vor dem Hotel auf Sie wartet. Ich habe einige Fragen an Sie, deshalb möchte ich, dass Sie wieder ins Revier kommen.«

»Ok. Soll ich meine Sachen hierlassen oder mitbringen?"

Der Beamte hatte mit dieser Frage nicht gerechnet. Was antwortet er Herrn Meister jetzt? Sagt er ihm, dass er die Sachen dalassen soll, wüsste er, dass die Vernehmung noch weiter gehen würde und die Untersuchungen im Haus andauern würden. Doch das war ja nicht der Fall. Sagte er ihm, bringen Sie die Sachen mit, wüsste er, dass sie nichts gegen ihn in der Hand hatten und er wieder gehen könnte.

Für den Kommissar eine verzwickte Angelegenheit.

»Bringen Sie ihre Sachen mit. Sie wollten hier ja ein schönes Plätzchen«, so vermied er eine Aussage.

»Danke, ja dann werde ich runtergehen und warten.«

Die halbe Nacht hatte er sich Gedanken darüber gemacht, wieso man die Knochensplitter gefunden hat. Wie war das möglich?

Die Antwort darauf erhoffte er sich nun im Büro des Kommissars zu erfahren.

Sollte er sich darüber Gedanken machen, was die Angestellten in dem Hotel dachten, weil er mit Polizei her und wieder mit Polizei abgeholt wurde.

»Das ist bestimmt ein wichtiger Kronzeuge und muss bewacht werden«, oder »Ein hoher Beamte, gar einer von der Regierung.« Was sie auch dachten, Hubertus war es einerlei. Er hatte ein wenig die

Hausbar geplündert und auf Staatskosten auch zu Abend gegessen. Als er aus der Türe vom Hotel kam, sah er den Polizeiwagen und den Beamten.

Das ist der gleiche Beamte von gestern. Hubert war klar, dass er beobachtet wurde und die Frage vom Kommissar unnütz war. *Aber warum wieder diese Spielchen?*

Im Präsidium, sein mittlerweile zweites Zuhause, begrüßte ihn Kommissar Biesenbach, gab ihm die Hand und bat ihn, sich zu setzen. Seine Stimme war freundlich aber bestimmt. Die Akte, die auf dem Schreibtisch lag, war um einiges dicker geworden.

»Nun, Herr Meister, ich bin Ihnen eine Erklärung schuldig.«

»Na, da bin ich ja mal gespannt, was jetzt kommt.«

Obwohl er sich über diesen Spruch ärgerte, blieb Biesenbach bedacht ruhig.

»Fangen wir mit dem Knochenfund am „Grünen See" an, Herr Meister.«

Hubertus lehnte den Oberkörper etwas nach vorn und sah den Kommissar neugierig an.

»Der Zufall wollte es, dass ein Polizist der Hundestaffel mit Senta, einer ausgebildeten Schäferhündin, eine Runde um den See laufen wollte. Der Hündin wurde in Hannover ausgebildet. Ihr Spezialgebiet ist es, Leichen und Blutgeruch zu erschnüffeln. Senta riecht sie auch an Gegenständen. Die Hündin ist in der Lage selbst in Beton eingeschlossene Leichenteile zu riechen. Dabei ist es unerheblich, in welchem Verwesungsstadium sich die Leiche oder Teile von ihr befinden. Diese Art, von Hunden können selbst in Flüssen oder Seen Verwesungsgerüche aufnehmen.«

»Das ist wirklich beeindruckend, Herr Kommissar.«

»Nicht wahr, Herr Meister, das ist es wirklich.«

Biesenbach nahm eines der Papiere in die Hand und überflog es, dann sprach er weiter:

»Also, wie erwähnt, der Polizist und der Hund, gerade in Urlaub nach einem Einsatz in Syrien, liefen auf dem Rundweg am Grünen See entlang, als die Hündin plötzlich anschlug. Sie tat das, was man ihr in der Ausbildung beigebracht hatte, wenn sie eine Spur aufnahm. Kurzes Bellen, sich setzen und mit der rechten Pfote am Boden kratzen, wieder Bellen. Dann sprang die Hündin auf, schnüffelte weiter und schlug wieder an. Dem Beamten war sofort klar, dass die Beamtin eine Spur aufgenommen hatte, und reagierte vorbildlich. Sie sollten wissen, dass Polizeihunde beamtet werden und auch eine Pension bekommen. Nach nur 15 Dienstjahren gehen sie in Pension.«

Hörte Hubertus da ein wenig Neid?

Kurz danach berichtet er weiter: »Der Hundeführer

ging in die Hocke und besah sich den Boden. Außer zerkleinerte Muschelteile sah er auch winzige Knochensplitter. Zu oft hatte er dieses „Material" schon in der Hand gehalten, um nicht sicher zu sein, dass es sich um Knochen handelte. Natürlich könnten es Tierknochen sein, doch dann hätte Sie, die Hündin, also die Beamtin mit Namen Senta, nicht angeschlagen.«

Hubertus hörte dem Kommissar zu und war wirklich beeindruckt.

Ein ausgebildeter Hund findet die Knochenreste von Siggi. Das ist ja beinahe wie Schicksal oder Karma, das zurückschlägt, dachte Hubertus. *Egal, was der Hund gefunden hat, die Polizei kann diese Beweise nicht gegen dich verwenden, denn sonst wärst du nicht hier, sondern in Untersuchungshaft, Hubbi. Mach dich nicht verrückt, der Kommissar hat nichts gegen dich in der Hand.* Und nach einer kurzen Pause sagte er wieder zu sich selbst: *Sehe es positiv, Hubbi. Jetzt, wo sie Siggis Knochenreste gefunden haben und die DNA mit ihrer übereinstimmt, da bin ich mir sicher, wird sie für tot erklärt werden. Das heißt, du musst keine zehn Jahre auf das Erbe warten.*

Daran hatte Hubertus noch gar nicht gedacht und fand dann die neue Entwicklung im Fall Siggi nicht mehr so schlimm, wie noch in der Nacht, als er grübelnd im Bett lag.

»Um es kurz zu machen, Herr Meister, der Beamte rief im Polizeirevier an und dann nahm alles seinen Lauf. Im Labor konnte man aus den Knochenresten die DNA ihrer Frau bestimmen. Was danach geschah, wissen Sie selbst. Wir kamen in Ihr Haus.«

Hubertus sah den Kommissar fragend an. Seine Stimme klang heiser und traurig: »Dann ist es also ganz sicher, dass meine Frau nicht mehr lebt? Siggi wird nie mehr nach Hause kommen?«

»Der ganze Weg wurde mit dem Spürhund abgesucht und sie schlug noch weitere Male an. Die Menge dieser Reste, die gefunden und eingetütet wurden, entsprechen ungefähr die eines erwachsenen Menschen. Deshalb ist es ausgeschlossen, dass Ihre Frau noch lebt.«

Hubertus schnaufte durch die Nase und fuhr sich mit den Händen übers Gesicht.

»Dann ist Siggi also wirklich tot«, murmelte er.

»Haben Sie einen Verdächtigen, Herr Kommissar?«

Auch über diese Frage war der Kommissar nicht vorbereitet.

»Leider nein.“

»Das stimmt doch nicht. Sie verdächtigen mich, deshalb bin ich hier und nicht in meinem Haus.«

Mal wieder ging der Kommissar nicht auf die Anmerkung von Hubertus ein.

»In Ihrem Haus hat die SpuSi nichts gefunden, was

darauf schließen ließe, dass Sie mit dem Tod Ihrer Frau etwas zu tun haben könnten. Stutzig machte uns nur die Bleiche, mit der die Sauna und der Duschraum behandelt wurden. Mit so einem Material lässt sich jede Spur von Blut und DNA vernichten. «

Der Kommissar verschwieg, dass die Spurensicherung den Spürhund angefordert hatte und den Keller überprüfen ließ. Doch auch der fand keine Spuren. Das war aber kein Zufall, denn Hubbi hatte auch die Kühltruhe mit der Säure behandelt. Die Lebensmittel in der Truhe waren alle neu gekauft. Dadurch sah es leer aus in der Truhe.

Sicher ist sicher, machte sich mal wieder bezahlt.

»Wir haben Säure-Materialien bei Ihnen im Keller gefunden.«

»Wenn Sie die beiden Kanister meinen, die wir im Keller gelagert haben, da kann ich Ihnen weiterhelfen. Baktuzid, so heißt das Material, enthält Bakterizid, Fungizid und Sporizid. Als wir die Sauna einbauen ließen, hat uns die Installationsfirma dazu geraten, die Kacheln und Abflüsse einmal im Monat damit zu reinigen. In feuchten Räumen kann sich schnell Schimmelpilze und Bakterien ansammeln, hatte er uns erklärt.«

»Das wissen wir bereits, Herr Meister, wir haben mit der Firma telefoniert.«

So ein schlauer Fuchs, er hat auch an alles gedacht, nur um dich überführen zu können, sagte die innere Stimme in Hubbi's Kopf. *Bis zuletzt wollte er dich schnappen und jetzt hat er nichts gegen dich in der Hand.*

»Auch aus dem eingefrorenen Fleisch in ihrer Truhe haben wir Proben entnommen. Das Ergebnis war, es handelt sich um Schwein, Rind und Wild.«

»Das hätte ich Ihnen auch sagen können, Herr Kommissar. Aber ich denke, das hätten Sie mir nicht geglaubt.«

Kommissar Biesenbach rutschte auf seinem Stuhl herum. Es war ihm anzusehen, wie peinlich ihm alles war. Da er nichts in der Hand hatte, um Hubertus wegen Mordes festzunehmen, und es keinerlei Beweise gab, um ihn zu überführen, musste er sich nun auf andere Verdächtige konzentrieren.

»Wir haben den Rechner Ihrer Frau und auch Ihren untersucht, in der Hoffnung, etwas zu finden, das uns zu ihrem Mörder führt. Aber auch das war eine Sackgasse. Das Handy ihrer Frau überprüfen wir, sobald wir es haben.«

Dann legte der Kommissar das Handy von Hubertus auf den Tisch. Ohne sich zu bedanken, nahm er es an sich und steckte es in seine Tasche.

»Wir werden nun verstärkt die Bekanntschaften Ihrer Frau unter die Lupe nehmen und ich bin sicher, wir werden so auf den Täter stoßen.«

»Dann heißt das, Sie verdächtigen mich nicht mehr, Herr Kommissar?«

Biesenbach sah Hubertus lange an, dann antwortete er: »Ich kann Ihnen den Mord an Ihrer Frau nicht nachweisen, Herr Meister, mehr werde ich dazu nicht sagen.«

Hubertus durfte zurück in sein Haus. Er ging in jeden Raum und sah auf vielen Gegenständen und auf den Möbeln das blaue Pulver, mit dem man Fingerabdrücke sichtbar machen konnte. In der Küche fehlte der Messerblock. Hubertus grinste und dachte: *Mit diesen Messern habe nicht an Siggi rumgeschnitten, da wird das Labor auch nichts finden können. Die Messer, mit denen ich sie bearbeitet, oder nach Jägerart zerwirkt habe, die mir der Verkäufer Herr Obser so angepriesen hat, habe ich ja beizeiten entsorgt. Was mir schon leid tat. Er würde sich aber neue besorgen, da war er sich sicher.*

Im Keller waren auch einige Werkzeuge nicht mehr an seinem Platz, auch nicht schlimm, denn wie die Messer, hatte Hubertus jedes Gerät und jedes Werkzeug entsorgt, sobald er mit seiner Arbeit an Siggis Körper fertig war.

Die Truhe war bis auf zwei Gemüsetüten leer. Davor waren nur Fleischstücke darin, die er beim

Bauern und im Supermarkt gekauft hatte. Siggifleisch war schon längst in den Mägen der Schützen, der Nachbarin, den Rumänen und in denen der Kegelbrüder, verdaut und wieder ausgeschieden worden.

»Mal sehen, ob ich dafür eine Entschädigung bekomme.«

Den Antrag dazu hatte er diesmal mitgenommen. Den Wert der ganzen Aktion schätzte er locker auf 500,- €.

Mit seinem Haustelefon rief er Terese an und bat sie, zwei zusätzliche Putztage bei ihm im Haus einzulegen. Alles andere hatte er ihr so gut es ging schon vor Wochen erklärt.

Hubertus hatte Siggis Überreste in einer Urne begraben lassen. Das Erbe konnte er wenige Wochen später antreten. Obwohl der Bruder von Siggi keinen Anspruch auf einen Erbteil hatte, gab er dem Ralf Meyer einen Teil ab. Die Höhe blieb ihr Geheimnis, wie das, was Ralf in der Hose hatte.

Zuerst überlegte er, seinen Job zu kündigen. Doch wegen der Renten-, und der Krankenkasse blieb er in der Firma. Er reduzierte nur die Stunden. So konnte er auf Reisen gehen und das Leben in vollen Zügen genießen. Seine Seele wurde ein wenig heller, doch alle dunklen Schatten konnte Hubbi nicht entfernen.

Auf den Kanaren saß er auf einer Veranda und genoss spanisches Bier. Der Kellner fragte nach, ob alles so wäre, wie er es haben wollte.
Hubbi sah zuerst den Kellner an, dann schaute er auf das Meer und sagte:
»Perfekt!«

Ein halbes Jahr später wurde die Akte „Sigrid Meister" geschlossen, weil sie zu einem *Cold Case* geworden war.
In diesem Fall wurden die Spuren immer kälter und es gab nichts, dem man noch nachgehen konnte.
Die „heißen" Spuren, die zu den Schützenbrüdern führte, steuerten dann doch ins Leere.
Immer wieder, meistens nach vielen Jahren, werden alte Fälle in der speziellen Abteilung *Cold Case* wieder geöffnet und man geht den Fall noch mal durch.
Damalige Zeugen werden wieder befragt, Tatorte werden aufgesucht.

Gibt es wieder keine neuen Spuren, die zu einer Auflösung des Falls beitragen und zum Täter führen, wird die Akte wieder geschlossen.

Doch bereits nach wenigen Monaten, sollte sich in dem Fall Siggi Meister was Neues ergeben.

In Italien gab es bei einem LKW die jährlich vorge-schriebene Motorfahrzeugkontrolle, genannt "Revisione". Ähnlich dem deutschen TÜV.

E-Mail: mschg55@gmail.com / Homepage: https://123michael55.wixsite.com/michael schoenberg
In Google: www.Michael Schönberg Bücher
Amazon:www.Michael Schönberg.
https://www.bookrix.de/dmcab3958886aa5/books.html; Epubli:

Michael Schönberg wurde 1955 in Düsseldorf geboren. Schon von klein auf erzählte er Geschichten und unterhielt die ganze Familie und Freunde. Auch in seinen Berufen, Maschinenbaumeister und später als Logistikleiter, konnte und musste er seine Kreativität einsetzen, um Problemlösungen zu entwickeln. Als sich das Ende der beruflichen Karriere abzeichnete, setzte er diese Gabe in Wort und Schrift um. So entstand sein erster **Roman "Blond ja. Dumm nein"**. Für öffentliche Vorlesungen schrieb er Kurzgeschichten, die er dann in einem Buch veröffentlichte. Es erschien unter dem Titel **"Michaels Kurzgeschichten"**. Mit seinem Buch **"Für die Liebe ist man nie zu alt"** hat er seinen Herzenswunsch erfüllt, um ältere Menschen zu ermutigen, vor der Liebe im Alter nicht zurückzuschrekken.
Als Mitglied des Westdeutscher-Autorenverband e.V. nutzt er die Möglichkeit, sich mit anderen

Autoren auszutauschen und aus seinen Werken vorzulesen. Auf vielen Veranstaltungen (Ruhrorter Büchermarkt, Autoren-Frühstück in der Kulturkneipe "Destille" sowie in Leserunden) erfreut er die Anwesenden mit seinen Kurzgeschichten oder Leseproben aus seinen Büchern.

Besondere Freude hatte er an der Mitwirkung bei der Buchreihe **"Jedes Wort ein Atemzug"** von Karina Pfolz Verlag im Jahre 2015. Insgesamt haben dort 143 Autoren/innen mitgearbeitet und kostenlos Kurzgeschichten zur Verfügung gestellt. Der Erlös aus diesen Werken unterstützt das Projekt "Respekt für Dich - Autoren gegen Gewalt". Bei einer weiteren Anthologie des Karina Verlags, "Farbspiele" konnte er in allen 10 Bücher seine Geschichten einbringen.

Höhepunkt seiner bisherigen Autorentätigkeit ist sein Kinderbuch **„Flugsi und seine Abenteuer".** Ein Lese-, Mal- und Rätselbuch über eine kleine Fledermaus. Ergänzt werden die Geschichten mit Illustrationen von Gabriele Merl. Es folgten viele weitere Veröffentlichungen, verschiedener Genre.

Veröffentlichungen

2014 »Blond ja. Dumm nein«, ein Liebesroman

2015 »Michaels Kurzgeschichten«

2015 Mitautor bei der Trilogie »Jedes Wort ein Atemzug« vom Karina Verlag

2016 »Für die Liebe ist man nie zu alt«, ein erotischer Liebesroman

2016 »Farbspiele « 10-teilige Anthologie vom Karina Verlag- Wien

2017 »Haifischjagd-Köder gesucht«, ein Thriller

2017 »Die Dunkelheit« ein Thriller

2017 »Die Karnevalsmaske« ein Horror Roman

2018 »Flugsi und seine Abenteuer«, ein Kinderbuch

2018 »Tsunami der Kinder«, ein Thriller

2018 »Deine Schuld wird nie vergessen« ein Psycho-Thriller

2019 »Michaels Bunte Geschichten« Kurzhgeschichten

2020 »Kesselgeschichten«

2020 »Wenn die Seele sich verdunkelt«

Die Bücher von Michael Schönberg

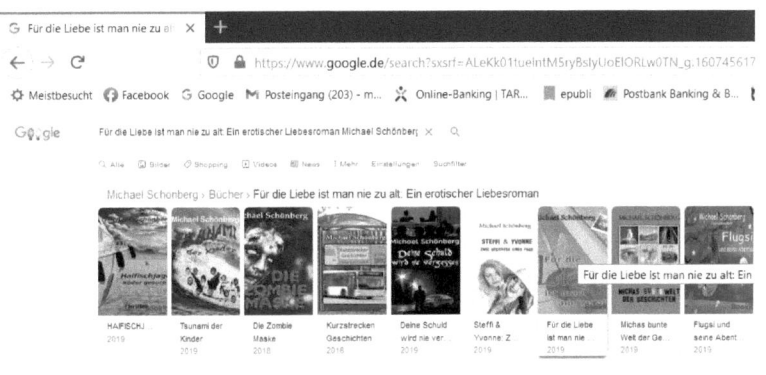

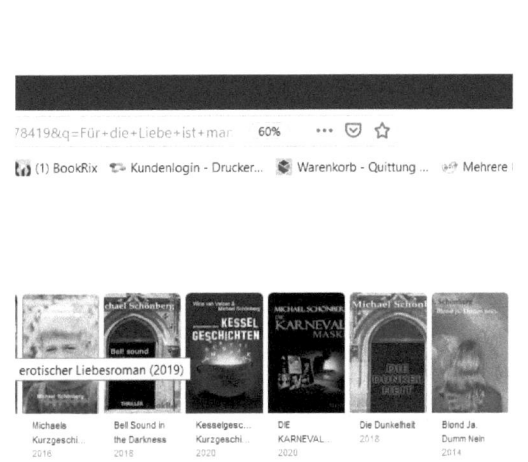

Die über 20 Anthologien, in denen Michael Schönberg mitgewirkt hat, sind hier nicht aufgeführt.

Ein Junge wird von dem Makler R. Winkler angefahren. Der 7-jährige Daniel stirbt an den Folgen des Unfalls. Die Ergebnisse der Untersuchungen des Unfalls lassen Zweifel am Geschehen aufkommen. Ingrid Todesstrafe, für den Mörder ihres Sohnes,muss sich aber dem Gericht beugen.

Reinhard Winkler merkt schon bald, dass er verfolgt wird und glaubt, dass die russische Familie der Frau es nun auf ihn abgesehen hat. Seine Familie und sein Umfeld glauben ihm nicht.Einzig Kommissar Biesenbach glaubt ihm und nimmt die ersten Ermittlungen auf.

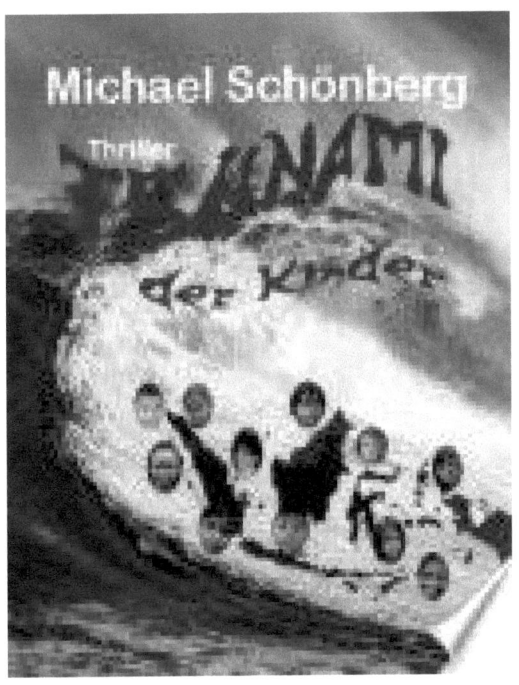

Ein Erdbeben im Indischen Ozean verursachte einen Tsunami der Superlative. Am Morgen des 26 Dezember 2004 gab es ungefähr 85 Kilometer vor der Nordwestküste der indonesischen Insel Sumatra ein Erdbeben.Ausgel-öst durch eine Plattenverschiebung

In vielen Berichten werden die Kinder erwähnt, die durch Hilfsorganisatoren gerettet wurden. Es erscheinen aber keine Berichte über die *"Organisatoren"*, die nur an ihren Profit gedacht haben, als sie ihre Hilfe anboten.

Von einem kleinen Teil dieser Tsunamikinder handelt der Roman. Er zeigt das Schicksal von Kindern auf, die in ihrer schwersten Not von Menschen "gerettet" werden, die nur an ihren Profit denken.

Sechs Kinder aus verschiedenen Ländern müssen sich in einem englischen Internat neun Jahre ein Zimmer teilen. Sie lernen in dieser Zeit Wissen und Gehorsam.. Sie lernen aber auch Dinge, die außerhalb jeder Normalität liegen. Aus der einst zufällig Gruppe wird über die Jahre eine innige Freundschaft

Einmal im Jahr treffen sich die Freunde vor Mallorcas Küste zur Haifischjagd. So tarnen sie ihre heimliche Leidenschaft. Obwohl sie teuren Thunfisch als Köder benutzen, lassen sich nur wenige Haie sehen oder fangen. Bei einer dieser Fahrten werden sie Zeuge eines schrecklichen Unfalls. Marseille hatte eine Frau an Bord gebracht und die fiel durch zu viel Alkohol über Bord. Das Wasser brodelte vor lauter Haien. In nur wenigen Minuten war die Frau verschwunden.

Die Männer denken darüber nach, den Köder zu wechseln.

282

Freddy, ein missgebildeter Außenseiter, wartet wie jedes Jahr auf den Karneval.

An diesen närrischen Tagen kann er sich unter das feiernden Volk mischen, ohne aufzufallen.

Im Internet sucht er nach der perfekten Maske füt sein Zombiekostüm.

Das Gesicht einer Frau auf dem Datingportal zieht ihn krankhaft an.

Freddy nimmt Kontakt zu ihr auf.

Buch-Empfehlung: Autorin Wine van Velzen

Die zehnjährige Tochter von Leo starb bei einem schrecklichen Unfall. Kurz darauf scheiterte seine Ehe. Er zog sich von Freunden und Angehörigen zurück. Sechs Jahre später sah er in einem Park dieses Mädchen, das Jessy so sehr ähnelte, eine ältere Version von ihr war. Zuerst verwirrte ihn das, doch dann nahm ein abstruser Plan in seinem Kopf Gestalt an.

Er wollte sie haben! Musste sie haben!

Die Realität wurde zur Lüge, Komplotte und Verschwörungen zur Wahrheit.

Leo entführte Nadja, wollte, dass sie sich erinnert. Das Mädchen kämpfte verzweifelt gegen den Identitätswechsel an und dachte nur an Flucht.

Buch-Empfehlung: Autorin Wine van Velzen

13 Tödliche Flügelschläge

1- Gefangen
2- Verschwunden
3- Nika, die Stalkerin
4- Die Aktentasche
5- Nebel
6. Bronzefiguren
7- Absinth
8- Der Jadekiller
9- Damals
10- Kendra
11- Reise
12- Codex Gigas
13- Malan

Buch-Empfehlung: Autor Stephan Peters

Ein Mönch
hat sich in
Gerresheim
im Advent in
eine Nonne
verliebt, was
ebenso kit-
schig wie
spannend ist:

Er: Furchtbar.
Sie: Ob wir es schaffen werden?
Er: Mit Sicherheit nicht. Ob wir dabei draufgehen?
Sie: Wir sind es schon!
Er: Dafür, dass du selten trinkst, kannst du ganz schön
viel vertragen…
Diese, und zwei andere haarsträubende Liebesgeschich-
ten im Schatten von

Sankt Margareta warten darauf, von Ihnen auf der Couch
bei Glühwein und Lebkuchen, verschlungen zu werden.